古典文獻研究輯刊

二九編

第 3 冊

從《三言》、《二拍》論「癡情女子負心漢」的
範式情節(下)

陳琪盈 著

國家圖書館出版品預行編目資料

從《三言》、《二拍》論「癡情女子負心漢」的範式情節（下）
／陳琪盈 著 -- 初版 -- 新北市：花木蘭文化事業有限公司，
2024〔民 113〕
目 8+174 面；19×26 公分
（古典文學研究輯刊 二九編；第 3 冊）
ISBN 978-626-344-553-6（精裝）
1.CST：（明）馮夢龍 2.CST：（明）凌濛初 3.CST：話本
4.CST：明代小說 5.CST：文學評論
820.8   112022452

ISBN-978-626-344-553-6

9 786263 445536

古典文學研究輯刊
二九編 第 三 冊   ISBN：978-626-344-553-6

從《三言》、《二拍》論「癡情女子負心漢」的
範式情節（下）

作　　者　陳琪盈
總 編 輯　杜潔祥
副總編輯　楊嘉樂
編輯主任　許郁翎
編　　輯　潘玟靜、蔡正宣　美術編輯　陳逸婷
出　　版　花木蘭文化事業有限公司
發 行 人　高小娟
聯絡地址　235 新北市中和區中安街七二號十三樓
　　　　　電話：02-2923-1455／傳真：02-2923-1452
網　　址　http://www.huamulan.tw 信箱 service@huamulans.com
印　　刷　普羅文化出版廣告事業
初　　版　2024 年 3 月
定　　價　二九編 21 冊（精裝）新台幣 56,000 元
版權所有・請勿翻印

從《三言》、《二拍》論「癡情女子負心漢」的範式情節(下)

陳琪盈　著

目

次

圖目次

第四章　負心漢離棄癡情女子的模式

　　本章將《三言》、《二拍》中負心漢離棄癡情女子的模式略分為四個大類：
（一）被迫負心，大有不捨、（二）初時不願，後忘前約、（三）不識真情，
猜疑枕邊人、（四）自私薄倖，罔顧癡情女。這四類是以負心漢做出負心之舉
時，內心是否受良心苛責、事後是否懷有愧疚心態，以及追根究柢，他們是
出於己願或是被迫負心為基礎，從而區分出來的。本章將依循此四大類循序
漸進，一步步帶領讀者觀看負心漢的不同離棄手法、背叛心境，藉此理解癡
情女子在這之中所受的傷害輕重。

　　癡情女子面對負心局面，基於各種考量做出不同決定、選擇，最後卻迎來
相似的結果，這中間不免涉及父權社會、家世背景、人格特質、時代氣氛所給
予的影響，使癡情女子在各自流轉中，走出了規範式的結局，如大團圓、奮力
一擊、死後索命等。而負心漢對癡情女子的影響也是有的，離棄的模式也會改
變癡情女子所受到的傷害。能否重振旗鼓、選擇原諒，或是一心報復，除了看
癡情女子自己如何抉擇之外，負心漢對癡情女所帶來的打擊也會在考量之中。

　　本章透過觀察，發現負心漢的負心行為可依照外在壓力、內在思考等狀況
區分。因形勢所迫而負心固然有令人同情之處，但若事後不顧癡情女子安危、
生存，只想著自己的安穩、前途，那麼他的負心仍然會對癡情女子造成實質傷
害，並不全然無辜；也有的並未受外力脅迫，而是自身對癡情女子產生嫌棄、
挑剔，萌生加害、拋棄癡情女子的念頭，是最為無情的負心。

　　本章綜合負心漢的內心思考、面臨外在壓力的抉擇、社會地位的翻轉等
情節分析，將其負心模式分為四類，分別為心裡不願，但無可奈何的「被迫
負心，大有不捨」；一開始的確是受迫負心，但隨著時間淡忘癡情女子的「初

時不願，後忘前約」；內心對癡情女子不信任的「不識真情，猜疑枕邊人」；本就不將情愛放在首位，比起愛他人，更重視自己前途利益的「自私薄倖，罔顧癡情女」。下文將以這四個模式為基礎，細部討論這些負心漢從癡情男、理想中的良人一步步走向負心的心路歷程，他們是被迫為之？或是本性如此？又抑是利益考量？都將在本章討論。

第一節　被迫負心，大有不捨

在《三言》、《二拍》的負心漢中，有一類是被迫負心。這類型的男子背棄癡情女，通常並非出於己願，多數是經由父輩的強迫、他人的挑撥離間，才妥協離開癡情女子。面對分離，這類負心漢在心中多是不願、抗拒的，但難以誠實交代自己與癡情女的感情、盟約，只能答應他人安排的婚事，捨棄與癡情女子的緣分，形成負心的局面。

這種即便負心，內心仍然有不捨的負心漢，有懼怕父輩而接受婚配的張浩、阮三郎（前世），以及性格懦弱，容易受人挑撥的李甲，更有聽信讒言，選擇休妻以息事寧人的孫姓兒子。他們心中或許還懷有對癡情女子的感情，卻因為各種原因而向困難低頭，選擇與癡情女子分開，最後造成了「癡情女子負心漢」的局面。

一、懼怕父輩：阮三郎（前世）、張浩、李甲

在「父母之命，媒妁之言」的觀念中，父母對子女婚姻是持有生殺大權的，也因此，在男女的情愛裡，父母認同、支持與否，往往也是故事能否走向溫馨結局的關鍵。

若負心漢的父母已經離世，親人中的父輩往往會在負心漢出人頭地、嶄露頭角時出現，認為婚姻事關重大，並且「先斬後奏」，已為負心漢擇定了婚配對象。往往到了這個局面，負心漢不好意思推託，也無法輕易說出與癡情女子的關係，左右為難中，選擇了離去，形成負心局面。

而在他人為自己擇定婚配對象的例子裡，張浩、阮三郎（前世）、李甲表現出了對父輩的懼怕，前兩人因為膽怯而遲遲不肯說出與癡情女子的關係，最後在壓力之下另娶他人，背叛了與癡情女子的感情，而李甲則是害怕父親的怒火，再三顧慮，加上性格懦弱，最終一念想岔，辜負了杜十娘。

（一）〈閑雲庵阮三償冤債〉：阮三郎（前世）

阮三郎對陳玉蘭一見鍾情，從此情根深重，常看著陳玉蘭的戒指睹物思人〔註1〕，漸漸身子虛弱，最後臥病在床。好友張遠自告奮勇要促成他們的好事〔註2〕，後來張遠找了閑雲庵尼姑王守長幫忙〔註3〕，讓陳玉蘭與阮三郎可以在庵內廂房相見。兩人好不容易有獨處機會，攙做一團說了些情話，便雙雙解帶共度雲雨。只是阮三郎身子未痊，歡愛之中反而難以承受，最後樂極生悲，竟死在了陳玉蘭身上。

陳玉蘭見阮三郎死去，不敢大聲張揚，只能故作鎮靜與母親回府。而阮三郎父親阮員外氣憤，本想寫狀書控訴陳太尉與陳玉蘭，但阮三郎兩個哥哥勸阻：「爹爹，這箇事想論來，都是兄弟作出來的事，以致送了性命。今日爹爹與陳家討命，一則勢力不敵，二則非干太尉之事。」〔註4〕阮員外聽了也只能吞下心中的怨氣、怒火，簡單安葬了阮三郎。

陳玉蘭在那之後懷上了阮三郎的孩子〔註5〕，在陳玉蘭生下孩子後，阮三郎向其託夢，說起了自己前世的負心行為：

> 小姐，你曉得夙因麼？前世你是揚州名妓，我是金陵人，到彼訪親，

〔註1〕原先面對邀請，阮三郎有所遲疑，心想著：「他是箇官宦人家，守闍耳目不少，進去易，出來難。被人瞧見盤問時，將何回答？卻不枉受凌辱？」因此一開始阮三郎是婉拒的。陳玉蘭聽聞，便摘下自己手上的金鑲寶石戒指兒，讓碧雲拿去當作信物。阮三郎見狀，心下思量：「我有此物為證，又有梅香引路，何怕他人？」才同意前往相見，只是時機不湊巧，陳太尉回衙，兩人未開始交談。以上內容可見於（明）馮夢龍編；許政揚校注：《古今小說》（臺北：里仁書局，1991）冊上，頁83。

〔註2〕「阿哥，他雖是箇宦家的小姐，若無這箇表記，便對面相逢，未知他肯與不肯；既有這物事，心下已允。待阿哥將息貴體，稍健旺時，在小弟身上，想箇計策，與你成就此事。」引言可見於（明）馮夢龍編；許政揚校注：《古今小說》冊上，頁84。

〔註3〕正當張遠苦惱著如何幫助阮三郎時，見到一個人捧著兩個瓷甕從衙裡出來，嘴裡說著：「門上那箇走差的閑在那裡？奶奶着你將這兩甕小菜送與閑雲庵王師父去。」張遠聽了，想著：「這閑雲庵王尼姑，我平昔相認的。奶奶送他小菜，一定與陳衙內往來情熟。他這般人，出入內裏，極好傳消遞息，何不去尋他商議？」因此張遠跑去請尼姑王守長幫忙，並贈予兩錠銀子。王尼姑貪財，見了銀子，事情已經答應一半了。以上內容可見於（明）馮夢龍編；許政揚校注：《古今小說》冊上，頁84、85。

〔註4〕（明）馮夢龍編；許政揚校注：《古今小說》冊上，頁91。

〔註5〕關於陳玉蘭如何守志，一生不嫁，教子成名，詳情可見本論文第三章「癡情女子被負心後的流轉類型」第二節之二「望子成龍：〈閑雲庵阮三償冤債〉陳玉蘭」。

> 與你相處情厚，許定一年之後再來，必然娶你為妻。及至歸家，懼
> 怕父親，不敢稟知，別成姻眷。害你終朝懸望，鬱鬱而死。因是夙
> 緣未斷，今生乍會之時，兩情牽戀。閑雲庵相會，是你來索冤債，
> 我登時身死，償了你前生之命。多感你誠心追薦，今已得往好處托
> 生。你前世抱志節而亡，今世合享榮華。所生孩兒，他日必大貴，
> 煩你好好撫養教訓。從今你休懷憶念。〔註6〕

因為前世懼怕父親，不敢老實說出與揚州名妓的戀情，最後另與他人議親，徒
留情人在揚州苦苦等候，終鬱鬱而亡，前世的阮三郎就此背負一條人命。這場
夙債使他這一世與玉蘭相識相戀，兩人看似為了愛情努力，卻其實一步步陷入
因果之中。

　　陳玉蘭之所以被阮三郎的吹唱聲吸引，甚至主動想要認識，也有一部分是
命運的牽動，使兩人互相喜歡。而阮三郎在床上為陳玉蘭而死，也算償還了上
輩子玉蘭苦苦守候，抑鬱而亡的夙債。

　　這麼看來，也許阮三郎因為思念陳玉蘭而有的憔悴、病懨懨，都是為了
讓他身體更加虛弱，以至於相見後，激情共度雲雨時，身子因承受不住而樂
極生悲。在此節錄阮三郎害相思病時的狀況：

> 自此把那戒指兒緊緊的戴在左手指上，想那小姐的容貌，一時難捨。
> 只恨閨閣深沉，難通音信。或在家，或出外，但是看那戒指兒，心
> 中十分慘切。無由再見，追憶不已。那阮三雖不比宦家子弟，亦是
> 富室伶俐的才郎。因是相思日久，漸覺四肢羸瘦，以致廢寢忘餐。
> 忽經兩月有餘，懨懨成病。〔註7〕

相思病使阮三郎從健康的人變成隨時咳嗽吐痰、面黃肌瘦的病人，連好友張遠
都看不下去，出言關心，為其察脈，因緣際會看到阮三郎手上戴著的女戒，因
此才有後面那些事情。夏濟安曾對中國文學中的「相思病」感到興趣，認為這
是中國愛情故事中很特別的現象：

> 西洋 romance 裏似乎無相思病。相思病是心理影響生理的一個極端
> 例子，實際的 medical cases 恐怕不多……但是中國人是「相信」它
> 有的。「西廂記」張生之病因得鶯鶯之信，霍然而癒。「牡丹亭」的
> 杜麗娘因生相思病而死……而其病又因 wish 之 fulfillment 而可很快

─────────────────

〔註6〕（明）馮夢龍編；許政揚校注：《古今小說》冊上，頁93。
〔註7〕（明）馮夢龍編；許政揚校注：《古今小說》冊上，頁83。

的痊癒……這種病只存在於中國的 romance 中。〔註8〕

若相思病真是中國愛情小說中所特有的現象，那無非可以上升為一種文化心理問題。而為何在中國文學作品裡，男女情愛發展遇到阻礙、不順利時，相思病的出現頻率這麼高呢？也許正是因為禮教的重重限制，在「男女授受不親」的觀念之下，異性之間並沒有機會培養感情，只能在適婚年齡時等待媒人說親，或由父母決定結婚對象。這種婚姻傳統中，男女感情並沒有自由發展的空間，他們在情欲、禮教的衝突中痛苦掙扎，因為受到禮法限制而不能任憑心意談情說愛，這使他們容易陷入「渴望無法被滿足」的狀態，並在生命、健康上發出警告訊號。如同王鴻泰所言，阮三郎的相思病便是情欲無法獲得緩解、宣洩而使生命逐漸枯竭的表現：

> 這種「相思病」有著更深刻的意涵——撇開醫學上的探討，從文化心理的觀點來看，這種病症透露出一種訊息：情慾是生命的必要元素，當情慾得不到滿足時，生命就會受到威脅，甚至可能造成生命的枯槁而亡。阮三的病症即是因他心理上耽溺於某種情境之中難以自拔，以至於完全不顧生理的基本需求——飲食不思，導致其生物性生命受到威脅。〔註9〕

生命力的枯榮竟由情欲左右，從相思病的表現可以看出，「情能生人，亦能死人」的意涵。另外，除了阮三郎相思陳玉蘭而病倒之外，同時也更深刻表現了人物的心理狀態：

> 由上面粗略描述可以得到這樣的初步認識，「相思病」文學母題是超文體、超文學、超時代的，其出文入史，文史互證，多借助於幻覺形式來極真切地再現和表現。母題孕育於《詩經》的愛情詩，萌發自史傳文學，又為抒情文學充分地延展擴散，並陸續得到了眾多野史筆記的印證補充，終於成為傳統小說戲曲中人物心理刻畫、藝術情節展開的一個慣常機杼。其思想蘊涵帶有人性至情袒露、反禮教、以及反正統主流文化的積極質素。母題還豐富了古代文學中的心靈描寫、情感刻劃，為文學中天理人欲衝突的藝術表現，提供了不可或缺的焦點與契機，從而形成了傳統相思情愛文學的一個重要的民

〔註8〕 夏志清：〈夏濟安對中國俗文學的看法〉，收於《愛情‧社會‧小說》（臺北：純文學出版社，1970），頁227。

〔註9〕 王鴻泰：〈《三言二拍》中的情感世界——一種「心態史」趣味的嘗試〉，《史原》第19期（1993年10月），頁90。

族特色。同時，這一母題適應並強化了中國民眾接受心理中對個體
命運的熱切關注，為古代愛情文學的綿延發展，起到了不可忽視的
歷史作用。〔註10〕

讀者可以藉由阮三郎的相思病明白他的心靈、情感變化，因為相思而病倒的情
節則象徵了他對情感的看重、對玉蘭的喜愛。雖然故事未刻寫阮三郎如何動
心，如何戀上陳玉蘭，但從他因為思念而逐日衰弱的表現來看，卻早已勝過千
言萬語。

　　隨著故事推展，讀者開始明白，原來阮三郎與陳玉蘭的一眼定情是有前因
後果的。今世的阮三郎是為了償還前世的命債而與陳玉蘭相識，形成了前世今
生的宿命局面，而除了故事中最主要強調的前世因果之外、還有「男大當婚，
女大當嫁」的觀念，以下擇錄相關文句：

　　好姻緣是惡姻緣，莫怨他人莫怨天。但願向平婚嫁早，安然無事度
　　餘年。

　　這四句，奉勸做人家的，早些畢了兒女之債。常言道：「男大須婚，
　　女大須嫁；不婚不嫁，弄出醜吒。」多少有女兒的人家，只管要揀
　　門擇戶，扳高嫌低，擔悞了婚姻日子。情竇開了，誰熬得住？男子
　　便去偷情闖院，女兒家拿不定定盤星，也要走差了道兒，那時悔之
　　何及！〔註11〕

故事開頭強調了切勿耽誤了婚姻，隨後提及陳玉蘭家世背景極好，是家中獨生
女，又有才貌，因此父親陳太尉開出嚴苛的條件找尋女婿，卻遲遲促不成姻緣。

　　故事引導著讀者，因為玉蘭一直沒有伴侶，對於愛的渴望日漸高漲，後來
聽見阮三郎的吹唱之聲才會輕易動心。如果玉蘭早早擇定夫婿並且完婚，就算
再聽見阮三郎的吹唱聲，恐怕因為換了身分，再心動也會收斂著。

　　〈閒雲庵阮三償冤債〉裡關於「癡情女子負心漢」的情節都在前世，而且
僅用一個段落便交代了兩人的夙緣，包含阮三郎（前世）是因為懼怕父親才另
與他人婚配，而陳玉蘭（前世）的身分也體現了妓女即便付出真心，卻難有善
終的既定印象。

　　這種懼怕父親而不敢吐露戀情的行為，展現了父權社會裡，父親威嚴且十

〔註10〕王力：〈略說古代文學中的「相思病」〉，《古典文學知識》第2期（1999年），
　　　　頁50。
〔註11〕（明）馮夢龍編；許政揚校注：《古今小說》冊上，頁80。

分有份量的地位，同時也不能否認「孝」在中國人思維中的重要性。其中，不
忤逆父母、順從父母通常也是孝順的一種表現：

> 「孝」是儒家最重視的德目之一，就其內容方面而言，至今有各式
> 各樣的解釋方法。其中，《禮記‧內則》記載：「子婦孝者，敬者，父
> 母舅姑之命，勿逆勿怠」，從這裡看得出，「順從父母」即「服從」
> 是孝的最基本要素之一，對父母的行為需要在「服從」此種「態度」
> 下進行。〔註12〕

聽從、服從父母的決定，這是許多人走過的路，是一種傳統，更是孝順的體
現，同時，也是律令的規定。也因此，無怪阮三郎（前世）猶豫萬分，最後
仍然犧牲了愛情，成為負心漢。而在阮三郎與陳玉蘭前世的故事中也能發現，
它同時表現了「門當戶對」思想。妓女如何能得到幸福？普通人對妓女的看
法多是美則美矣，卻不會是妻子人選。男人與妓女相厚，少有付出真心的；
而真心喜愛妓女，卻又膽怯、不敢違抗父輩的，最終也只能變成負心漢，辜
負了妓女的一片真情。

　　阮三郎（前世）的負心在本論文中被歸類在「被迫負心，大有不捨」也是
因為在自訴負心情節時，強調了自己有迎娶之意，只是害怕父親，無法守約。
這份懼怕、膽怯是迫使阮三郎（前世）負心的關鍵，他不敢據理力爭，排除萬
難迎娶揚州名妓，辜負了對方，並使之賠上命來。

　　阮三郎（前世）的負心在文本中是解釋陳玉蘭今生命運的原因，但既然會
使用這樣的負心情節作為交代，也能假設，無論是市井小民或是文人書生，雖
然會去妓女處尋歡，卻少有與妓女有美好結局的。而這種負心局面，在當時社
會恐怕屢見不鮮，因此套用在故事中也不會違和：

> 娼妓作為父權社會一夫一妻制的補充，其功能與地位是永遠不能擺
> 脫被利用與被輕賤的實況，因此歌妓們反覆吟唱著「癡情女子負心
> 漢」的宿命悲歌，例如〈讀曲歌〉：「合冥過藩來，向曉開門去。歡
> 取身上好，不為儂作慮。」娼妓對於愛情也有和平常人一樣的嚮往
> 與需求，但愛情之不可得的失落亦在她們客觀主觀的生命歷程中一
> 再地體現。〔註13〕

〔註12〕佐野大介：〈孝構成要素優先次序的探討——以「養親」、「後嗣」、「服從」為
　　　　中心〉，《東華漢學》第8期（2008年12月），頁177。
〔註13〕吳佳真：〈明末清初擬話本之娼妓形象研究〉（新北：淡江大學中國文學系碩士
　　　　論文，2000）第二章第一節之二〈文學中娼妓形象的溯源及其特質〉，頁31。

對於期盼從良的妓女來說，這些過客一次次承諾卻又一次次毀約的負心，早已形成了某種「約定俗成」——男人的漂亮話可以聽，卻絕對不能當真，一旦認真了，便容易遭遇負心，使自己陷入更糟的局面。也無怪在「從良」上，妓女往往有著更深沉的執著、渴望，因此在遭受背叛時，更容易有激進的反應，如選擇死亡。

此節最後以表格 4-1 統整阮三郎（前世）負心情節、經過與結果的故事順序安排：

表 4-1　阮三郎（前世）負心情節一覽表

	事　件　➡	經　過　➡	結　果
阮三郎與陳玉蘭一眼定情	一、陳玉蘭聽到阮三郎吹唱之聲，芳心暗許	陳玉蘭讓碧雲去邀阮三郎一見，並以自己的戒指作為物證	陳太尉回府，陳玉蘭與阮三郎只是遠遠對視，未能交談
	二、阮三郎患上相思病	張遠知道了阮三郎病因，承諾會幫忙促成良緣	張遠找閑雲庵尼姑幫忙，策畫讓兩人在庵內廂房相見
阮三郎身死	一、在他人幫助下，阮三郎與陳玉蘭順利見面	兩人享受雲雨，阮三郎因身子虛弱而暴斃	陳玉蘭佯裝無事，與母親從閑雲庵返家
	二、眾人發現阮三郎死去	阮員外想要狀告陳太尉，被阮三郎兄弟阻止	阮員外簡單安葬了阮三郎，未向陳家索命
陳玉蘭懷孕	陳玉蘭常噁心想吐	發現懷孕，向父母表明終身不嫁	陳家、阮家開始有往來
阮三郎託夢	孩子生下後，陳玉蘭追薦阮三郎	阮三郎在夢中說明前世負心種種	交代陳玉蘭要好好照顧孩子，他能使其享受榮華富貴

（二）〈宿香亭張浩遇鶯鶯〉張浩

張浩無論是相貌、才學都是可圈可點，又承祖父遺業，家財萬貫，是無數人眼中不錯的婚嫁對象，但張浩都拒絕了。旁人問起，張浩道：「大凡百歲姻緣，必要十分美滿。某雖非才子，實慕佳人。不遇出世嬌姿，寧可終身鰥處。且俟功名到手之日，此願或可遂耳。」〔註14〕可見張浩對佳人的標準很高，且

〔註14〕（明）馮夢龍編；嚴敦易校注：《警世通言》（臺北：里仁書局，1991）冊下，頁 449。

不肯隨意妥協。張浩甚至期許著功成名就後，或許得到絕世佳人的願望便能水到渠成，也就不急著談論婚嫁。此處可以顯見張浩對理想女子的渴望，但又不急於一時，反而更讓讀者好奇，什麼樣的人才能得到張浩青睞，也為之後對李鶯鶯一見鍾情做了鋪敘。

　　後來張浩見到李鶯鶯，張浩驚艷對方絕色〔註15〕，甚至直言人世間才不會有此等美人，好友廖山甫聽聞其感嘆，冷靜說道：「花月之妖，豈敢晝見？天下不乏美婦人，但無緣者自不遇耳。」〔註16〕廖山甫的話語像是一桶冷水，希望能沖散張浩的春心萌動。不過張浩已經動了情，無法冷靜權衡狀況，他與廖山甫展開對話，呈現情難自禁的狀態：

> 浩曰：「浩閱人多矣，未常見此殊麗。使浩得配之，足快平生。兄有何計，使我早遂佳期，則成我之恩，與生我等矣。」山甫曰：「以君之門第才學，欲結婚姻，易如反掌，何需如此勞神？」浩曰：「君言未當，若不遇其人，寧可終身不娶。今既遇之，即頃刻亦難捱也。媒妁通問，必須歲月，將無已在枯魚之肆乎！」山甫曰：「但患不諧，苟得諧，何患晚也。請詢其蹤跡，然後圖之。」浩此時情不自禁，遂整巾正衣，向前而揖。女子歛袂答禮。〔註17〕

張浩心中一直有著得到美人的渴望，他的眼光是嚴苛的。如今李鶯鶯的長相、姿態都符合張浩審美，他實在不願錯過。從張浩的反應可以看出，對女性懷有「出世嬌姿」憧憬的人，在長相、氣質的挑剔上定是極度嚴格，也隱隱透露出在挑選婚配對象的過程中，「長相」的確是至關重要的一環。李鶯鶯能夠滿足張浩的渴望，並使他不顧禮節，一心只想著攀談認識，可見李鶯鶯的魅力之大，也給了讀者深刻的印象。

　　面對張浩的激動，廖山甫旁觀者清，告訴張浩，若這是良緣，也不急於一時，先確定女子背景再作打算。只是張浩已經沉浸在感情中，廖山甫的話他是左耳進右耳出，便自己展開行動了。

　　這時故事迎來了轉折，李鶯鶯出現在張浩面前並非偶然，而是帶有目的

〔註15〕 「但見：新月籠眉，春桃拂臉，意態幽花未豔，肌膚嫩玉生光。蓮步一折，著弓弓扣繡鞋兒；螺髻雙垂，插短短紫金釵子。似向東君誇豔態，倚欄笑對牡丹叢！浩一見之，神魂飄蕩，不能自持。」以上引言內容可見於（明）馮夢龍編；嚴敦易校注：《警世通言》冊下，頁450。

〔註16〕 （明）馮夢龍編；嚴敦易校注：《警世通言》冊下，頁450。

〔註17〕 （明）馮夢龍編；嚴敦易校注：《警世通言》冊下，頁450。

性的〔註18〕。兩情相悅是件使人欣喜若狂的事情，張浩與李鶯鶯在短暫的見面時間中私定終生，交換身上之物作為信物，張浩還送予李鶯鶯一首詩，除了紀念之外，也是兩人戀愛關係的證據。只是才剛確認過心意的兩人，怎麼捨得輕易分開，當李鶯鶯主動說要回去時，張浩一時把持不住，不想讓李鶯鶯那麼快離開，便雙手抱持之，李鶯鶯盛情難卻，有些無措。這時廖山甫以禮教為由，希望兩人三思而後行，這才阻止了可能發生的失控局面。

廖山甫的存在就像是禮教的化身，在熱情如火的愛情面前，用最冷靜的姿態分析，勸張浩不要貪一時歡快，毀壞終身之德，若要兩人能夠長長久久，還是要長遠計畫才行：

> 禮法規定男女授受不親，而婚姻須經父母之命，媒妁之言始合程序。張浩卻不顧禮法逕自與鶯鶯相會且私定終身。甚至進而欲與諧歡而為廖山甫所阻——廖此時又以禮法維護者的身分，對這對現在情慾之中，已被禮法且準備更進一步逾越禮法的男女提出義正詞嚴的告誡……張浩的情慾在此禮法的壓制下暫時被收斂起來。〔註19〕

廖山甫的成功阻止可意味著禮法的勝利，但這個勝利並不是絕對的。自那之後，張浩的生活彷彿失去了樂趣，他總是思念著李鶯鶯，卻又苦無傾訴對象，這同時也象徵著張浩的心中在禮法與情欲之間來回爭鬥。後來李鶯鶯托老尼惠寂傳遞訊息，兩人才終於開始有了互動。聯絡中，感情逐漸升溫，只是一直沒辦法見面，張浩除了感嘆「好事多磨」外，也無可奈何。

在無盡思念中，張浩內心對禮法、情欲的猶豫開始有了答案，他為情愛所重，不顧禮法，潛入李家，聽見室中有低低而唱者，所唱之詞是當時宿香亭下相見的約定〔註20〕。能知道如此細節，不正是李鶯鶯嗎？張浩本想以指擊窗，卻聽見有人斥責道：「良士非媒不聘，女子無故不婚。今女按板於窗中，小子踰牆到廳下，皆非善行，玷辱人倫。執詣有司，永作淫奔之戒」〔註21〕張浩驚

〔註18〕關於李鶯鶯如何主動表明婚配意願，詳情可見本論第三章「癡情女子面臨負心的處境與應對」第一節之一「力挽狂瀾：李鶯鶯」。

〔註19〕王鴻泰：《三言二拍的精神史研究》（臺北：國立臺灣大學出版委員會，1994）第二章第二節〈情慾與禮法〉，頁122、123。

〔註20〕唱詞內容為：「雨後風微，綠暗紅稀。燕巢成蝶遶殘枝，楊花點點，永日遲遲。動離懷，牽別恨，鷗鴣啼。辜負佳期，虛度芳時。為甚褪盡羅衣？宿香亭下，紅芍欄西。當時情，今日恨，有誰知！」摘錄自（明）馮夢龍編；嚴敦易校注：《警世通言》冊下，頁454。

〔註21〕（明）馮夢龍編；嚴敦易校注：《警世通言》冊下，頁454。

訝，失足墮下，這才大夢初醒。事實上，這場夢也顯現了張浩對於與李鶯鶯見面的迫不及待，他甚至違反禮法潛入李家，展現了在禮法與情欲的掙扎中，情欲贏得勝利了：

> 《宿香亭張浩遇鶯鶯》裡，張浩也因思念入夢，並在夢中見到了不
> 太好的結局，但最終結局圓滿。不同的是，張浩的夢裡是自己去尋
> 找鶯鶯，而不是鶯鶯來找自己。張浩作夢後認為夢境為吉兆，後果
> 然與鶯鶯相見。……張浩的現實結局是李鶯鶯一力承擔責任，不畏
> 世俗言語，步入公堂，積極為二人的婚姻抗爭。……張浩的夢境表
> 露了他對鶯鶯的執著追求，以及他反抗世俗禮法的一面，現實的張
> 浩雖沒有夢中那麼大的勇氣，但在對待鶯鶯的態度上，他堅定不
> 移。〔註22〕

在夢中，是張浩主動去找李鶯鶯，但在現實中，是李鶯鶯讓惠寂傳語，約定了兩人相見的日子，夢境與現實的對比呈現了張生在心中對李鶯鶯的執著，以及在充斥著禮教觀念的時代下，李鶯鶯追求愛情的勇氣。

　　到了相約之日，兩人十分珍惜此刻，便寬衣解帶，行那夫妻之事。春宵夜短，李鶯鶯臨走前向張浩求詩留作紀念。一日，李鶯鶯與家人要跟隨父親至河朔，她希望張浩莫忘舊好，等待她回來。張浩得知這消息後，度日如年，滿腹愁苦。

　　等待的過程中，張浩父輩為他擇定婚配對象。因為畏懼叔父，張浩不好拒絕，只是張浩情不能捨，他對李鶯鶯的情感是真誠的，因此託惠寂轉達自己被迫負心的窘迫與無奈。

　　李鶯鶯知情後，親自寫狀書，一狀告到河南府訟庭之下，由龍圖閣待制陳公來判案。陳公看過狀書後，替李鶯鶯主持公道，兩人可以成為夫婦，偕老百年。有趣的是，在故事中充滿著禮法與情欲的衝突、矛盾，在兩人初見時，禮法順利壓制了情欲。但在往後日子裡，對愛情的渴望、思念的綿長都讓禮法再也壓抑不住情欲，致使張浩在夢裡做了個不守禮制的「狂徒」，這是情欲戰勝禮法的開端。

　　隨後，張浩叔父為他安排了一樁完全符合禮法的婚姻，但李鶯鶯不願認

〔註22〕姚曼琳：〈「三言」中預兆夢的描寫特點與敘事作用——以《吳衙內鄰舟赴約》
　　　和《宿香亭張浩遇鶯鶯》為例〉，《閩西職業技術學院學報》第18卷1期（2016
　　　年3月），頁60。

命，她自書狀紙，在官府中渴望得到公道。陳公得知真情後，判曰：「花下相逢，已有終身之約；中道而止，竟乖偕老之心。在人情既出至誠，論律法亦有所禁。宜從先約，可斷後婚」〔註23〕使張浩與李鶯鶯可以成為夫妻。李鶯鶯不願妥協，告到官府的行為是令人嘖嘖稱奇的，若非她對張浩的執著，恐怕兩人的緣分終將被「父母之命，媒妁之言」給拆散。而陳公的判案結果，也表現了其認同私約在先的正當性，不強求一定要符合禮法程序，男女關係才算成立，因此成全張浩與李鶯鶯。

　　張浩與李鶯鶯的故事是「癡情女子負心漢」中少有的圓滿結局。張浩因為懼怕父輩的威嚴，所以不敢抵抗，但心中對李鶯鶯的感情難捨，故而請惠寂轉達被迫負心的痛苦、遺憾。張浩一直處在被動的狀態，雖是屆而立之年的才子，仍讓人覺得軟弱。所幸李鶯鶯自身不願認命，奮力一搏，這才使兩人的結局不走向破滅。

　　而在〈宿香亭張浩遇鶯鶯〉最後，結尾詩寫了「當年崔氏賴張生，今日張生仗李鶯。同是風流千古話，西廂不及宿香亭」〔註24〕，與〈西廂記〉以及〈鶯鶯傳〉的張生相比，此文本的張浩的確較可喜，他對廖山甫說：「今既遇之，即頃刻亦難捱也。媒妁通問，必須歲月，將無已在枯魚之肆乎」與〈會真記〉張生「數日來，行忘止，食忘飽，恐不能逾旦莫，若因媒氏而娶，納采問名，則三數月間，索我於枯魚之肆矣」〔註25〕兩者皆無法等待央媒求親的漫長過程，但張浩有廖山甫在旁勸告〔註26〕，張生卻以此為理由請紅娘替自己想想辦法。同是出於對美人的追求，張浩較能以禮待之，其態度真誠可貴多了。

　　本小節最後以表4-2統整張浩的負心情節、經過以及結果：

〔註23〕（明）馮夢龍編；嚴敦易校注：《警世通言》冊下，頁456。
〔註24〕（明）馮夢龍編；嚴敦易校注：《警世通言》冊下，頁456。
〔註25〕（唐）元稹著，周相錄校注：《元稹集校注》（上海：上海古籍出版社，2011），頁1514。
〔註26〕根據王鴻泰的整理分析，發現「關於張浩和李鶯鶯的這一段情緣在《青瑣高議》集和《綠窗新話》都有類似的記載，但在這兩個記載中卻都沒有夢境這個情節，且在《青瑣高議》中廖山甫是鼓動張浩去挑逗鶯鶯的人，而非以禮法代言人的角色出現」可以顯見，收錄在《警世通言》的這個版本，其作者是很有自覺意識的在處理禮法和情欲產生碰撞的問題，使張浩的掙扎、夢境；李鶯鶯的主動、執著，這些情節更有張力，也呈現出禮法與情欲產生衝突之下，人所產生的猶豫與膽怯。引言內容可見於王鴻泰：《三言二拍的精神史研究》第二章第二節〈情慾與禮法〉，頁124。

表4-2 張浩負心情節一覽表

	事件 ➡	經過 ➡	結果
張浩對李鶯鶯一見鍾情	一、張浩與廖山甫在宿香亭飲酒	見到李鶯鶯，張浩讚其美色非人間所有	不聽廖山甫勸告，張浩與李鶯鶯接觸
	二、張浩與李鶯鶯開始交談互動	李鶯鶯表明婚嫁意願，張浩欣喜	兩人交換信物後，張浩反覆相思李鶯鶯
私會宿香亭	一、惠寂來找張浩	惠寂表示是來替李鶯鶯傳遞消息的	張浩與李鶯鶯此後常透過惠寂音信往來
	二、私約相見之日	李鶯鶯主動創造機會，讓兩人可以碰面	春宵苦短，兩人有了夫妻之實
被迫負心	一、李鶯鶯舉家至河朔	李鶯鶯請惠寂轉告，希望張浩等待她回來，之後便可論及婚嫁	張浩思念鶯鶯至極
	二、張浩叔父為其擇定婚事	張浩託惠寂轉達被迫負心的無奈	李鶯鶯寫狀書上訟庭，憑一己之力保全與張浩的關係

（三）〈杜十娘怒沉百寶箱〉李甲

李甲父親李布政希冀兒子在京坐監，可以早日登科，但李甲自遇了杜十娘，一顆心都在她的身上，而杜十娘也心向著李甲，兩人如夫妻一般過日子。只是作為尋歡客，總會有銀兩用罄的一天，老鴇察覺了李甲阮囊羞澀，也就怠慢許多。李布政得知兒子沉溺在教坊司，大動肝火，李甲害怕父親，知曉他發怒，更加不敢回去。

不敢回家，身上又沒有銀兩，李甲處境艱難，但他性子溫和，面對老鴇的故意激怒，並沒有太大的反應，仍然住在杜十娘的房裡。眼見著問題沒辦法解決，老鴇提出只要李甲十日內湊足三百兩銀子，便讓杜十娘贖身[註27]。

李甲為難的表示自己一貧如洗，有心無力。杜十娘趁勝追擊，理性分析：「郎君遊資雖罄，然都中豈無親友，可以借貸。倘得如數，妾身遂為君之所有，省受虔婆之氣。」[註28]只要三百金就可以得到教坊司名妓，這其實是很令人心動的。但李甲也明白自己留戀行院，朋友都看在眼裡，恐怕不樂觀，只能藉口要借貸路費，再做打算。

李甲奔走三日，毫無收穫，只覺得沒臉見杜十娘，因而借住在同鄉柳遇春

[註27] 老鴇與杜十娘商討的詳細對話，可見本論文第三章第三節之一「寧為玉碎：杜十娘」。

[註28] （明）馮夢龍編；嚴敦易校注：《警世通言》冊下，頁488。

的寓所。柳遇春聽聞前因後果，猜出這是老鴇的伎倆，勸李甲莫執迷不悟，不如與杜十娘早日斷絕聯絡。李甲雖然明白柳遇春的意思，卻割捨不下對杜十娘的迷戀。李甲在柳遇春寓所多日，直到杜十娘叫人來尋才回去。

回到杜十娘身邊後，李甲含淚訴說六日來借錢無果，實在羞愧。這段日子裡李甲的表現一直都是流淚無語，對現狀無能為力，但同時也顯見李甲對杜十娘的感情是真誠的：

> 從李甲方面來看，他迷戀杜十娘，雖然主要是迷戀於杜十娘的美色，但李甲在經濟來源完全倚靠父親的情況下，卻為身份卑微的杜十娘而激怒父親，為杜十娘的贖金而吃盡閉門羹，甚至由朝中大員的公子、有著「小小前程結果」的太學生淪為身無分文的乞丐、「浮浪不經之人」，可見為了十娘，李甲犧牲了親情、友情和個人的尊嚴，從這一切付出來看，李甲對杜十娘是付出了真情的。〔註29〕

為了杜十娘而惹怒父親，並為了籌錢而連吃許多閉門羹，李甲明知此舉會使自己聲名狼藉，仍義無反顧。在犧牲名譽、尊嚴、親情上，李甲是有所付出的，他對杜十娘的用心不可忽視，也因此更使人好奇，為什麼這樣的李甲，願意用千金交換杜十娘？

見李甲籌不出錢，杜十娘主動拿了一百五十兩出來，說是自己私蓄，兩人各自努力，為未來謀求幸福。李甲大喜過望，連忙到柳遇春寓中，柳遇春驚道：「此婦真有心人也，既係真情，不可相負。吾當代為足下謀之。」〔註30〕他對李甲說：「吾代為足下告債，非為足下，實憐杜十娘之情也。」〔註31〕湊足三百金的李甲歡天喜地，連忙回杜十娘處。老鴇因為約定在先，只能收了銀兩，速速趕兩人離開。

回鄉前，杜十娘與李甲向她院中各姊妹道謝、拜別，最後至柳遇春住處，謝其周全之德。一切準備就緒後，杜十娘院中姊妹拿了一描金文具過來，當作餞別禮物，那之後兩人踏上了返鄉的旅程〔註32〕。

期間，杜十娘曾在舟首高歌一曲，他舟一少年深受此聲音吸引。〔註33〕

〔註29〕徐武敏、鄒金桃：〈李甲：兩種思想沖突的犧牲品——李甲人物形象的解讀〉，《語文月刊》（學術綜合版）第2期（2010年2月），頁58。

〔註30〕（明）馮夢龍編；嚴敦易校注：《警世通言》冊下，頁490。

〔註31〕（明）馮夢龍編；嚴敦易校注：《警世通言》冊下，頁490。

〔註32〕關於李甲與杜十娘至各院姊妹處謝別的詳細，可見本論文第三章第三節之一「寧為玉碎：〈杜十娘怒沉百寶箱〉杜十娘」。

〔註33〕文本中是如此介紹這少年的：「卻說他舟有一少年，姓孫名富字善賚，徽州新

青樓老手的孫富能品評出其中一二，並肯定道：「此歌者必非良家」〔註34〕，這使他想要一窺歌者模樣。孫富推窗裝作在欣賞外面雪景，正好杜十娘揭起短簾微露容貌，孫富窺見其國色天香，心癢難耐。他沉思片刻，隨後倚窗吟詩，吸引李甲出艙探看，從「孫富吟詩，正要引李公子出頭，他好趁機攀話」〔註35〕可見孫富有所計畫，打算慢慢將杜十娘變成自己的掌中物，而背後支撐著他的巨富則是使他行事游刃有餘的底氣。

　　從故事情節中可看出孫富和李甲同是一路人的敘述：「先說些斯文中套話。漸漸引入花柳之事。二人都是過來之人，志同道合，說得入港，一發成相知了。」〔註36〕說話投機的兩人最大的區別在於孫富家財萬貫，而李甲手中只有五十金，甚至旅途中已花去大半。李甲在金錢上的焦慮，孫富無法共情，但他明白這樣的人最容易被錢財給吸引，加上對談中李甲提及父親性情嚴肅，恐怕容不下杜十娘，只能先在他處遊山玩水，等父親不惱火後再回家。從李甲的傾訴中，孫富準確抓住了李甲顧慮父親的心緒，他提出以千金換杜十娘的建議，且話中充滿對李甲的同情、關切〔註37〕，哄得李甲沒有懷疑，只認為千金之事十分划算。但李甲雖然對錢心動，卻無法割捨對杜十娘的感情，就算孫富言之鑿鑿婦人水性無常，李甲仍有遲疑：

>　孫富道：「自古道：『婦人水性無常。』況煙花之輩，少真多假。他既係六院名姝，相識定滿天下；或者南邊原有舊約，借兄之力，挈帶而來，以為他適之地」
>
>　公子道：「這個恐未必然。」〔註38〕

對於孫富說的水性無常，李甲的反應是「恐未必然」，代表他對杜十娘是有信

安人氏。家資巨萬，積祖揚州種鹽。年方二十，也是南雍中朋友。生性風流，慣向青樓買笑，紅粉追歡，若嘲風弄月，倒是個輕薄的頭兒。」引言內容出自（明）馮夢龍編；嚴敦易校注：《警世通言》冊下，頁493。

〔註34〕（明）馮夢龍編；嚴敦易校注：《警世通言》冊下，頁493。

〔註35〕（明）馮夢龍編；嚴敦易校注：《警世通言》冊下，頁494。

〔註36〕（明）馮夢龍編；嚴敦易校注：《警世通言》冊下，頁494。

〔註37〕孫富佯裝擔心，替李甲分析道：「尊大人位居方面，必嚴帷薄之嫌。平時既怪兄游非禮之地，今日豈容兄娶不節之人。況且賢親貴友，誰不迎合尊大人之意者？兄枉去求他，必然相拒。就有個不識時務的進言於尊大人之前，見尊大人意思不允，他就轉口了。兄進不能和睦家庭，退無詞以回復尊寵。即使留連山水，亦非長久之計。萬一資斧困竭，豈不進退兩難！」以上內容見於（明）馮夢龍編；嚴敦易校注：《警世通言》冊下，頁495。

〔註38〕（明）馮夢龍編；嚴敦易校注：《警世通言》冊下，頁495。

心的，並不因為孫富的三言兩語就產生動搖，但堅定性卻不足。果然孫富接著以江南子弟最工輕薄切入，認為就算杜十娘不淫，也難保不會有覷覦的人前去勾引。聽了這番話的李甲茫然自失，連忙詢問孫富有何好計謀。孫富摸清了李甲的性格，陸續戳中他的軟肋〔註39〕，鼓吹他只要捨得杜十娘，就可以拿到千金並獲得父親的信任與諒解。

李甲的性子說好聽是溫和，說難聽便是軟弱。在文本中，李甲面對棘手的事情常常流淚、束手無策，相比起杜十娘的積極主動，李甲常是被動無力的。有論文論及李甲的數度哽咽、落淚、無助，說他「這許多的淚水，全是為十娘而流，何嘗不是飽含了對十娘的真情真愛呢」〔註40〕，的確，李甲在此段情節所表現出來的皆是對杜十娘的順從，但連連碰壁後，他因為完成不了被交代的任務而有焦急的情緒。李甲無法借到錢的淚水更像是「覺得面上無光」的哭泣，一方面羞於見杜十娘，一方面也嚴重打擊自己的自尊。

李甲在不錯的環境中生長，父親望子成龍，自然是努力培養，養尊處優，並不讓李甲受過太多社會的磨練。因此在失去父親金援下，李甲從富家子弟變成身無分文的尋歡客，縱使他能拉下臉面四處借貸，但也快到極限。四處碰壁的滋味並不好受，更何況李甲原先生活順心，何曾有過這樣的遭遇？

而李甲的性格除了容易落淚、性情溫和外，他的軟弱其實在文本中屢見端倪。在最一開始，就有這麼一段敘述：「十娘因見老鴇貪財無義，久有從良之志；又見公子忠厚志誠，甚有心向他。奈李公子懼怕老爺，不敢應承」〔註41〕明明和杜十娘如夫婦一般生活，卻因為懼怕父親，遲遲不敢給杜十娘一個肯定的承諾；在杜十娘提及三百金之事時，李甲強調了自己囊空如洗，無可奈何，

〔註39〕「兄飄零歲餘，嚴親懷怒，閨閣離心，設身以處兄之地，誠寢食不安之時也。然尊大人所以怒兄者，不過為迷花戀柳，揮金如土，異日必為棄家蕩產之人，不堪承繼家業耳！兄今日空手而歸，正觸其怒。兄倘能割衽席之愛，見機而作，僕願以千金相贈。兄得千金，以報尊大人，只說在京授館，並不曾浪費分毫，尊大人必然相信。從此家庭和睦，當無閒言。須臾之間，轉禍為福。」孫富既點出了李甲的不安處，還提供了一套解決方式，讓李甲認為這是雙贏的交易，既能平息父怒，挽回自己在親友間的形象、地位，還能得到一大筆錢財，而他失去的僅僅只是一份感情，一個在教坊司中溫柔擁他入懷的女人，似乎並不虧。以上引言內容可見於（明）馮夢龍編；嚴敦易校注：《警世通言》冊下，頁495、496。

〔註40〕侯銀梅：〈論李甲的「負心薄倖」——從李甲看《杜十娘怒沉百寶箱》的主題〉，《新鄉教育學院學報》第16卷第1期（2003年3月），頁26。

〔註41〕（明）馮夢龍編；嚴敦易校注：《警世通言》冊下，頁486。

若非杜十娘進一步勸說，李甲恐怕不會「主動」嘗試湊三百金，他在這件事情顯得態度消極；而在四處借不到錢時，李甲感到慚愧，又「不敢回決十娘，權且含糊答應」〔註42〕，這份「不敢」顯現了李甲的矛盾。

對他而言，能不能湊齊三百金其實沒有什麼太大的改變，但對杜十娘來說，卻是終身大事。面對杜十娘的積極盼望，李甲有所壓力，他不知道如何拒絕而遲疑猶豫，這也是他性格軟弱的例子；眼見著借不到錢，杜十娘又來找，李甲自覺無顏，只能含淚委屈，語氣中充滿著放棄意向〔註43〕。

不想堅持、奮力一搏，也是李甲的軟弱之一，他只想逃避，或者乾脆放棄，於他而言，有這份心、有努力過，已經足夠交代了；當杜十娘問李甲一同歸鄉後何處安身時〔註44〕，李甲未有對策，可能是他還未做出決定，又或是他根本不想面對父親的怒火，有些逃避心態；在孫富一番勸說之下，李甲茫然失去主意，這也是他軟弱無主見所致；在向杜十娘傾訴孫富千金換人的提議前，李甲數次欲言又止，默默流淚，他念著杜十娘的付出，不敢直接說出千金之事，但又十分心動孫富的提議，這方面也顯現出他的優柔寡斷。下面以表 4-3 統整李甲在文本中的軟弱事件與其對應表現：

表 4-3　李甲軟弱事件一覽表

事　件　　　➡	李甲的對應表現
一、杜十娘心向李甲	因懼怕父親，不敢應承
二、杜十娘提及三百金便可贖身	強調自己有心無力，態度消極
三、連日來借錢無果	羞見杜十娘，又不敢回絕三百金之事
四、杜十娘詢問借錢結果	落淚羞愧，有放棄之意
五、杜十娘問及歸鄉計畫	因顧忌父親盛怒，未有對策
六、孫富推測李甲帶杜十娘回鄉後的狀況	茫然自失，已被孫富動搖
七、李甲想告訴杜十娘孫富的提議	欲言又止，未語淚先流，表情哀戚

〔註42〕（明）馮夢龍編；嚴敦易校注：《警世通言》冊下，頁 488。

〔註43〕李甲含淚對杜十娘道：「不信上山擒虎易，果然開口告人難。一連奔走六日，並無銖兩，一雙空手，羞見芳卿，故此這幾日不敢進院。今日承命呼喚，忍恥而來，非某不用心，實是世情如此。」內容可見於（明）馮夢龍編；嚴敦易校注：《警世通言》冊下，頁 489。

〔註44〕「十娘對公子道：『吾等此去，何處安身？郎君亦曾計議有定着否？』公子道：『老父盛怒之下，若知取妓而歸，必然加以不堪，反致相累。展轉尋思，尚未有萬全之策。』」內容可見於（明）馮夢龍編；嚴敦易校注：《警世通言》冊下，頁 491。

文本中不斷營造李甲軟弱、猶豫不決、遇事無法解決的形象，因此當李甲又無法拿捏主意時，讀者完全不覺得突兀。面對誘惑與抉擇，李甲既想要千金，又捨不得杜十娘，於是對孫富道：「但小妾千里相從，義難頓絕，容歸與商之。得其心肯，當奉復耳。」〔註45〕李甲將選擇權拋給杜十娘，可其實杜十娘並沒有選擇的餘地，李甲只是不願「主動」當負心漢。他想著杜十娘的美好，似乎料想著此次困難，杜十娘一定也會體諒自己、成全自己，可惜李甲算盤打再美好，卻沒想到自己的這負心念頭，會帶給杜十娘極大的打擊。

回到杜十娘身邊的李甲，故作憂愁，嘆息不止。杜十娘主動詢問狀況，此時李甲未語淚先流，杜十娘溫柔抱住李甲，軟言安慰，李甲才緩緩說出了孫富的提議，並強調「情不能捨，是以悲泣」〔註46〕，營造自己癡情且難捨杜十娘的形象，他以為杜十娘能理解他的困難處，可他沒注意到杜十娘「放開兩手，冷笑一聲」〔註47〕的反應。此時的杜十娘想必心灰意冷，且在她點頭答應後，「微窺公子，欣欣似有喜色」〔註48〕，意識到李甲雖然在她懷裡哭說捨不得，卻在她答應了以千金交換自己後，露出了喜色。這或許便是壓垮駱駝的最後一根稻草，也決定了杜十娘走向毀滅的結局。

李甲為了千金而背棄杜十娘，杜十娘便用巨大的財富讓李甲後悔。百寶箱中有著數層抽屜，都裝滿著奇珍異寶，旁人看著杜十娘將這些錢財盡數丟入江裡，不由喊著可惜，而李甲懊悔不已，抱著杜十娘慟哭。李甲此時大概百感交集，心中後悔著自己竟為了錢財、父親怒火而背叛杜十娘，誰知道他的那些煩惱，其實根本不足掛齒。

文本最後，杜十娘選擇人財俱毀，這種賠上性命的作法看似愚駭，卻讓李甲與孫富一輩子深陷陰影，彷彿時刻都能聽到、看到杜十娘對他們的指控，一生都在痛苦煎熬中渡過。牧惠曾對李甲、杜十娘有以下評論：

> 宋、元的文藝作品中，男子在對待婦女和愛情問題上，一般來說，
> 都比較自私和消極。李甲，王魁，莫稽……莫不是把女人當玩物或

〔註45〕（明）馮夢龍編；嚴敦易校注：《警世通言》冊下，頁496。
〔註46〕李甲老實交代孫富的建議：「孫友名富，新安鹽商，少年風流之士也。夜間聞子清歌，因而問及。僕告以來歷，並談及難歸之故。渠意欲以千金聘汝。我得千金，可藉口以見吾父母；而恩卿亦得所天。但情不能捨，是以悲泣。」內容出自（明）馮夢龍編；嚴敦易校注：《警世通言》冊下，頁497。
〔註47〕（明）馮夢龍編；嚴敦易校注：《警世通言》冊下，頁497。
〔註48〕（明）馮夢龍編；嚴敦易校注：《警世通言》冊下，頁497。

藉以謀取名利的不肖之徒。李甲也有一個「忠厚志誠」的外表，所以杜十娘才會受騙上當，「千挑萬揀，挑了個爛燈盞」，於是引出了「怒沉」的悲劇。杜十娘是個妓女，她是有一定的選擇權的。從這個角度上來說，她的悲劇具有認人不準的因素，必然之中帶有偶然。〔註49〕

從千金提議來看，孫富與李甲的確是將女子當作貨物一樣，可用錢財衡量、交換。但說杜十娘有一定選擇權、認人不準，筆者以為有些錯誤。杜十娘身在教坊司，事事本就難如願，她看似風光，可以任性妄為，可實際上只要有人豪擲千金，讓老鴇開心，她不可能永遠不接客。杜十娘性子謹慎，與老鴇周旋，議定三百金的過程中，可見她對自己從良之事步步為營，小心為上，之所以不敢鬆懈，是因為已經沒有回頭路了。看似充滿選擇的局面，其實杜十娘根本沒有做決定的主動權。文本中一再強調李甲的軟弱，可偏偏決定權都在他的手中：李甲可以決定要不要湊三百金來替杜十娘贖身、可以決定要不要帶杜十娘返鄉，或者另覓他處安身、可以決定要不要用千金交換杜十娘……李甲優柔寡斷，在這些選擇中不斷猶豫、逃避，而杜十娘雖沒有選擇權，但她循循善誘，積極地引導李甲做出自己期待的選擇。

至於認人不準，文本中除了說杜十娘看中李甲的「忠厚志誠」外，還強調了「見鴇兒貪財無義，久有從良之志」的迫切。從良之心已有，又剛好有不錯的人選出現，杜十娘必然好好抓住機會，在談情說愛的過程中，也編織著脫離妓戶的理想，與其說杜十娘認人不準，不如說是時機不對，因為在錯誤的時機遇上錯誤的人（孫富），李甲與杜十娘的未來破滅，本來喜結良緣的喜事，也就變成了天人永隔的悲劇。

雖然杜十娘的結局使人唏噓，但她投江的行為也的確為李甲與孫富帶來餘生的陰影與折磨。在杜十娘懷裡哭泣說情不能捨的李甲，實際上已經為孫富的教唆大為心動。情也許是真的，但不到真金不怕火煉的程度。在金錢誘惑上，李甲拋去了對杜十娘的迷戀，直到看到百寶箱中更勝於千金的財寶，才意識到自己的錯誤。

而杜十娘積極爭取、規劃自己的幸福，渴望著能與李甲返鄉，過上安穩祥和的日子，這種平凡的希望，在李甲的軟弱下蕩然無存。她的一顆真心，終究是錯付了。

〔註49〕牧惠：《西廂六論》（桂林：廣西師範大學出版社，1996）〈論張生〉，頁84。

　　本小節最後以表4-4整理李甲負心情節的經過、結果：

表4-4　李甲負心情節一覽表

	事 件 ➡	經 過 ➡	結 果
三百金之約	一、李甲與杜十娘兩情相悅	李甲阮囊羞澀，老鴇十分不悅	杜十娘與老鴇協定，十日內李甲拿出三百兩，便讓她贖身
	二、杜十娘與李甲討論此終身之事	李甲借錢無果，無顏見杜十娘，借住柳遇春寓所	柳遇春看穿老鴇的煙花逐客之計
	三、杜十娘央人尋李甲回去	李甲泣訴借不到錢，杜十娘拿出一百五十兩	被杜十娘感動，柳遇春替李甲湊足一百五十兩
返鄉前拜謝、道別	杜十娘與李甲向幫助過他們的人道謝	杜十娘拜謝柳遇春，柳遇春對杜十娘表示高度評價	臨行前，眾姊妹贈杜十娘百寶箱
千金之禍	一、孫富聽見杜十娘歌聲	孫富接近李甲，與之交談	孫富提出以千金換麗人的交易
	二、李甲打算和杜十娘討論千金之事	李甲泣訴父親那邊難以安撫，但情不能捨，左右為難	杜十娘冷笑，佯裝答應，心中另有計畫
怒沉百寶箱	一、以千金換人時刻到來	杜十娘打開百寶箱，裡頭有數不盡的財寶	將財寶都擲入江中
	二、杜十娘大罵李甲與孫富	不甘心命運如此，杜十娘以死明志，投入江心而亡	眾人皆罵李甲負心、孫富挑撥離間。事後兩人皆不得善終

二、家人施壓：孫姓兒子

　　關於孫姓兒子，是《初刻拍案驚奇・李克讓竟達空函　劉元普雙生貴子》入話所出現的人物。孫家是孫老兒、婆子、孫姓兒子、孫姓兒子的妻子四人住在一塊的，婆子與人做了些不好的勾當，幾番幾次被媳婦看見，因為自己虛心，所以刻意吹枕頭風，在孫老兒面前說了媳婦諸多不好。孫老兒相信婆子的話，因此遷怒給兒子，常差辱毀罵兒子。孫兒子有孝心，不會懷疑父親、後母，只覺得讒言並非空穴來風，妻子必定有做什麼討嫌的事情，才會引得父母那麼多批評，因此常與妻子爭吵，日子過得並不相安。

　　孫姓兒子在這場家庭紛爭中，不去挖掘真相，弄清楚父母對妻子的數落是否屬實，只講究「孝」字與家中和諧，反讓妻子受盡委屈，這種孝順也只能算「愚孝」。夫妻間偶有口角，這都是正常的，但若常常為了同樣的事情爭執，使家裡少有安寧時刻，如此一來，孫老頭反而更加確信婆子的說辭，認為兒子

娶了讓人不省心的媳婦。孫姓兒子夾在中間的確難做人，父母那邊無法阻止他們對媳婦的嫌棄，在妻子這邊又總會因為相似的事情產生摩擦，兩邊都討好不了，裡外不是人。

後來有個秀才蕭王賓往長洲探親，經過小村落，看到一夥人聚在一塊喧嚷，好奇心驅使，使蕭王賓上前看一看。這時有人注意到蕭王賓，說道：「這不是一位官人？來得湊巧，是必央及這官人則個。省得我們村裡人去尋門館先生。」〔註50〕蕭王賓不明所以，詢問要幫忙寫什麼。這時前文提到的孫姓兒子與孫老頭走上前，孫老頭向蕭王賓說明緣故〔註51〕，這說的是尋常百姓家會有的糾紛，蕭王賓聽了覺得沒有什麼大問題，便寫了一紙休書給孫姓父子。

父子倆回家後，便把休書交與媳婦，表明了各自安好的意願。媳婦勤勤懇懇，乖巧老實做好分內的事情，雖然婆子偷情屢次被媳婦看到，但因為媳婦勤謹孝順，一直都小心侍奉公婆，從來沒多想婆子是否做不合規矩的事情。因此以媳婦角度，她是莫名其妙就被休離，又是委屈又是苦不堪言，她哭著說：「我委實不曾有甚歹心，負了你，你聽著一面之詞，離異了我，我生前無分辨處，做鬼也要明白此事！今世不能合你相見了，便死也不忘記你。」〔註52〕

雖然常常爭吵，但夫妻幾年，又怎會沒有感情？孫姓兒子聽到妻子說了死也不會忘記自己，自然是動容的，夫妻之情擱在那兒，不可能不會不捨，因此孫姓兒子也哭了起來。在這之間挑撥離間的婆子害怕事有生變，趕緊讓媳婦離開。媳婦見事情沒有轉圜的餘地，也只能獨自含淚離去。

一對夫妻竟因為婆子自己做了苟且之事，心裡害怕被拆穿而遭拆散。婆子亂說讒言，這是不對的；孫老頭聽了後不分青紅皂白，對著兒子發怒，這也是不對的。而孫姓兒子講求孝心，不向父母論對錯，也不努力找出問題根源，只與自己妻子爭吵，這是愚笨的選擇，同時也是孫姓兒子的負心之舉。

孫姓兒子的負心，在於聽信讒言，不與妻子溝通商量，找出父母嫌棄媳婦的原因，而是想要息事寧人，聽從父親安排，選擇休妻。妻子自認守本分，卻

〔註50〕「官人聽，我們是這村裏人，姓孫，爺兒兩個，一個阿婆，一房媳婦。叵耐媳婦十分不學好，到終日與阿婆斗氣，我兩個又是養家經紀人，一年到頭，沒幾時住再家裏。這樣婦人，若留著他，到底是個是非堆，為此今日將他發還娘家，任從別嫁。他每眾位多是地方中見。為是要寫一紙休書，這村里沒一個通得文墨。見官人經過，想必是個有才學的，因此相煩官人替寫一寫。」引言內容可見於（明）凌濛初撰；劉本棟校訂；繆天華校閱：《拍案驚奇》，頁219。

〔註51〕（明）凌濛初撰；劉本棟校訂；繆天華校閱：《拍案驚奇》，頁219。

〔註52〕（明）凌濛初撰；劉本棟校訂；繆天華校閱：《拍案驚奇》，頁220。

無端被休，這種打擊必然是強大的，文本雖然未交代妻子離開後如何生存，但臨走前對孫姓兒子的那句「今世不能和你相見了，便死也不忘記你」真叫人心裡惆悵。

女子孤身嫁至夫家，勤勤懇懇做事，對公婆也充滿敬畏與孝順之心，誰曾想在千夫所指之時，丈夫也不願站在自己面前遮風擋雨，只是拿出休書斷絕關係。女子的苦楚該如何傾訴？被休離的女子從今往後又該如何自處？文本未有交代，但卻不難想像女子在未來，必定常常想起這段往事而委屈落淚。而孫姓兒子這種聽信讒言，又無法維護妻子的軟弱，皆是負心的行為，因為聽信了他人對妻子的莫須有指控，又不想拒絕父母的要求，從而「被迫負心」，做出休離的選擇。

孫姓兒子想要做一個孝順的人，卻愚昧的任由父母羞辱責罵，又為了平息父母不滿，寧可與妻子分離。雖然在臨別之際流淚不捨，卻也改變不了孫姓兒子帶給妻子的打擊與傷害，他的負心雖是迫於父母給的壓力，卻難令人同情，因為他可以挺身維護妻子，或努力在妻子與父母間充當溝通橋梁，他明明有多種路可以走，卻最後選擇犧牲妻子以確保家中的寧靜、討父母的歡心。孫姓兒子的負心也許並非出於己願，但也絕對不無辜。

而蕭王賓因為替孫性父子寫休書，拆散了一對夫妻，所以本來命中注定的爵祿被減，原先是狀元的命，後來只中舉人，終其一生只做到一個知洲地位。而這也告知了世人：

> 原來那「夫妻」二字，極是鄭重，極宜斟酌，報應應是昭彰，世人決不可戲而不戲，胡作亂為。或者因一句話上，成就了一家兒夫婦；或者因一紙字中，拆散了一世的姻緣。就是陷于不知，因果到底不爽。〔註53〕

這段話表示了對夫妻情緣的正視，不應隨意對待，既不能嘻笑打罵間胡亂成就夫婦，也不能隨便替人寫休書拆散姻緣。蕭王賓的過錯在於他輕視自己寫這份休書的背後意義，他一逞學識，洋洋灑灑替人代筆，只聽了孫姓老頭的片面之詞，就覺得休書是能幫上他們家的，因此自認做了好事，誰曾想這是拆散他人姻緣的壞事，也壞了自己的官運。

而那妻子指控孫姓兒子「聽著一面之詞」，也坐實了孫姓兒子是個容易聽信讒言的人，這是連妻子都有所體悟的。或許在妻子心中，任憑公婆如何討厭

〔註53〕（明）凌濛初撰；劉本棟校訂；繆天華校閱：《拍案驚奇》，頁218。

自己，只要丈夫肯站在自己身邊，日子再吵鬧，也還能有些甜蜜在其中。可惜孫姓兒子或許是乖兒子，卻絕不是好丈夫，他在孝順與負心中，選擇成了負心漢。孫姓兒子對妻子是有感情的，否則不會在妻子痛哭時也跟著流淚，但他聽信讒言，甚至希望息事寧人，以休離妻子來換取家中的和諧，這是非常不明智的作法，也使他的負心行徑愈加使人不齒。

　　本小節最後以表 4-5 統整孫姓兒子負心情節、經過與結果：

表 4-5　孫姓兒子負心情節一覽表

		事　件 ➡	經　過 ➡	結　果
交代孫家狀況	一、婆子不斷說媳婦壞話	婆子與他人做苟且之事，多次被媳婦看到，害怕被抓住把柄	孫老頭相信婆子的話，總是羞辱責罵兒子
	二、孫家二老不滿意媳婦	無端被父親責罵，兒子沒有頭緒，但他有孝心，也不覺得父母不對	因為父母的嫌棄、責罵，兒子常與妻子吵架
蕭王賓代寫休書	看到有人聚在一塊喧嚷	孫性父子說明家裡狀況，希望蕭王賓幫忙撰寫休書	蕭王賓拆散了一家夫妻，命中爵祿被減，錯失狀元
孫家休妻狀況	父子將休書交給媳婦	媳婦委屈，道盡內心不捨，孫姓兒子動容，同樣傷心流淚	婆子害怕有變卦，催促媳婦離去。

第二節　初時不願，後忘前約

　　除了被迫負心的類型，也有的一開始不願意另娶他人，心中有所排斥，甚至良心備受煎熬。但時間可以改變心態，他們沒多久就會接受現況，最後變得可憎起來。這類型的負心漢會為自己的負心行為開脫，他們更看重自己的利益、私欲，從而捨棄與癡情女子的海誓山盟。更有甚者，在另與他人成家立業後，因為生活過得滋潤愉快，便忘了苦苦等候自己的癡情女子。

　　「被迫負心，大有不捨」的男子通常是受到外在因素影響，不得不負心，他們會特別顯露他們的不捨、無奈，強調因為無法克服困難才妥協。而「初時不願，後忘前約」的男子，他們可能也面臨被迫負心的局面，如被父輩安排婚事，但更多是出於利益關係，才在心態上有了負心的念頭。之所以「初時不願」，是因為他們前期會展現不捨之情、良心掙扎，但最後「後忘前約」，他們總能夠調適心態，合理化自己的背叛，對癡情女子也不再懷有愧疚、歉意。

　　本節要介紹的「初時不願，後忘前約」的負心漢有：貪財慕色而移情別戀的周廷章、發誓不續絃卻又出爾反爾的韓思厚、以「並非明婚正配」說服自己與焦文姬的戀情不過是外遇的滿少卿，還有年少風流，只求性事歡愉的朱遜。他們在面臨抉擇時，表現了不捨之情，但嘴上說著不願，心裡卻衡量再三，最後受眼前利益、美色迷惑，以其他歪理說服自己的行為沒有過錯，從而心安理得選擇了負心，最後甚至忘了與癡情女子過往的山盟海誓。

一、誓不再娶，後出爾反爾：韓思厚

　　韓思厚有感於鄭義娘為了不受辱而以刀自刎的行為，在客店牆上題詞，寫上「昌黎韓思厚舟發金陵，過黃天蕩，因感亡妻鄭氏，船中作相弔之詞」〔註54〕，內容充滿對亡妻的思念、感傷。因緣際會，楊思溫也來到了那間客店，讀了牆上詞作後，才意識到鄭義娘過世了。但他明明前陣子才在秦樓看見鄭義娘，並聽到鄭義娘親口說自己在韓國夫人宅為侍妾，人怎麼會說沒就沒了呢？楊思溫趕緊找到韓思厚，兩人決定前往韓國夫人宅一探究竟。

　　到了地方卻發現早沒有人煙，這時有一老嫗出現，說韓國夫人前年便已過世，期間，老嫗認出他們是韓掌儀與楊五官。見他們驚訝，老嫗說是鄭義娘告訴她的，並娓娓道來自己如何與鄭義娘鬼魂對話，這同時也表明了鄭義娘能夠魂魄現身。

　　緊接著韓思厚與楊思溫跟隨老嫗進入大宅，看到了壁上的字、屏風上的內容，日期都是鄭義娘死後所作，反而更使人不知如何反應。最後老嫗領著兩人見到了鄭義娘的牌位，牌位旁還有一軸畫，畫的正是義娘。韓思厚看到鄭義娘畫上的服飾容貌都與楊思溫敘述在元宵夜看見的一致，頓時惆悵萬千，淚下如雨。老嫗看到韓思厚悲慟表情，說道：「夫人骨匣，只在卓下，夫人常提起，教媳婦看，是簡黑漆匣，有兩箇鑰石環兒。每遍提起，夫人須哭一番，和我道：『我與丈夫守節喪身，死而無怨。』」〔註55〕

　　韓思厚從僕人周義那邊聽到了鄭義娘守節而亡的事情，從老嫗口中也聽了兩次夫人自訴「守節喪身」之事，更強調了每次提起，鄭義娘都會痛哭。韓思厚彷彿可以想像出鄭義娘痛苦不堪選擇自刎的神情，他是又不捨又難受。想要把鄭義娘的骨匣帶回金陵，卻發現骨匣怎麼也拿不起。因此三人舉行了奠

〔註54〕（明）馮夢龍編；許政揚校注：《古今小說》（臺北：里仁書局，1991）冊下，頁371、372。

〔註55〕（明）馮夢龍編；許政揚校注：《古今小說》冊下，頁375。

儀。儀式結束後，一陣狂風吹起，伴隨哭聲，鄭義娘現身了，她「媚臉如花，香肌似玉，項纏羅帕，步蹙金蓮」〔註56〕。

隨後三人談論骨匣歸葬事宜，韓思厚自發承諾，首先說出了要終身不娶，報答鄭義娘守貞守節的賢德。只是鄭義娘清楚韓思厚心性，知道他風流性格，不是一朝一夕能夠改變，雖然現在因為自己的死亡而傷心難過，但日後若憐新棄舊，也是必然之事〔註57〕。

眾人苦苦相勸，鄭義娘也不再堅持，只要求韓思厚立誓。韓思厚隨即以酒瀝地為誓：「若負前言，在路盜賊殺戮，在水巨浪覆舟。」〔註58〕後韓思厚把鄭義娘的骨匣帶回金陵埋葬，在這期間還遇到了親眼看到義娘自刎的僕人周義，他們談及鄭義娘，感念其貞節，抵足而臥，發自內心的為鄭義娘的犧牲遺憾。

後來韓思厚遇見了道觀裡的女道士劉金壇，被劉金壇的美貌給震撼到，加上後來看到劉金壇的〈浣溪紗〉。〔註59〕本就對劉金壇的外貌動了私情，現下看了劉金壇的詞，知道她也渴望還俗，更增添愛念，因此主動撩撥劉金壇。時間久了，經過朋友們的勸說，最後成親結為夫妻。

成親後的兩人，一個不再追薦丈夫，一個也不看顧墳墓，盡情享受新婚之情。而周義見韓思厚再也不來上墳，這才知道他另娶了新人。周義性直，見到韓思厚便說道：「官人，你好負義！鄭夫人為你守節喪身，你怎下得別娶孺人？」〔註60〕周義罵韓思厚，又哭鄭夫人，場面十分尷尬。韓思厚不堪其擾，便叫人打周義走。周義忿忿不平，到墳前和鄭義娘說了韓思厚辜恩負義娶劉金壇的事情。

之後鄭義娘附身劉金壇，想向韓思厚討命，鬧得韓思厚家裡雞犬不寧，因此韓思厚聽從法官的話，將鄭義娘骨匣丟棄在水中。最後韓思厚在與劉金壇乘舟途中，聽到了那首在韓國夫人宅屏風上寫著的〈好事近〉，從梢公口中得知了別人怎麼流傳他們的故事。〔註61〕也許是想起了鄭義娘的美好，想起

〔註56〕（明）馮夢龍編；許政揚校注：《古今小說》冊下，頁376。

〔註57〕更多鄭義娘的心情剖析，可看本論文第三章第二節之三「重視承諾：鄭義娘」。

〔註58〕（明）馮夢龍編；許政揚校注：《古今小說》冊下，頁372。頁377。

〔註59〕〈浣溪紗〉：「標致清高不染塵，星冠雲氅紫霞裙。門掩斜陽無一事，撫瑤琴。虛館幽花偏惹恨，小窗閒月最消魂。此際得教還俗去，謝天尊！」內容充滿著對於還俗的渴望，引言內容可見（明）馮夢龍編；許政揚校注：《古今小說》冊下，頁378。

〔註60〕（明）馮夢龍編；許政揚校注：《古今小說》冊下，頁379。

〔註61〕梢公說：「近有使命入國至燕山，滿城皆唱此詞，乃一打線婆婆自韓國夫人宅

了當初如何感念其犧牲守節，韓思厚頓時痛苦不堪，如萬刃攢心。這時江中風浪俱生，有一人把手揪住劉金壇雲鬢擲入水中，隨後鄭義娘現形，拽韓思厚入波心而死。

筆者以為，韓思厚一開始對於鄭義娘的感情是真心的，他聽到周義的轉述後，弔念亡妻，甚至在壁上作詞，才有機會讓楊思溫看見，懷疑起元宵夜遇見鄭義娘這件事情是否有蹊蹺。

在鄭義娘現形前，韓思厚也多次因為想到鄭義娘的遭遇而痛哭，他是真的不捨妻子的死亡，也感傷她為了守節而死。因此在鄭義娘現形後，韓思厚率先提起終身不娶的事情。原先鄭義娘不願意，因為她清楚韓思厚的風流性格，只表達了他之後常來看她就好的卑微希望。只是韓思厚與楊思溫不依不撓，最後才成功讓鄭義娘答應，這時韓思厚也發下了毒誓，表明自己終身不娶的堅定意志。

事實上，韓思厚的確也可以再喜歡上別人，畢竟感情上的事情誰又能夠有把握？但韓思厚做最糟糕的決定，是他有了新歡後，真的冷落了舊愛。「再無工夫上墳」如何不使鄭義娘怨恨？果然，鄭義娘多次附身討命，韓思厚的風流是她可預見的，但她沒想到，即便發了誓，韓思厚仍會如此決絕，有了新歡就再也容不下舊愛。

而在附身討命這件事上，韓思厚不想著怎麼解開彼此心結，反而聽從法官的話，做出把鄭義娘的骨匣丟棄這種天理難容的事情，韓思厚的負心寡義便是在這裡體現。此文本是很明顯的癡情女子負心漢故事，鄭義娘癡情，她為了韓思厚捨身取義，篇中更是多次提及鄭義娘的守節喪命，不論是他人轉述，又或是鄭義娘自訴，這中間的悲慟、遺憾都是被再再強調的。鄭義娘也曾提及「當時妾若貪生，必須玷辱我夫。幸而全君清德若瑾瑜，棄妾性命如土芥」〔註62〕，為了名譽、貞節而棄生，是令人唏噓感歎的事情，鄭義娘的悲慟除了與夫君天人永隔之外，也可見原先對「生」的執著。誰都會有貪生怕死的一面，但鄭義娘不想受辱後苟且生存，更想保全韓思厚清德，所以選擇了死亡。這份犧牲的

中屏上錄出來的。說是江南一官人渾家，姓鄭名義娘，因貞節而死，後來鄭夫人丈夫私挈其骨歸江南。此詞傳播中外。」對不知情的人來說，故事到這自然是一樁美談，然而韓思厚知道，在那之後他做了多麼辜恩負義之事，甚至把鄭義娘的骨匣丟入江心。內容見於（明）馮夢龍編；許政揚校注：《古今小說》冊下，頁381。

〔註62〕（明）馮夢龍編；許政揚校注：《古今小說》冊下，頁376。

情意，足以證明鄭義娘對丈夫的情深、情癡。

　　鄭義娘越癡情，讀者對韓思厚的期待就會越大，希望他能回報鄭義娘的情意，使她的死更刻骨銘心。因此韓思厚自發承諾是很受人肯定的行為，他的悼念之心強烈，也使鄭義娘的犧牲有了意義。只是文本中經由鄭義娘之口，敘述了韓思厚的風流性子，同時暗示了負心的走向。

　　果然，在那之後韓思厚與劉金壇結為夫妻。感情的事情其實很難控制，韓思厚大可以上墳告訴鄭義娘，自己的情難自禁，並承諾往後仍會追念上墳。鄭義娘就算感傷韓思厚的再娶，但最起碼仍在情理之內，兩人已人鬼殊途，的確難制止韓思後另有新歡。

　　韓思厚最負心的部分在於自發承諾後，自己出爾反爾，又「不再上墳」，為了新感情而忘卻自己的承諾；而丟棄鄭義娘骨匣之事更是致命。鄭義娘為韓思厚而死，韓思厚不念恩，竟丟棄骨匣，這不是讓鄭義娘「又死了一次」嗎？或許有的讀者認為韓思厚的報應相比起其他負心漢，太過慘烈了些，但陳美朱對此分析道：

> 韓思厚所遭受的果報，與之前三種類型（周廷章、滿少卿、李甲）的負心漢相較之下，似有太過慘烈之嫌，畢竟韓思厚是在妻死後別娶，而劉金壇也是再醮之婦，彼此重拾人生第二春，何嘗不是美事？而小說家所以讓韓思厚承受如此慘烈的果報……韓思厚既立誓不娶於先，卻又見新忘舊，見色背誓，尤令人心不平的是，為了杜絕義娘鬼魂作祟，韓思厚甚至掘墳取骨，將義娘骨灰拋入江心，基於「負心的無天理報應，豈有此理！」的義憤使然下，小說家也就賦予韓思厚以自食惡果、墮江而亡的報應了。〔註63〕

與其他拋棄癡情女，使之生活發生變化，甚至步入死亡的負心漢相比，韓思厚一沒有在鄭義娘生前迫害她，二他的再娶行為發生在鄭義娘過世後，與其他負心漢相比（周廷章、滿少卿、李甲），似乎負心之事比較輕微，卻被鬼魂現身報復，拽入江心而亡，好似太過悽慘。但韓思厚背誓在先，又將鄭義娘的骨匣丟入江心，想要讓鄭義娘再也不能現形討命，這樣的行為，無異於一種加害。且鄭義娘生前便知道韓思厚為人，說他生性風流，難以拘管，可見對鄭義娘來說，韓思厚本身就是個不受控的變因，她很難衡量韓思厚是否能說到做到，才要求起誓。這時候誓言的份量變得很重，它是鄭義娘過世後，

〔註63〕陳美朱：〈論三言、二拍中的負心漢〉，《中國文化月刊》第250期，頁71。

唯一能感受到丈夫對自己愛意、感念的證明。雖然再娶、再嫁並不是多麼大逆不道之事，但事實上，社會對鰥夫遠比對寡婦寬容，甚至會鼓勵鰥夫再娶以生育接班人，或者因為生理需求而在對亡妻感念的同時，尋求其他人來撫慰生活的空虛寂寞：

> 首先來談為了情感或生理需求的原因。在這類故事中，持這種理由再婚的鰥夫佔三分之二。這些鰥夫選擇再婚，並非與妻子感情不好（有將近半數的鰥夫與亡妻情感頗佳），遂在喪妻後再娶，以彌補無法從前妻身上獲得的感情缺憾。而是鰥居的生活感情無所寄託，或生理的需求得不到滿足，遂選擇再婚。宋《夷堅丁志·卷九·太原義娘》故事提到，韓師厚的妻子王氏，在戰亂中被敵人俘虜，王氏不願受辱引刀自刎。韓師厚得知實情後，感念妻子的情意，發誓不再娶。每旬日就去探望亡妻的墳墓。但是數年後，「韓無以為家，竟有所娶，而於故妻墓稍益」。韓師厚並非不感念妻子為自己守節而死，但是滿腔的感激之情，終究禁不起空虛孤寂的侵蝕。〔註64〕

引文中所舉的例子〈太原義娘〉和《鬼董·卷一·張師厚》內容皆與〈楊思溫燕山逢故人〉相似，許暉林便將此三篇文本作過比較整理〔註65〕。主角皆表達了對亡妻的不捨、感念，但寂寞空虛日久，除了自身渴望，旁人也力勸再娶。對這類鰥夫而言，與亡妻感情深厚是一回事，生理需求無法得到滿足又是另一回事，加上社會普遍不要求男性專一而終，再娶的行為使他們較能無所顧忌。也因此，基於社會風氣，女子對於丈夫的再婚再娶通常是能妥協的，鄭義娘甚至也退一步認為「倘若再娶，必不我顧，則不如不去為強」〔註66〕，她可以接受韓思厚再娶，但如此一來就不避大費周章遷移她的骨匣了，以免

〔註64〕蔣宜芳：〈夫妻喪偶再婚遭鬼報故事探析〉，《蘭陽學報》第 6 期（2007 年 6 月），頁 78。

〔註65〕「〈太原義娘〉的故事與《古今》24 前段大致相同，但是沒有主角再娶的相關細節。《古今》24 的敘事者很明白地指陳話本材料的來源為洪邁的《夷堅志》：「按《夷堅志》載，那時法禁未立，奉使官聽從與外人往來。」這段文字正是取自〈太原義娘〉條當中的「時法禁未立，奉使官屬尚得與外人相往來」一句。兩位學者對於此一材料借用的關係並無異議。但是，對於《古今》24 後半部分的材料來源，兩人則有不同的看法。韓南以為，《古今》24 後半部分關於韓思厚再娶的情節是取自《鬼董》的〈張師厚〉條。」引言內容可見於許暉林：〈歷史、屍體、與鬼魂——讀話本小說〈楊思溫燕山逢故人〉〉，《漢學研究》第 28 卷第 3 期（2010 年 9 月），頁 39。

〔註66〕（明）馮夢龍編；許政揚校注：《古今小說》冊下，頁 377。

日夜盼著韓思厚來上墳，他卻顧著新人冷落舊人。如此情況下，韓思厚的負心關鍵則在於立誓後不守信用，因為他給了鄭義娘承諾卻又言而無信：

> 為什麼亡妻報復再婚夫婿會得到認同呢？關鍵在於彼此有約定的存在。古代社會認為男性為子嗣再娶，或是為了感情與肉體的需求再婚是理所當然之事，尤其是為了子嗣。但是這些理所當然之事，必須建立在沒有違反約定的基礎之上。如果丈夫沒有和妻子立下不再娶的誓言，亡妻就不能抓丈夫到陰間做伴。〔註67〕

若無立誓，韓思厚的再婚行為並不太算負心，且鄭義娘自己也知道丈夫品行，明白他生性風流，總會有新人出現。但韓思厚為了表示心意，立誓終生不再娶，這便涉及到誠信問題。孔子曰：「人而無信，不知其可也」〔註68〕，說明了誠信的重要，因此韓思厚違背誓言之舉更顯得不可原諒。

　　然而筆者認為，說話算話是值得肯定的，但又不能太拘泥死板，應該要懂得變通。韓思厚給予鄭義娘承諾，他是出於當時感念妻子守節而死的豐沛情感而立誓，這段情並不假，遷移骨匣後也有持續上墳，他是真心緬懷鄭義娘。只是時間會淡化思念，韓思厚原先就是風流性子，他的生活開始充滿空虛，遇見劉金壇後，更是開始動搖。

　　信守承諾是人們都應該重視的，但韓思厚又如何能預見自己會遇到想要再娶的對象呢？他若真心想與劉金壇相守，那麼他誠心在鄭義娘墳前說明狀況，取得諒解，或許鄭義娘只會無奈感慨，卻不至於憤怒。但韓思厚擁有新人後便不再上墳，他的行為如何不使人心寒？連誓言都無法阻止韓思厚的變心，鄭義娘心灰意冷，又想起自己為了守節而死……心裡自然是怒的，自己的犧牲難道是為了成全韓思厚與劉金壇的緣分？委屈、痛苦的情緒令鄭義娘無法忍受，她附身在劉金壇身上向韓思厚索命，鬧得雞犬不寧。

　　若此時韓思厚能想辦法平息鄭義娘的怒火，道歉、溝通等方式無疑都是種辦法，偏偏韓思厚選擇了將鄭義娘的骨匣丟棄，也正是此舉喪盡天良、天理難容，韓思厚的負心負誓甚至是丟棄骨匣都成了最不可饒恕的行為，因此得了自食惡果的報應。如果韓思厚明白「夫輕諾必寡信，多易必多難」〔註69〕的道理，那麼就算他感念鄭義娘之死，但因為承諾必須言出必行，十分考驗誠信，

〔註67〕蔣宜芳：〈夫妻喪偶再婚遭鬼報故事探析〉，《蘭陽學報》第6期，頁79、80。
〔註68〕孔子著；司馬志編：《論語全書》（新北：華志文化，2013），頁196。
〔註69〕先秦・老子著，司馬志編：《道德經全書》（新北：華志文化事業有限公司，2013），頁228。

那麼他就不會輕易許下誓言；若有所覺悟，給予了鄭義娘承諾，就應該說到做到。以下用圖 4-1 來收攝關於韓思厚給予承諾的分析：

圖 4-1　韓思厚承諾分析圖

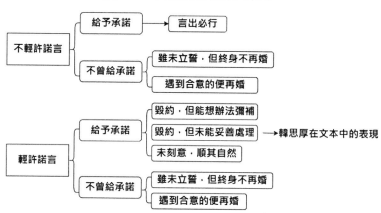

若韓思厚能慎重對待誠信問題，就算給予承諾後，真的不得不毀約，也應該妥善處理，而非不再上墳，又將鄭義娘骨匣丟棄。雖然在舟上聽到〈好事近〉的韓思厚想起過往，觸動良心，百感交集，落淚如傾，但負心之舉已經做了，也無法改變他的確辜負鄭義娘的事實。最後韓思厚被鄭義娘拽入江心而死，也算應驗了自己的誓言，更是體現了對誓言的重視，傳達出不可言而無信的警世意味。

小節最後以表格 4-6 統整韓思厚負心情節、經過與結果：

表 4-6　韓思厚負心情節一覽表

	事　件 ➡	經　過 ➡	結　果
懷疑鄭義娘未死	一、楊思溫元宵夜見過鄭義娘	楊思溫看到韓思厚在客店牆上的悼妻之詞，心中疑惑	楊思溫與韓思厚會合，決定前往韓國夫人宅一探究竟
	二、韓國夫人宅已成廢墟	一老嫗認出兩人，並說鄭義娘死後魂魄徘徊	在牆上、屏風上都可見鄭義娘近日之作
韓思厚發下誓言	一、三人發起奠儀	鄭義娘魂魄現身	鄭義娘表明不願遷骨匣
	二、韓思厚承諾終身不娶	楊思溫在一旁勸說，鄭義娘妥協，要求韓思厚立誓	韓思厚發下毒誓，順利帶鄭義娘骨匣回金陵
韓思厚再娶	一、對劉金壇一見鍾情	發現劉金壇還俗心意，與劉金壇兩情相悅	經友勸說，結為夫婦

	二、韓思厚無心上墳	周義知道韓思厚新婚，大罵其負心不義	周義到鄭義娘墳前訴說韓思厚負心之事
棄鄭義娘骨匣	一、鄭義娘附身劉金壇	鄭義娘屢次向韓思厚索命	韓思厚尋求法師幫助，不堪其擾
	二、法師說只有丟棄骨匣方能無事	韓思厚將鄭義娘骨匣丟到揚子江邊	最後鄭義娘現形，拽韓思厚入波心而死

二、抗拒婚配，後貪財慕色：周廷章、滿少卿

（一）〈王嬌鸞百年長恨〉：周廷章

因緣際會之下，周廷章透過牆缺處看到了王嬌鸞。在王嬌鸞害羞而跑回房間去後，周廷章「見園中無人，踰牆而入，鞦韆架子尚在，餘香彷彿，正在凝思。忽見草中一物，拾起看時，乃三尺線繡香羅帕也。生得此如獲珍寶。」〔註70〕從周廷章踰牆而入可以看出他性格裡的放蕩不羈，暗示讀者他是敢做出大膽事情的，而「生得此如獲珍寶」也預告了讀者，接下來周廷章將會用這羅帕大做文章，這也是他能和王嬌鸞產生交集的關鍵。

後來侍女來找羅帕，周廷章不願輕易歸還，他提出條件：「小生有小詩一章，相煩致於小姐。即以羅帕奉還。」〔註71〕侍女明霞本不想替他寄詩，奈何又必須找回羅帕，因此應允。誰知周廷章還有點小伎倆，尋思著要先拿到王嬌鸞的回音，才肯歸還羅帕：「羅帕乃至寶，得知非易，豈可輕還？小娘子且將此詩送與小姐看了，待小姐回音，小生方可奉璧。」〔註72〕明霞看周廷章堅持，實在沒辦法，只能轉身回去。

另外一邊，王嬌鸞對周廷章雖只是驚鴻一瞥，但因為對方長相俊秀，害羞中卻也動了少女情懷，思索著若能嫁給這樣俊俏郎君，也不枉聰明一世。正巧，明霞過來報告了剛剛與周廷章的交談，並將周廷章的詩給了王嬌鸞。王嬌鸞見了詩，心中是高興的，加上自己有才學卻苦無施展的地方，因此回應了周廷章的詩。自此兩人往來不絕，漸漸情根深重。

後來照顧王嬌鸞起居的曹姨發現了她與周廷章的私情，提議：「周生江南秀士，門戶相當，何不教他遣媒說合，成就百年姻緣，豈不美乎？」〔註73〕王

〔註70〕（明）馮夢龍編；嚴敦易校注：《警世通言》冊下，頁518。
〔註71〕（明）馮夢龍編；嚴敦易校注：《警世通言》冊下，頁518。
〔註72〕（明）馮夢龍編；嚴敦易校注：《警世通言》冊下，頁518。
〔註73〕（明）馮夢龍編；嚴敦易校注：《警世通言》冊下，頁521。

嬌鸞覺得有理，便在給周廷章的詩詞中提及婚嫁的意願〔註74〕。周廷章得詩，並不逃避王嬌鸞的意願，而是假托父親之意，與王嬌鸞父親王千戶求這親事。王千戶雖然滿意周廷章，卻不捨王嬌鸞遠嫁，因此遲遲未同意。

周廷章向王嬌鸞傳達了姻事未諧，內心的抑鬱，王嬌鸞的回覆也是如此，〔註75〕只是看到王嬌鸞書信最後的「此生但作乾兄妹」給了周廷章大膽的想法：「當初張琪申純皆因兄妹得就私情。王夫人與我同姓，何不拜之為姑？便可通家往來，於中取事矣！」〔註76〕一開始，周廷章踰牆而入，可以看出他性格中的無懼無畏，此時他更是冒出了大膽的想法與行動。先是拜王嬌鸞母親為姑姑，以親戚之名走訪王嬌鸞家，並稱嬌鸞為表妹，後又被王千戶接來家裡讀書。至此，周廷章名正言順與王嬌鸞同住屋簷下。

但是，周廷章雖然住進王宅，王千戶「卻也曉得隔絕內外，將內宅後門下鎖，不許婦女入於花園。廷章供給，自有外廂照管。雖然搬做一家，音書來往反不便了」〔註77〕，明明距離更近，卻更難交流，這種落差讓王嬌鸞愁緒無聊，鬱成一病。周廷章此時又有一個計劃，對王千戶說：「長在江南，曾通醫理。表妹不知所患何症，待姪兒診脈便知。」〔註78〕因為周廷章的毛遂自薦，這才有機會再見到王嬌鸞。兩人假以看脈為由，撫摸了半晌，周廷章才對王千戶說這是抑鬱所致，需要常到寬敞的地方散步散心。

周廷章知道王家寬敞之地只有園亭，甚至刻意說自己的存在可能會讓王嬌鸞在園亭散步時造成不便，不如先離開王家。王千戶沒有多想，只道他倆既然拜為表兄妹，兄妹之間又有何嫌阻？便開了後門，鑰匙則給曹姨保管。

周廷章這自告奮勇看脈的行為，順利替自己與王嬌鸞製造了接觸的機會。曹姨也是知情他們私情的，因此常讓他們在園亭中同行同坐。後來在曹

〔註74〕詩的內容為：「深鎖香閨十八年，不容風月透簾前；繡衾香暖誰知苦？錦帳春寒只愛眠。生怕杜鵑聲到耳，死愁蝴蝶夢來纏。多情果有相憐意，好倩冰人片語傳。」引言內容可見（明）馮夢龍編；嚴敦易校注：《警世通言》冊下，頁521。

〔註75〕周廷章詩曰：「未有佳期慰我情，可憐春價值千金。悶來窗下三杯酒，愁向花前一曲琴。人在瑣窗深處好，悶回羅帳靜中吟。孤恓一樣昏黃月，肯許相攜訴寸心？」王嬌鸞也回詩：「秋月春花亦有情，也知身價重千金；雖窺青瑣韓郎貌，羞聽東牆崔氏琴。癡念已從空裏散，好詩惟向夢中吟；此生但作乾兄妹，直待來生了寸心。」引言內容可見（明）馮夢龍編；嚴敦易校注：《警世通言》冊下頁521、522。

〔註76〕（明）馮夢龍編；嚴敦易校注：《警世通言》冊下頁522。

〔註77〕（明）馮夢龍編；嚴敦易校注：《警世通言》冊下頁523。

〔註78〕（明）馮夢龍編；嚴敦易校注：《警世通言》冊下，頁523。

姨的見證下，兩人撰寫婚書，向上天起誓，成了真夫妻。

　　不過從文本敘述中也呈現了周廷章的貪色：「但見燈光外射，明霞候於門側。廷章步進香房，與鸞施禮，便欲摟抱。鸞將生攔開，喚明霞快請曹姨來同坐。廷章大失所望，自陳苦情，責其變卦，一時急淚欲流。」〔註79〕周廷章想要快點與王嬌鸞有肌膚之親，但王嬌鸞想要得到承諾，便先拒絕了周廷章的求歡，並讓明霞與曹姨進房。周廷章的反應先是失望，後又惱王嬌鸞找外人進來，他氣自己欲望不得宣洩，委屈上了心頭，連眼淚都跑出來。這時王嬌鸞才說明自己願意與周廷章在一起，但該有的流程、儀式必須有，這點也能看出王嬌鸞的堅持。

　　做了真夫妻後，兩人過了半年的快活日子，後來周廷章知曉父親告病還鄉，自己欲謀歸覲，卻又不忍與王嬌鸞分離。這時王嬌鸞反而勸他不要戀私情而忘公義，並在周廷章猶豫不決時，替他做了決定，讓周廷章不得不離開〔註80〕。

　　剛分別時，讀了王嬌鸞的詩詞，周廷章觸景興懷，對她難以忘懷，只是回到吳江家中，周廷章發現父親竟早替他決定了婚事。周廷章最一開始的態度是不願意的，但看到魏氏生得漂亮，家裡又十分富有，貪財慕色的本性便露了出來，忘了與王嬌鸞的感情、約定，迎娶魏氏過門。有論文將周廷章歸類於「才子佳人式」愛情故事裡的負心漢，一針見血這類故事中男女主從相愛到決裂的模式：

> 這一類「負心漢」我們可以稱之為「一見鍾情」式的風流才子。在
> 這一類故事裡，青年男女都是知書達理之人，才貌雙全，正值青春
> 妙齡之際，情思奔湧，兩人一旦見面相識後就詩書酬答，相互傾訴
> 愛慕相思意，之後便私訂終身後花園，你儂我儂，男歡女愛，最終
> 男子背棄約定，另尋新歡，釀成愛情悲劇。〔註81〕

王嬌鸞與周廷章便是這樣的故事，男才女貌，一見鍾情，在詩書酬答中感情逐漸升溫，最後私訂終生。這本是才子佳人的情節，然而男女之間對愛情的看重

〔註79〕（明）馮夢龍編；嚴敦易校注：《警世通言》冊下，頁524。

〔註80〕「廷章心猶不決。嬌鸞教曹姨竟將公子欲歸之情，對王翁說了。此日正是端陽，王翁治酒與廷章送行，且致厚贐。廷章義不容已，只得收拾行李。」王嬌鸞請曹姨向父親說了周廷章要歸鄉的計畫，使一切都塵埃落定，讓周廷章沒有猶豫的餘地。以上內容可見於（明）馮夢龍編；嚴敦易校注：《警世通言》冊下，頁525。

〔註81〕齊婷婷：〈論「三言」中「負心漢」形象的悲劇建構〉，《貴陽學院學報》（社會科學版）第11卷第4期（2016年8月），頁58。

程度卻不同。王嬌鸞喜歡王廷章的樣貌,也喜歡兩人唱和時的精神交流;周廷章雖然也愛王嬌鸞的才貌,卻並不專一,只要有錢、有美色,對周廷章來說都是誘惑:

> 作品《王嬌鸞百年長恨》中王嬌鸞說:「只因有才有貌,所以相愛相憐」。愛情從一開始就建立在「才貌」基礎之上,感情卻很不牢固、極難通融。這裡「色」是情的基礎,王嬌鸞的美貌多才,是周廷章最開始喜歡她的必要條件,後來當周廷章「訪得魏女美色無雙」後,因貪色就將其迎娶,一個「色」字是王嬌鸞遭棄的重要原因,如果魏女長相一般或醜陋,恐怕周廷章不會改變主意。〔註82〕

錢財、美色對周廷章來說都是致命誘惑,雖然王嬌鸞出身不錯,又有才貌,但比起私訂終身,周廷章父親替他安排的婚事卻是明媒正娶,符合一切規定,並不會有什麼意外導致他人財兩失;但與王嬌鸞的關係就不好說了,雖然兩人私下以夫妻互稱,但終究是見不得光的關係,也因此章廷章在雙方(王嬌鸞、魏氏女)都有財力、美色的情況下,一番權衡,選擇了背叛王嬌鸞,與魏氏共結連理。

另外也有論文談及周廷章,將之歸類為「始亂終棄」的負心漢,認為周廷章同意配合王嬌鸞的婚書、儀式,是急色之下的妥協,是一時衝動。但偏偏王嬌鸞信任的正是當時周廷章給予的承諾,卻不曾想,對周廷章而言,寫下婚書、在曹姨見證下起誓,都不過是他想要更快得到王嬌鸞,與之建立親密關係的手段:

> 如此大費周章的盟誓之後,生遂與鸞「攜手上床」而有了私情。由此可知王嬌鸞所以應允男方的求愛,是出於對男子的誓言深信不疑,然而這種建立在「男子立誓不負」的基礎上所發展出來的情愛關係,其實是相當薄弱了,因為男方為諧私情所發的誓言,常常是一時衝動使然,一旦事過境遷,也就將前盟忘得一乾二淨了……即使周廷章在一開始的時候也有了「不欲之意」,但在訪得魏女美色無雙、且妝奩甚豐,於是貪財慕色而棄誓別娶。在魏氏過門之後,「夫妻恩愛,如魚似水,竟不知王嬌鸞為何人矣。」可見誓言之於始亂終棄的負心漢而言,不過是一時熱情,脫口而出,因此往往禁不住

〔註82〕齊婷婷:〈論「三言」中「負心漢」形象的悲劇建構〉,《貴陽學院學報》(社會科學版)第 11 卷第 4 期,頁 59。

「財、色」的誘惑而始亂終棄、違誓負心了。〔註83〕

周廷章對王嬌鸞的「情」本就是基於美色而生，感情的基礎並不牢靠，雖然王嬌鸞的才學令周廷章驚訝、欣賞，更增添幾分喜愛，但仍然不敵周廷章對錢財、美色的追求、渴望。在擁有選擇的情況下，周廷章並不會糾結太久拋棄王嬌鸞是否良心不安、難以交代，他反而更重視自己娶了魏氏之後，既能得到一大筆錢財，又能有溫順美麗的妻子，怎麼也比與王嬌鸞遮遮掩掩做私下夫妻要強多了。

王嬌鸞等不到周廷章回來，寄過去的書信也一直沒有消息，隨著時間過去，王嬌鸞也逐漸明白了——周廷章騙了她，他已經負心。壓垮駱駝的最後一根稻草，是周廷章讓負責送信的孫九將香羅帕、婚書帶回給王嬌鸞。就連這種時候，周廷章都不願自己面對，他自知理虧，交代奴僕將婚書等物遞給孫九，自己則避而不見。看到香羅帕與婚書，王嬌鸞明白了周廷章的絕情，對比過往的柔情，她自然是難以接受的。最後王嬌鸞上吊死去，但她給予周廷章的懲罰卻沒有遲到。〔註84〕

想為王嬌鸞主持公道的樊公將周廷章擒拿過來，親自詰問。一開始周廷章是抵賴的態度，但後來看到婚書、香羅帕等證據，自知鐵證如山，便也不敢開口了。最後周廷章的心裡是如何想的？他害怕死亡嗎？他死前是否懺悔？是否覺得自己對王嬌鸞有所虧欠？這些讀者都難以得知，只能看到周廷章最後的結局是被亂棒打死，化為肉醬，無不令人痛快。周廷章貪財慕色，雖然一開始是不願意背叛的，但面對美色、財富，他選擇了背叛，並且不受良心煎熬，也是個鐵石心腸之人，有這樣的下場，或許只是剛好而已。

小節最後以表 4-7 統整周廷章的負心情節、經過與結果：

表 4-7　周廷章負心情節一覽表

	事　件　➡	經　過　➡	結　果
初識	一、王嬌鸞在後園盪鞦韆	發現牆缺處有一少年，嚇得躲回房去	周廷章進入後園，撿起地上的羅帕
	二、侍女明霞前來尋找羅帕	周廷章要求寄詩，並得到王嬌鸞回音才肯歸回羅帕	王嬌鸞與周廷章維持以詩文唱和、交流的關係

〔註83〕陳美朱：〈論三言、二拍中的負心漢〉，《中國文化月刊》第 250 期（2001 年 1 月），頁 65。

〔註84〕關於王嬌鸞如何報復周廷章的思考、行為，可見本論文第三章第三節之二「玉石俱焚：〈王嬌鸞百年長恨〉王嬌鸞」。

計入王家	一、曹姨建議讓周廷章遣媒說合	周廷章向王千戶表達過婚配意願，只是王千戶遲遲未許	姻事未諧，雙方情緒低落
	二、周廷章計入心頭，拜王夫人為姑	與王嬌鸞拜為表兄妹，名正言順入住王家	雖同住屋簷，卻更難交流，王嬌鸞鬱成病
	三、周廷章自薦為王嬌鸞看脈	聲稱王嬌鸞需要到寬敞處散步，順利讓王千戶開了後門	常與王嬌鸞在園亭見面
私定終身	一、周廷章夜入王嬌鸞房間	見明霞與曹姨俱在，以為事有變卦	在曹姨見證下，兩人寫婚書，立誓言，成為夫妻
	二、周廷章猶豫是否返鄉	王嬌鸞以妻子身分給予周廷章建議，甚至替周廷章做決定	離別時刻，兩人都十分不捨，但也期盼著日後讓雙親議定婚事
周廷章負心	一、回鄉後，發現父親已為自己安排婚事	見過婚配對象後，貪財慕色，竟忘了王嬌鸞，心安理得迎娶魏氏	周廷章再不想起王嬌鸞，只顧著自己與魏氏的婚後生活
	二、王嬌鸞派孫九去找周廷章	周廷章見到孫九，逕自進屋，隨後差人退還婚書與羅帕	接受了周廷章負心的事實，王嬌鸞計畫了復仇事宜後，上吊自盡
負心的下場	王嬌鸞的詩文夾在公文內被送了出去	樊公心疼王的遭遇，恨周之薄倖。一開始周抵賴，見到證物才心虛	周廷章被亂棒打死，以慰王嬌鸞在天之靈

（二）〈滿少卿飢附飽颺　焦文姬生仇死報〉：滿少卿

文本一開始就對滿少卿的性格做了詳盡介紹：

> 滿生心性不羈，狂放自負，生得一表人材，風流可喜。懷揣著滿腹文章，道早晚必登高第。抑且幼無父母，無些拘束，終日吟風弄月，放浪江湖，把些家事多弄掉了，連妻子多不曾娶得。族中人漸漸不理他，滿生也不在心上。〔註85〕

滿少卿長相俊秀，性情風流，性格中帶著驕傲自負，雖然還沒有一番成就，卻會覺得自己是特別的人，只要他想，財富、官運都是唾手可得的。加上父母雙亡，無人管束，滿少卿便放浪江湖，遲遲未娶妻。族裡人多是達官顯貴，對於滿少卿的不羈頗有微詞，認為他不學無術，因此漸行漸遠，只是滿少卿不甚在乎。

〔註85〕（明）凌濛初撰；劉本棟校訂；繆天華校閱：《二刻拍案驚奇》（臺北：三民書局，1991），頁 204。

後來滿少卿要去長安投靠父親舊識，但是亂了套，最後花光盤纏，只能走一步算一步。後來輾轉到了鳳翔，遇上大雪，滿少卿決定待在飯店裡，但自己付不出錢來，店小二也就不給他送飯了。這種人情冷暖的時刻，使滿少卿心裡有所感觸，渴望著有誰能給自己雪中送炭。因為不曾受過這等狼狽，滿少卿越想越覺得悲哀，不由放聲大哭，引起了焦大郎的注意。焦大郎向店小二打聽啼哭者的名堂，知道了緣由，替他繳清了飯錢。焦大郎對滿少卿態度客氣，說話也十分體面，既給了滿少卿面子，也不讓自己的行為像是施捨。

滿少卿喜出望外，連忙向焦大郎道謝，焦大郎認為只是舉手之勞，並說滿少卿一表非俗，不像以下之人、落後之人，雖然客套的成分居多，卻也大大滿足了滿少卿骨子裡認為自己不是普通人的驕矜自滿。滿少卿受了焦大郎幫助，心裡十分感激，但也有些得隴望蜀，希望焦大郎可以借他盤纏返鄉。因此前去拜謝時，逐漸將話題引導到「遇到大雪而逗留鳳翔」這件事上，而且除夕在即，恐怕只能在飯店裡過了年再作打算。

滿少卿這段話其實有一些刻意，並且強調了自己的可憐處境。他先前向店小二打聽焦大郎時，知道對方常扶窮濟困，對讀書人更是禮遇，因此心中希望對方可以好人做到底，送佛送上西天去，才向焦大郎訴說了自己的困難。

焦大郎一聽，便主動邀請滿少卿來自己家裡過年，並大氣道：「四海一家況且秀才是個讀書之人，前程萬里。他日不忘村落之中，有此老朽，便是願足，何必如此拘哉？」〔註86〕焦大郎的反應也符合了店小二說他特別禮遇讀書人的說法。本來就是好客仗義的性子，又看滿少卿儀容俊雅，交談之間更見語言倜儻，焦大郎更加欣賞這個年輕人。

焦大郎家中有貌美的女兒焦文姬，焦大郎希望為女兒找個衣冠子弟贅在家裡。但焦大郎出身普通，沒有高門大族願意當贅女婿，而主動上門求親的，焦大郎也不滿意，這樣高不湊低不就，焦文姬也就到了十八歲也還未嫁人。

滿少卿被焦大郎帶回家裡，焦文姬自然好奇這個讀書秀才是個怎樣的人。過往焦大郎也邀請過其他客人，但這些人龍蛇混雜，庸俗之輩頗多，焦文姬也看不上眼。而滿少卿長相不錯，肚中是真有些才學，談吐更是斯文風趣，焦文姬不由得對之產生傾慕之情。

滿少卿若是個正經書生，看到焦文姬貌美，也應該知道「發乎情，止乎禮」，可以日後找個機會正式向焦大郎表達自己對焦文姬的喜愛，然而文本

〔註86〕（明）凌濛初撰；劉本棟校訂；繆天華校閱：《二刻拍案驚奇》，頁207。

中是如此敘述滿少卿對焦文姬的好感：

> 誰想滿生是個輕薄後生，一來看見大郎殷勤，道是敬他人才，安然
> 托大，望其所以。二來曉得內有親女，美貌及時，未曾許人，也就
> 懷著希冀之意，指望圖他為妻。又不好自開得口，待看機會。日挨
> 一日，徑把關中念頭丟過一邊，再不提起了。焦大郎終日懵懵醉鄉，
> 沒些搭煞，不加提防。怎當他每兩下烈火乾柴，你貪我愛，各自有
> 心，竟自勾搭上了。〔註87〕

近水樓台先得月，焦文姬與滿少卿兩人俊男美女，又同住屋簷下，很難不產生
感情。焦文姬少女情懷，情竇初開；滿少卿不拒絕與焦文姬更進一步，也沒有
克制情感的升溫，最後兩人勾搭在一塊，好不快樂。滿少卿的輕薄處在此顯現
端倪，他心安理得接受焦大郎好意，又貪圖焦文姬美貌，不管不顧禮義廉恥，
便和焦文姬私下定情。若滿少卿是認真想要娶焦文姬為妻，他大可以坦然向焦
大郎表明結為親家的意願，而非與焦文姬私下眉目傳情，變成一件醜事。

　　後來焦大郎撞破兩人親熱，雖然惱怒，卻又覺得是自己熱心腸才會引狼入
室。他對滿少卿道：「事已至此，雖悔何及！總是我生女不肖，致受此辱。今
既為汝污，豈可別嫁？汝若不嫌地遠，索性贅入我家，做了女婿，養我終身，
我也嘆了這口氣罷。」〔註88〕滿少卿本以為會有更多的斥責，最後竟是這樣收
場，當然喜出望外，連忙答應下來。焦大郎憂心忡忡，不知是有意無意，問起
若負心怎麼辦？滿少卿則真切道：「小生與令愛恩深義重，已設誓過了，若有
負心之事，教滿某不得好死！」〔註89〕焦大郎看他說得真誠，也就妥協了，挑
了日子辦酒席，讓兩人成為夫妻。

　　一開始夫妻倆是如膠似漆的，滿少卿感激焦大郎的知遇之恩，又得焦文姬
這樣貌美的女子當妻子，因此自言「他日有負，誠非人類」。〔註90〕成婚後，
滿少卿日夜刻苦讀書，兩年後進京應舉，一舉登第。這時的滿少卿第一時間知
道喜訊，仍會想著先回焦家與家人歡慶一番。後來滿少卿要前往京師選官，焦
大郎指望著滿少卿成為達官顯貴，日後來供養他暮年，因此特別上心，變賣家
產，湊了許多銀兩，希望滿少卿可以選個好官。將行之夕，焦文姬似乎有所預

〔註87〕　（明）凌濛初撰；劉本棟校訂；繆天華校閱：《二刻拍案驚奇》，頁 207、208。
〔註88〕　（明）凌濛初撰；劉本棟校訂；繆天華校閱：《二刻拍案驚奇》，頁 209。
〔註89〕　（明）凌濛初撰；劉本棟校訂；繆天華校閱：《二刻拍案驚奇》，頁 210。
〔註90〕　（明）凌濛初撰；劉本棟校訂；繆天華校閱：《二刻拍案驚奇》，頁 210。

感，非常不安，〔註91〕滿少卿安慰焦文姬，承諾一選官結束，確定了地方，就會趕緊讓人迎接她與焦大郎同到任所。

選官過程非常順利，但這時滿少卿遇到了同族兄弟，前文已說因為滿少卿玩性大，愛好自由不受拘受，族人看他不知長進，也就不太搭理，現在看他一舉成名，族人無不歡喜，正在到處尋找他，以各種名目要求滿少卿先回族裡一趟。滿少卿說不過，只能先回去，卻得知親叔叔滿貴已為自己找了婚嫁對象〔註92〕。

滿少卿本想拒絕，最後卻保持沉默，他認為在鳳翔的經歷實在不好說出口，與焦文姬走到一起也並非正規議親流程，實在難以啟齒，拉不下臉的滿少卿也就任由安排。最後果真應驗了焦文姬的不安，滿少卿另娶他人，忘了她這個妻子。其實一開始滿少卿的內心是過意不去的，他曾苦惱過要怎麼處理這件事情，但使滿少卿掙扎苦惱的不是對焦文姬的愧疚，反而是思考著如何兩相其美，因為他認為一夫多妻是理所當然之事，只是誰是妻誰是妾的問題不好解決。一想到自己可以不費銀兩就娶到宦室之女，滿少卿是心癢難耐的，只是對焦氏父女的最後一點良心作祟，使之睡也睡不好，吃也吃不香。

幾日過後，備受煎熬的滿少卿竟然開始轉念，將自己的行為合理化，他認定自己與焦文姬的感情是從偷情開始，只能算外遇，並不是明婚正配，如今自己身分不同，這份關係也應該結束。有這種想法的滿少卿再次展現了他的薄倖性子，他不抗拒與焦文姬情感交流，也沒有以禮拒絕焦文姬的靠近，而是順其自然，任由乾柴烈火熊熊燃燒。男女情愛，你情我願，這是兩個人之間的事情，並非單方面的強迫。焦文姬是市井之人，未必講究名正言順，但滿少卿是讀書人，又豈能不懂這些？滿少卿不重視禮教，與焦文姬私下傳情，從這點也能看出他對這份感情的態度是輕浮的。所以當滿少卿轉念，認

〔註91〕「我與你恩情非淺。前日應舉之時，已曾經過一番離別，恰是心裏指望好日，雖然牽繫，不甚傷情。今番得第已過，只要去選地方，眼見得只有好處來了，不知為甚麼心中只覺悽慘？不捨得你別去，莫非有甚不祥？」內容見於（明）凌濛初撰；劉本棟校訂；繆天華校閱：《二刻拍案驚奇》，頁211、212。

〔註92〕「卻還有一件事，要與你說。你父母早亡，壯年未娶。今已成名，嗣續之事最為要緊。前日我見你登科錄上有名，便已為你留心此事。宋都朱從簡大夫有一次女，我打聽得才貌雙全。你未來時，我已着人去相求，他已許下了。此極是好姻緣。我知那臨海前官尚未離任，你到彼之期還可從容。且完此親事，夫妻一同赴任，豈不為妙？」引言內容可見於（明）凌濛初撰；劉本棟校訂；繆天華校閱：《二刻拍案驚奇》，頁214。

定與焦文姬的關係不過是外遇時，讀者也能理解他為何會有這樣的思緒轉換。因為從一開始，滿少卿就沒有認真看待與焦文姬的關係。有論文這麼說明在「棄婦模式」中，男性忘恩負義的原因：

> 在「棄婦模式」中，男性形象一般都不是太光明，是他們導致了女性的被拋棄，因此，他們是被指責的對象，他們或者花心，或者野心勃勃，或者懦弱。儘管有些愛情婚姻的破碎與男性無關，但是，在這個模式中，男性好像總有不可推卸的責任。〔註93〕

這類男子捨棄女子的原因很多種，花心、性格問題、家庭因素、金錢問題、仕途問題，可以說原因多種多樣，但對這些男子來說，使癡情女成為棄婦的原因，往往是他們避無可避的。如對滿少卿而言，父輩的壓力使他不敢直接拒絕已議定的婚配，對於自己未來的仕途，滿少卿想到了焦文姬的出身背景，並覺得這樣的妻子與自己官員身分不搭配，反而是有錢財有美色的魏氏更適合。所以滿少卿在一番考慮之下，認為與焦文姬的關係走到盡頭是種必然，因為她的身分實在不適合當一個飛黃騰達的官員的妻子。

滿少卿認為自己的安排是最好的，因為自身官途正要開始，需要一個體面的妻子，如若之後焦文姬找來，看是要另嫁，還是要低頭做小都可以。滿少卿在捨得對焦文姬的感情同時，也嫌棄了焦文姬的出身。

完婚後，滿少卿與妻子朱氏感情和睦，只是焦文姬的事情一直是他心頭上的一根刺。朱氏發現了滿少卿的異常，問其緣故，知曉了焦文姬的存在。朱氏賢慧，表示願意接納焦文姬，但滿少卿自己成了負心之人，心裡尷尬，於是敷衍地猜測，焦文姬久久不見他回來，或許已經另嫁了，並不積極想著如何解決這段感情。

後來過了十來年，焦文姬帶著丫鬟青箱出現，她委屈道：「冤家你一別十年，向來許多恩情一些也不念及，頓然忘了，真是忍人！」〔註94〕滿少卿驚慌失措中說道：「我非忘卿，只因歸到家中，叔父先已別聘，強我成婚，我力辭不得，所以蹉跎至今，不得來你那里。」〔註95〕滿少卿的說法蒼白無力，若他真對焦文姬虧欠，便會想方設法接焦文姬過來，或者一封書信告知焦文姬事實，讓她改嫁，但十多年不聞不問，滿少卿的謊言不攻自破。

〔註93〕徐梅：〈「背棄模式」中行為主體差異性分析〉，《現代語文·上旬·文學研究》第 12 期（2008 年 12 月），頁 150。

〔註94〕（明）凌濛初撰；劉本棟校訂；繆天華校閱：《二刻拍案驚奇》，頁 216。

〔註95〕（明）凌濛初撰；劉本棟校訂；繆天華校閱：《二刻拍案驚奇》，頁 216。

　　焦文姬不是來向滿少卿討說法的，她說願意當側室，侍奉滿少卿與朱氏，只求有個依歸。朱氏無奈說原先就同意讓焦文姬過來，不曾想滿少卿自己不願，結果反而害人蹉跎了光陰。於是焦文姬住了進來，朱氏憐其經歷，甚是關愛，三人過了一段和睦日子。

　　一開始滿少卿對焦文姬是有羞愧的，一直不敢到她房中。一次微醺之下經過焦文姬房，忽然念起舊情，便進到房裡去。朱氏聞訊不忌妒也不生氣，只是覺得合該如此。由此處可看出朱氏真如她所說，是個大度的女子。

　　隔日，遲遲未見滿少卿與焦文姬出房，眾人才開始覺得怪異。最後由朱氏領人進屋，卻發現滿少卿死去，屍體已冰涼。兵荒馬亂中處理了滿少卿的後事，疲憊的朱氏回房想要睡去，卻見焦文姬出現，訴說自己多年前便死去的事實。此番前來是要帶滿少卿回冥府對證，朱氏相待好意，她謹記在心，特別來道別。朱氏來不及多問，焦文姬便消失了。

　　滿少卿的負心，造成了無辜性命的逝去，也因為他的畏縮與不負責任的作法，使朱氏失去依靠，下半輩子沒了丈夫，本來美好幸福的人生也變了樣，而這也將成為滿少卿後世的罪孽。

　　將滿少卿歸類在「初時不願，後忘前約」，是因為原先會良心不安，甚至內心焦慮，這代表滿少卿還是有一些良知的，或者該說他起碼知道自己是個負心人，做了負心之事，所以心裡有鬼，且為此受煎熬。只是隨著時間流逝，遲遲不見焦文姬從鳳翔那邊傳來消息，滿少卿久了也逐漸忘懷，以為自己逃過一劫，忘記了對焦文姬的背叛、離棄。曾有論文指出滿少卿雖然有些良心，但終究因為貪利求榮的本性而將誠信給踐踏了：

> 一個人受人之恩，理應報答，即使不報恩，也萬萬不可以怨報恩。……滿少卿當上縣尉後，原來嫌棄他的同族親戚又找上門來，叔叔也為他選定了門當戶對的親事。然而這時的滿少卿卻並沒有將自己已經娶妻的實情告訴叔叔，除了畏於叔叔的威嚴外，其內心的貪利求榮也是重要的原因：「……況且姻緣又好，又不要我費一些財物周折，也不該挫過！」滿少卿的內心獨白完全暴露了他的思想……當滿少卿想到自己陷入窘境時慷慨相助的焦大郎父女時，也感到自己過於薄情，可他又為自己的背信棄義找了些藉口……滿少卿未遇時的恩人雪中送炭及自己的盟誓在門當戶對及錢財勢力面前都已暗淡無色……信義與諾言這時在滿少卿的心裡已不復存在。原本為人本分的誠信也

被滿生的各種「不得已理由」踐踏了。失去了誠信，也就失去了做人的根本。〔註96〕

滿少卿不僅羞於說出與焦文姬的關係，甚至貪求錢財、美色，見魏氏家境富裕，能更配得上即將當官的自己。經過一番掙扎後，滿少卿說服自己，與焦文姬不是明媒正娶的夫妻關係，僅僅只是上不了臺面的外遇，因此更加心安理得接受了父輩替自己決定下來的婚事。滿少卿毫不在乎誠信、仁義問題，他只求個人前途的順遂，骨子裡充滿著自私自利。另有論文論及滿少卿的這段掙扎與負心，認為他面對的是情、理的衝突，以及封建制度下「門當戶對」思想影響。一開始滿少卿是個知恩圖報的讀書人，哪怕一舉登第也想著要回鳳翔慶祝，但回到故里後就有了改變，叔父為自己聘求官宦家的小姐，滿少卿此時的心理狀態很值得注意，他左右為難，因為面臨「父母之命」與「門當戶對」的猶豫之中，在情、理的矛盾中必須做出抉擇，在情上，他確實撇不下焦氏的恩情，且焦文姬是先娶的，應該做大；但在理上，與朱氏的聯姻可說是明婚正配，且朱氏為名門大族的小姐，自然不可做小。因此一番權衡後，滿少卿屈服在名正言順的封建倫理之下，選擇了負心〔註97〕。

若非焦文姬死後索命，恐怕滿少卿的人生只會順遂到底，一點挫折也沒有，使讀者恨得牙癢癢，卻偏偏無可奈何。然而我們也不能否認，社會上這種為了前途而拋棄糟糠妻的負心人不在少數，但得到懲罰、報應的卻是寥寥無幾。女子葬送青春支持丈夫功成名就，卻萬萬也沒想到，在丈夫成為人上人的那一天，自己竟會成為他想要埋葬的過去。

負心漢之多，從古至今數也數不清，滿少卿的故事在前，也好讓讀者的憤怒有個宣洩口，可以藉由滿少卿的報應，得到暢快的閱讀體驗。只是不禁讓人感嘆，故事中的焦文姬尚且需要死後索命來報仇，那麼真實世界的癡情女子，又該如何替自己叫屈？要用什麼辦法才能教訓負心漢呢？

本小節最後以表 4-8 統整滿少卿負心的情節、經過、結果：

〔註96〕全賢淑：〈古代小說中誠信觀念與復仇主題的內在聯繫策略——以明代白話短篇小說「三言」「二拍」為中心〉，《福建師範大學學報》（哲學社會科學版）第 5 期（2005 年），頁 61。

〔註97〕關於滿少卿在情、理中的掙扎、猶豫，詳細可見徐定寶：《凌濛初研究》（南京：南京師範大學中國古代美學博士論文，1998）第二章第二節〈時代主情意識的演進〉，頁 76～77。

表4-8　滿少卿負心情節一覽表

	事 件 ➡	經 過 ➡	結 果
滿少卿落魄	一、因大雪而在客店住下，但無錢吃飯	悲從中來，滿少卿哭泣，被焦大郎聽見	焦大郎為滿少卿出錢
	二、滿少卿向焦大郎致謝	本想向焦大郎借些盤纏，言語中透露自己處境，且需在客店住到年後	焦大郎邀請滿少卿到自己家過年
引狼入室	滿少卿住進焦大郎家	與焦文姬情投意合，私下偷情	被焦大郎發現私情，無奈下讓兩人成夫妻
滿少卿考取功名	一、婚後刻苦念書，一舉登第	焦大郎變賣家產，希望滿少卿可以選個好官	到京選官，巧遇族人
	二、族人要滿少卿先回鄉見親族	滿少卿本想拒絕，卻說不過族人，只好妥協	歸鄉後，親叔叔早已為自己議親
掙扎後負心	一、滿少卿為婚事猶豫掙扎	轉念一想，認為與焦文姬不過是偷情外遇	決定先成親，擁有體面的妻子。日後焦文姬找來，要她改嫁或低頭做小
	二、朱氏看滿少卿滿腹愁緒	朱氏知道焦文姬的存在，願意接納	滿少卿敷衍了事，未解決與焦文姬的糾葛
焦文姬尋來	一、多年後，焦文姬出現	投奔滿少卿，只願日子有個依靠	朱氏對焦文姬憐愛之，相處和睦
	二、滿少卿酒後入焦文姬房	眾人樂見其成，但隔天遲遲未見人出房	滿少卿死亡。焦文姬與朱氏道別，說要拉滿少卿魂魄去陰府對理

三、表明不捨，後不管不顧：朱遜

朱遜早已聘下妻室范氏，還未娶過門，但他年輕氣盛，耐不住寂寞，因此央人對父親朱景先說，想要先娶一妾，以侍枕蓆。在朱遜再三保證下，朱景先答應了先娶妾事宜。

朱景先托衙門中健捕胡鴻出外訪尋，最後訪得張福娘，姿容美麗，性格溫柔，因為與朱遜年紀相近，所以嫁過來後兩情歡愛，如膠似漆。一年以後，范氏準備嫁過來，但范氏的父親反對作為妾的張福娘先自己女兒嫁進去，因此堅持要先遣妾，才會送女兒入朱家：「先妻後妾，世所恆有。妻未成婚，妾已入室，其義何在？今小女于歸戒途，吉禮將成，必去駢枝，始諧連理。此白。」〔註98〕

朱遜心裡是捨不得張福娘的，但在娶妾入室前，他也的確答應了朱景先，

〔註98〕（明）凌濛初撰；劉本棟校訂；繆天華校閱：《二刻拍案驚奇》，頁542。

娶正妻時就會將妾遣還，他不能不守信用，因此左右為難。朱遜自己無法拿定
主意，便將這份苦惱說與張福娘聽，張福娘道：「當初不要我時，憑得你家。
今既娶了進門，我沒有得罪，須趕我去不得。便做討大娘來時，我只是盡禮奉
事他罷了，何必要得我去？」〔註99〕張福娘句句在理，只是自己雖然能盡禮奉
事正妻，范家在意的卻是先後問題，堅決不讓。

　　朱遜說明了范家丈人的堅持，自己實在沒奈何，也別無選擇。這時候張福
娘說出了自己已懷有身孕的事實，強調肚中孩子是朱家血脈，難道連子嗣也不
要了嗎？朱遜沒辦法，只能折衷道：

> 你若不去，范家不肯成婚，可不擔閣了一生婚姻正事？就強得他肯
> 了，進門以後，必是沒有好氣，相待得你刻薄起來，反為不美。不
> 如權避了出去，等我成親過後，慢慢看個機會，勸轉了他，接你來
> 同處，方得無礙。〔註100〕

張福娘並不想離開朱家，但范家發了話，朱遜又一心要尊依丈人的意思，並且
說到做到自己當初說過娶正妻時必先遣妾的承諾。見朱遜心意已定，張福娘也
只能先回娘家守著，等待日後再回朱家。

　　遣妾後，成功迎娶范氏的朱遜，又再度圓滿了房事的快樂：「朱公子男人
心性，一似荷葉上露水珠兒，這邊缺了，那邊又圓且全了。范氏伉儷之歡，
管不得張福娘此離之苦。夫妻兩下，且自過得恩愛。此時便沒有這妾也罷了。」
〔註101〕朱遜的負心在於此，他有了新歡不要舊愛，雖然一開始捨不得張福
娘，心裡非常為難，甚至因此流淚，〔註102〕沒得已才找張福娘討論，但最後
為了安撫范氏的父親，仍然先讓張福娘回家等著，這也是朱遜給張福娘的折
衷之法，更是一個承諾。

　　只是朱遜迎娶正妻後，竟然將張福娘的事情拋諸腦後，再也不關切。他一
開始的為難、猶豫、不捨都是真心的，但後來忘記舊情、約定，做出這種負心

〔註99〕（明）凌濛初撰；劉本棟校訂；繆天華校閱：《二刻拍案驚奇》，頁543。

〔註100〕（明）凌濛初撰；劉本棟校訂；繆天華校閱：《二刻拍案驚奇》，頁543。

〔註101〕（明）凌濛初撰；劉本棟校訂；繆天華校閱：《二刻拍案驚奇》，頁 543、
　　　　544。

〔註102〕文本中呈現了朱遜的為難以及沒有主張的個性：「公子心裏是不捨得張福娘，
　　　　然前日要娶妾時，原說過了娶妻遣還的話。今日父親又如此說，丈人又立等
　　　　回話，若不遣妾，便成親不得。貞也是左難右難，眼淚從肚子裏落下來。」
　　　　以上內容可見於（明）凌濛初撰；劉本棟校訂；繆天華校閱：《二刻拍案驚奇》，
　　　　頁542、543。

之舉也是真的狠絕，讓人感慨朱遜移情別戀之快。

　　後來因為太縱情欲，朱遜身體狀況不好，被警告要戒女色因此朱景先考量到兒子性情，狠心不帶張福娘同歸故鄉，使張福娘的命運變得更加悲苦〔註103〕。朱遜是一切的源頭，也是非常典型的負心漢，但與第四節的「自私薄倖，罔顧癡情女」相比，朱遜一開始的情感是真切的，對張福娘的重視也是真心的，只是忘卻舊情太快，所以形成「初時不願，後忘前約」的負心局面。他最開始不捨離棄張福娘，只是迫於自己對父親說過的承諾、范家的堅持，朱遜只能使出緩兵之計，先安撫好范家，再從長計議。只是誰也沒料想到，朱遜可以在與范氏享受伉儷之歡後，馬上忘了張福娘與肚中的孩子。若非文本花了些篇幅敘述朱遜的為難、猶豫、不捨，否則以他負心之後的作為、心態，完全可以歸類在第三節的「天生薄倖，冷酷無情」。

　　文本中關於朱遜的敘寫並不多，他的作用是為了讓張福娘後來「忍苦教子，一心守貞，最後母憑子貴，與孩子一同回朱家」的情節做鋪敘。但在人物的性格塑造上卻未見馬虎，朱遜貪色急色，先娶小妾發洩慾望，面對遣妾的要求，他也有難過的情緒，因為不捨張福娘，所以十分著急，左右為難。但隻字片語中不難判斷朱遜比起愛情，更在乎性生活，因為與張福娘床事契合，要遣還自然不捨。但年紀輕輕，又難有擔當，只能依了范家要求，讓張福娘離開朱家。隨後朱遜娶了范氏，發現新歡與自己也能相處融洽，便不想花費力氣與精力去處理張福娘的事情。在負心之後，朱遜未展現對張福娘的愧疚，也不見對孩子的關心，朱遜的道德感似乎並不高，他是貪求肉欲的人，最後死在放縱情色的後遺症下，也是死有餘辜。

　　本節最後以表 4-9 整理文本中朱遜負心的情節、經過、結果：

表 4-9　朱遜負心情節一覽表

	事　件　➡	經　過　➡	結　果
朱遜先娶小妾	朱遜想要正室進門前，先娶小妾	朱遜向父親承諾，迎娶正妻時必先遣妾	父親托人訪得張福娘
范家要求遣妾	范家表示若不遣妾，將不送范氏至朱家	朱遜猶豫，此時得知張福娘懷有孩子	朱遜承諾先把正妻迎娶進門後，再找機會讓福娘回朱家

〔註103〕關於張福娘的忍苦教子，可見本論文第三章「癡情女子被負心後的流轉」第二節之六「母憑子貴：〈張福娘一心貞守　朱天賜萬里符名〉張福娘」。

朱遜失約	朱遜忘記對張福娘的承諾	與范氏的婚後生活非常融洽，使朱遜再不管不顧張福娘與其肚中孩子	張福娘在娘家苦等，卻不知朱遜已忘了對自己的承諾

第三節　不識真情，猜疑枕邊人

　　癡情女子負心漢中，較典型的自然是男子拋棄女子的故事情節。拋棄的方式很多，有受人慫恿、逼迫而接受他人另行安排的選擇；也有的是出於自身利益考量，捨棄糟糠之妻，從而迎娶門當戶對的妻子。在眾多拋棄、背叛的負心行為裡，還有一種是不信任、多疑使然的負心。

　　在古代父權社會中，婦女要順從丈夫，支持丈夫的決定，她們不必思考對錯，因為丈夫的選擇都是對的，是自己不可干涉的。司馬光在《家範・妻上》中曾言及類似想法：

　　　夫，天也；妻，地也。夫，日也；妻，月也。夫，陽也；妻，陰也。

　　　天尊而處上，地卑而處下；日無盈虧，月有圓缺；陽唱而生物，陰

　　　和而成物。故婦專以柔順為德，不以強辨為美也。〔註104〕

以夫為日，以妻為月，又說日無盈虧，月有圓缺，表明了夫一切都好而沒有不好的地方，妻則有好有不好。這種想法其實能對應上古時女子不受教育的部分，因為不受教育，想法、眼光上比較狹隘，未能高瞻遠矚。但這並不代表女子有好有壞，而男子就一定是對的，只是當時社會風氣多是如此，強調禮法、父權，宣揚婦節、婦德，使得男強女弱，男子將妻子視為所有物，喜歡妻子的貌美年輕、溫婉順從，卻不能給予妻子尊重、信任。如程萬里雖喜得美嬌娘，卻不斷懷疑白玉孃是張萬戶派來試探的奸細；又有皇甫松先入為主，以為物證俱在，妻子必定背叛了自己；還有東廊僧的前世，因為猜忌多疑，將小妾拷打囚禁，未有憐憫、手下留情，因此今世要還此夙債。

　　這些男子不能信任自己枕邊人，使女子最後走向悲劇，或陷入更糟的局面，他們的負心較為特殊——不夠信任對方，自己又多疑。在懷疑開始後，就會越來越相信荒唐的說法而更加確信妻子的不忠，他們不願意溝通，不想聽妻子「狡辯」，自己沉浸在自以為的真相裡頭，被怒火蒙蔽，或慶幸自己未曾與

〔註104〕宋・司馬光：《家範・妻上》，收於《欽定四庫全書・文淵閣》（臺北：臺灣商
　　　　務印書館，1983），頁 008～1b。

對方交心，卻不曾想，這種不信任，不僅將對方推入火坑，更使自己墜入痛苦的思慮中。等一切真相大白，明白自己誤會妻子，才後悔懊惱，但往往這時負心局面已造成，有的雖能再成夫妻、破鏡重圓，但有的卻造成了傷害，勢必要花費更多時間、精力，才能償還當時所欠下的惡果。

　　此節將負心之舉聚焦於男子對女子的「不信任」、「懷疑」，以此展開討論。有以己度人，誤會白玉孃一片真心，致使二人分離多年的程萬里；也有先入為主，寧可相信虛假物證，也不願聽信妻子說詞的皇甫松；還有因為自己愛猜忌，就對小妾施以暴力的東廊僧（前世）。他們的負心行為雖然不是典型的拋棄、害命，卻也的確給了女子不同程度的痛苦、無妄之災，故於此節討論之。

一、以己度人：程萬里

　　程萬里受元兵抓捕，被帶到張萬戶營中，張萬戶讓擄來的男女各自配對，結成夫妻，一來這些人結婚生子後，自然就會有了牽掛，不敢輕舉妄動；二來是夫妻之間能夠互相監督，若誰有他念，大義滅親也是有的；三來經過戰亂，渴望成家安定下來的人不在少數，能不費錢財就娶到妻子，對這些奴僕來說利大於弊。

　　張萬戶的攏絡手法對於胸無大志，願意安於目前生活的人來說，是有相當成效的。因此奴僕們聽了張萬戶的吩咐，往往流淚磕頭

　　程萬里被分到大概十五、六歲的妙齡女子，氣質出眾，不像個身分低下的人。看到妻子如此漂亮婉約，程萬里心裡高興，詢問女子姓名以及是否從小在這宅中長大。女子沉吟多時，最後流著淚緩慢道：

> 奴家本是重慶人氏，姓白，小字玉孃，父親白忠，官為統制。四川制置使余玠，調遣鎮守嘉定府。不意余制置身亡，元將兀良哈歹乘虛來攻。食盡兵疲，力不能支。破城之日，父親被擒，不屈而死。兀良元帥怒我父守城抗拒，將妾一門抄戮。張萬戶憐妾幼小，幸得免誅，帶歸家中為婢，伏侍夫人，不意今日得配君子。不知君乃何方人氏，亦為所擄？〔註105〕

聽到白玉孃也是羈囚，程萬里心裡有所觸動，與白玉孃訴說自己的出身背景與被擄情由。夫妻二人就像天涯淪落人，在這刻心更近了，之後的夫妻生活

〔註105〕　（明）馮夢龍編；顧學頡校注：《醒世恆言》冊上，頁383。

過得平順，只是那夜白玉孃的話語在程萬里心中激起漣漪，他總是會想起功名未遂、流落異鄉的失落，程萬里想過逃跑，卻因諸多不方便而窒礙難行。種種煩惱積在心頭，程萬里又不知道該向誰傾訴，只能自悲自嘆。

白玉孃看出程萬里的憂愁，問其為何情緒不樂，這時的程萬里雖然與白玉孃有夫妻之實，但相處的日子不多，仍有些防備，不敢說心裡話，白玉孃看出他的含糊隱瞞，不再追問。程萬里縱然滿意白玉孃的美貌、氣質，卻還未將其當作可以傾訴心裡話的對象，這種警惕的心理在故事後面也產生了一定的作用。

後來白玉孃勸程萬里逃跑，真心誠意地說道：「妾觀郎君才品，必非久在人後者。何不覓便逃歸，圖個顯祖揚宗，卻甘心在此，為人奴僕！豈能得個出頭的日子！」〔註106〕白玉孃的話句句說入心坎，程萬里一方面驚訝她能說中自己心事，一方面他的警惕之心使他懷疑起白玉孃：「他是婦人女子，怎麼有此丈夫見識，道著我的心事？況且尋常人家，夫婦分別，還要多少留戀不捨。今成親三日，恩愛方纔起頭，豈有反勸我還鄉之理？只怕還是張萬戶教他來試我。」〔註107〕防人之心的確不可無，白玉孃又是張夫人喜歡且重用的侍女，很有可能是張萬戶派來試探的。

程萬里幾經波折，努力生存，不可能一下子就信任白玉孃，這種警惕心理情有可原，但程萬里以「女子怎會有丈夫見識」、「夫妻正恩愛如何能忍受分別」等角度來加以懷疑，認為以白玉孃作為女子的見識，不可能說出勸他逃跑的話，才認為白玉孃必定是受張萬戶吩咐前來試探。程萬里在這方面實在是以小人之心度君子之腹了，以自己的刻板印象來否定白玉孃的見識，並懷疑之、不信任之，反而更顯得白玉孃高瞻遠矚，程萬里目光短淺。

因為懷疑白玉孃在試探自己有無逃跑之意，程萬里強調自己不會背恩忘義，白玉孃聽了只是默然無語。隔日程萬里到張萬戶面前，說了白玉孃勸自己逃跑的事情，言語間表明了自己的忠誠。這一部分，程萬里是有所計畫的，他盤算著白玉孃若真是張萬戶派來，自己重表忠心必定不會錯，且當面點破試探之舉，也是坦然的作法，證明自己的確沒有他念。這種行為可以使張萬戶放下戒心，久了自己或許就有逃跑的機會。

誰知道白玉孃是真心為程萬里著想，張萬戶聽了程萬里的告發，想重罰白

〔註106〕（明）馮夢龍編；顧學頡校注：《醒世恒言》冊上，頁384。
〔註107〕（明）馮夢龍編；顧學頡校注：《醒世恒言》冊上，頁384。

玉孃，張夫人處處維護，使之最後沒有受罰。到此，程萬里應該要明白白玉孃的真誠，誰知道張夫人的維護反而又讓程萬里起疑，心想著：「還是做下圈套來試我。若不是，怎麼這樣大怒要打一百，夫人剛開口討饒，便一下不打？況夫人在裏面，那裏曉得這般快就出來獲救？且喜昨夜不曾說別的言語還好。」〔註108〕程萬里以自己的觀點來說服自己，仍然認為白玉孃是張萬戶派來試探的人，甚至沾沾自喜未曾對白玉孃說多餘的話，使自己陷入更糟的局面。

因為這樣的猜疑心與對白玉孃的不信任，在白玉孃又來勸逃跑時，反而讓程萬里更加確定了白玉孃是張萬戶派來試探的，否則一般人聽到處罰就會嚇怕了，又如何還壯著膽子再勸人逃跑？只有可能是因為她這樣的行為都是張萬戶吩咐的。

程萬里未曾在白玉孃身上求證，只憑著自己的想法、觀察而得出結論，給白玉孃扣上了「試探者」的帽子。因為相信自己的猜想，當白玉孃第二次勸說逃跑後，程萬里一樣告訴了張萬戶。張萬戶氣憤不已，決定要把白玉孃賣掉，再擇其他好的女子給程萬里當妻子。程萬里聽到這裡，這才明白之前都是他誤會了白玉孃，自己還接連出賣她，反而讓白玉孃陷入被賣的處境。

到了這樣的局面，夫妻之間才有交心的對話，白玉孃表明自己死不足惜，且依然為程萬里著想，要他想個方法逃跑，另謀生計。程萬里也終於承認了自己的錯誤，並向白玉孃表達了懊悔之情：「賢妻良言指迷，自恨一時錯見，疑主人使汝試我，故此告知。不想反累賢妻！」〔註109〕

兩人到了此刻才同心，但也無法改變被拆散的命運，兩人交換了鞋子，企盼著有一天能夠再度相見。不過經此一事，張萬戶也的確對程萬里十分放心了，諸事委託，毫不提防。程萬里假意殷勤，實則一直找機會逃跑。後來機會上門，程萬里與同樣是奴僕的張進做伴同行，要去鄂周給兀良哈歹賀壽。回程路上，程萬里一直伺機而動，但張進與自己同行同臥，實在沒有好機會逃跑。正當程萬里無計可施時，也許時運到了，張進受了風寒，在飯店上生起病來。程萬里趁著張進在床上昏睡時，留下一封書信放在張進包裹中，並拿了十兩盤纏銀子，臨走前與飯店主人說明先讓同伴留下調養，自己則先去處理正事。

因為說法合理，店主人也沒有懷疑，就讓張進留在飯店養病，程萬里則隻

〔註108〕（明）馮夢龍編；顧學頡校注：《醒世恒言》冊上，頁385。
〔註109〕（明）馮夢龍編；顧學頡校注：《醒世恒言》冊上，頁386。

身離去。有了盤纏行囊，程萬里順利回到了臨安，並訪得父親門生周翰〔註110〕，當時度宗收錄先朝舊臣子孫，周翰提挈程萬里，使之順利得到福建福清縣尉的職位，並找了好使的人當僕人，取名程惠。

後來程萬里官運順遂，因其清正廉能，官位越來越高。二十餘年後，程萬里被派去當陝西行省參知政事，程萬里想到興元府是他管轄地，便趕緊派程惠前去打聽妻子白玉孃的下落。

程惠雖然順利找到了白玉孃，但白玉孃表明自己已經出家為尼〔註111〕，別無所求，如今與程萬里的這一雙鞋子可以有雙全的一天，她也就滿足了。程惠沒辦法，只好回去如實報告給程萬里。程萬里甚是傷感，但他也沒打算聽從白玉孃的話。他動用了自己的影響力，讓太守同僚替自己迎接白玉孃。太守眾官來到曇花菴前，白玉孃明白難以推拖，也就跟著回到陝西，與程萬里相見。

這麼多年以來，程萬里感念白玉孃之義，一直未曾娶妻，如今迎接妻子回來，夫妻破鏡重圓，也是一時佳話。馮夢龍《情史》中收錄了〈程萬里〉，在故事最後評論道：

> 為婚纔六日，別乃二十餘年。老而復聚，以富貴終。向使糜鹿相守，終為張氏婢僕，其有振乎！方其忠告脫網，意何遠也。齊姜之後，僅一人焉。萬里冤其婦，卒用自脫，所成者大，豈吳起求將之意埒乎哉！重耳之語狄隗也，待我二十五年，不來乃嫁，卒迎隗為夫人。萬里亦二十餘年，而繡鞋始雙。夫婦之合，不偶然矣。夫萬里已明知玉孃之鬻為人妾，而又訪之何也？聽其言，察其志，玉孃之不降、不辱，必也。誠如是，雖更二十年猶可也。〔註112〕

雖然程萬里曾經誤會白玉孃別有用心而害她被賣給別人作妾，但多年來程萬里一直不忘恩情，甚至保存著彼此的鞋子，只等待未來有一天能夠再度相見。

〔註110〕 文本在介紹程萬里時，曾簡單提及其父為程文業，官拜尚書。雖然在程萬里十六歲時，父母俱喪，但在十九歲時，程萬里仍然靠著父蔭補國子生員。父親帶給程萬里的幫助在文中除了補國子生員外，還有門生周翰的存在。周翰看在程文業的面子上，對程萬里多有照顧。以上內容可見於（明）馮夢龍編；顧學頡校注：《醒世恒言》冊上，頁380、389。

〔註111〕 關於白玉孃被賣掉後的經歷，詳情可見本論文第三章「癡情女子被負心後的流轉類型」第二節之一「一心向夫：〈白玉孃忍苦成夫〉白玉孃」。

〔註112〕 （明）馮夢龍：《古本小說集成‧情史》（上海：上海古籍出版社，出版年不詳），頁145、146。

評論中引導讀者思考，為什麼程萬里明知道白玉孃已被賣給他人作妾，仍要人去尋呢？因為基於之前的誤會，程萬里已深深明白白玉孃的為人，知道她有不輸大丈夫的果敢與毅力，他堅信著白玉孃在這二十年必定潔身自愛，不輕易低頭，因此讓人去尋。而也不出所料，白玉娘出家為尼，長伴青燈。

程萬里接白玉孃回來後，賢慧的白玉孃知道自己年紀已大，難以懷孕，便為程萬里廣置小妾，使之有了兩個孩子。在兩人暮年，孩子也成了顯官，日子十分順遂祥和。

以結果來說，夫妻能團圓自然是理想的大結局，只是當初程萬里若不猜疑心那麼重，再信任白玉孃一點，或者更早與白玉孃說些心裡話，解開自己內心的懷疑，也許夫妻倆就不會一別多年。但同樣的，若非白玉孃多次勸程萬里逃跑，張萬戶恐怕也不會輕易對程萬里放下堤防。而白玉孃的離去，也使程萬里更加堅定逃跑的決定。一切的一切都彷彿是命中註定，當然這也是故事充滿戲劇性的必要關鍵。放在現實中，少有人能夠幸運找到順利逃跑的時機，也少有人可以在多年後尋回故人。

在本論文第三章第二節之一「被賣為妾：白玉孃」中，提及了白玉孃為張萬戶夫婦禮懺追薦，被程萬里接回時，也特地先去拜別顧大郎夫婦，顯現了其知恩圖報、善良溫柔的性情。程萬里也有相似的個性，其決定逃跑時，在張進包裹裡留下一封信，內容感念張萬戶的不殺之恩，雖然選擇逃跑，但會刻刻於懷其恩情〔註113〕。程萬里的這種性格，使他日夜記著白玉孃的恩義，因此決定不再娶的行為也更加合理。幾夜夫妻的相處，未必使程萬里愛上白玉孃，但白玉孃宛若知音，看出程萬里的不甘低賤，並多次勸其逃跑。可以說程萬里終其一生，都在報答白玉孃，若無她的苦苦相勸與犧牲，程萬里最終可能妥協命運，做以下之人，再無出人頭地的一天。

而程萬里的負心在於多次對妻子懷疑、不信任，導致妻子陷入更糟的情境。但程萬里謹記著白玉孃的期許，處心積慮最後逃跑成功，在功成名就後，還念著白玉孃而不另娶。這部分使他負心的行為變得輕微，成功從負心漢轉

〔註113〕　書信完整內容為：「門下賤役程萬里，奉書恩主老爺臺下：萬里向蒙不殺之恩，收為廝養，委以腹心，人非草木，豈不知感。但聞越鳥南棲，狐死首丘，萬里親戚墳墓，俱在南朝，早暮思想，食不甘味。意欲稟知恩相，乞假歸省，誠恐不許，以此斗膽輒行。在恩相幕從如雲，豈少一走卒。放某還鄉如放一鴿耳。大恩未報，刻刻於懷。銜環結艸，生死不負。」該內容可見於（明）馮夢龍編；顧學頡校注：《醒世恒言》冊上，頁390。

變為癡情、知恩圖報的男人，是所有負心漢中，負心程度最小的一個。

此小節最後以表 4-10 整理程萬里負心的情節、經過、結果：

表 4-10　程萬里負心情節一覽表

	事　件 ➡	經　過 ➡	結　果
白玉孃勸程萬里逃走	一、程萬里與白玉孃成夫妻	程萬里因白玉孃而勾起內心惆悵	程萬里面露愁緒，被白玉孃注意到
	二、白玉孃勸說程萬里逃跑	程萬里以己度人，懷疑白玉孃是試探者	程萬里告發白玉孃
	三、張萬戶得知白玉孃勸程萬里逃跑	張萬戶要懲罰白玉孃，因張夫人勸阻而作罷	程萬里因為張夫人的維護而更加懷疑白玉孃
	四、白玉孃二度勸說程萬里逃跑	程萬里以己度人，肯定白玉孃就是張萬戶派來的人	程萬里再度向張萬戶告發白玉孃
	五、張萬戶要賣掉白玉孃	程萬里驚覺誤會白玉孃，但為時已晚	程萬里與白玉孃交換鞋子，不捨道別
白玉孃被賣後	一、白玉孃不願背叛程萬里，自願為婢	受顧大郎夫婦百般刁難	顧大郎夫婦見白玉孃立志堅定，改認為義女
	二、白玉孃勤儉紡織	耗時一年做成布匹，抵償身價	自願到南城曇花菴為尼
程萬里逃跑	一、自願替張萬戶送壽禮	因同伴張進臥病，才有機會逃跑	逃跑成功，回到臨安
	二、投靠父親門生周翰	正巧趕上朝廷收錄先朝舊臣子孫，受周翰提挈	有了官位，勤懇做事
破鏡重圓	一、程萬里管轄地包含興元府，派程惠找尋白玉孃	程惠幾經輾轉，找到曇花菴來，與白玉孃交談	白玉孃見鞋子能再成雙，表明心願已了，不願離開曇花菴
	二、程萬里仍堅持接白玉孃回來	程萬里讓興元府官員俱禮迎請白玉孃，白玉孃無法拒絕	夫妻重逢。白玉孃治家有方，為程萬里廣置小妾，綿延子嗣

二、先入為主：皇甫松

皇甫松看到自己家門口有人鬼鬼祟祟朝著屋內東張西望，是個賣餶飿兒的僧兒，那人對皇甫松說：「一箇官人，叫我把三件物事與小娘子，不教把來與你。」〔註114〕皇甫松自然好奇是什麼事非要找自己妻子，卻不能給他知

─────────────────────

〔註114〕　（明）馮夢龍編；許政揚校注：《古今小說》冊下，頁 516。

道。僧兒不願說，皇甫松對其使用暴力後，僧兒才求饒，並老實將三件物事交出來，卻是一對落索環兒，一雙短金釵，一個簡帖兒。簡帖的內容指明了妻子楊氏與寫簡帖的人關係匪淺。皇甫松讀後非常憤怒，連忙問僧兒，那托他送物事的官人長什麼樣。

一聽說是有著粗眉毛、大眼睛、蹙鼻子、略綽口的人，皇甫松帶著僧兒去茶坊一探究竟，但沒有找到符合描述的人。於是皇甫松嘗試從妻子那邊得到答案，他喚來楊氏，讓她看看那三件物事。文本在這裡描寫了楊氏看到三件物事的反應：「殿直把那簡帖兒和兩件物事度與渾家看，那婦人看著簡帖兒上言語，也沒理會處。」〔註115〕楊氏的反應十分坦然、磊落，沒有一絲一毫害怕東窗事發而有的緊張、慌恐。讀者從這裡可以判斷楊氏的確不牽涉在其中，但皇甫松氣在頭上，失去了冷靜，並沒有從這些細節對楊氏抱以信任，而是認為物證確在，楊氏必定對不起自己。

皇甫松已先入為主，在心裡給楊氏定了罪，接下來的行動、審問都有著「欲加之罪，何患無辭」的意味。他詢問楊氏，是否趁他外出時找人來家裡喝酒，並問三件物事是從哪裡來的。楊氏回答自己不知情，皇甫松不滿意這答案，「左手指，右手舉，一箇漏風掌打將去。小娘子則教得一聲，掩著面，哭將入去。」〔註116〕動手打人，代表著當事人理智盡失，皇甫松的反應同時也是惱羞成怒的表現，因為沒有從妻子口中得到心裡預設的答案，焦躁難耐，所以對其動手。

在楊氏身上得不到答案，皇甫松就改去問侍女迎兒。迎兒也是連連否認，皇甫松不相信楊氏沒有帶人回家裡喝酒，便往迎兒身上打，迎兒受不了這等苦痛，便討饒著：「三個月殿直出去，小娘子夜夜和箇人睡。」〔註117〕皇甫松聽到是自己想要的答案，於是停下動作，繼續追問，迎兒只是垂淚道：「告殿直，實不敢相瞞，自從殿直出去後，小娘子夜夜和箇人睡，不是別人，卻是和迎兒睡。」〔註118〕皇甫松當然不滿意這個答案，覺得迎兒是在糊弄自己。

文本到這，已可看出皇甫松認定了楊氏和別人有染，且深信不疑。明明楊氏否認的表情動作沒有任何慌張、心虛；年紀還小的迎兒就算被打罵也並

〔註115〕　（明）馮夢龍編；許政揚校注：《古今小說》冊下，頁517。
〔註116〕　（明）馮夢龍編；許政揚校注：《古今小說》冊下，頁517。
〔註117〕　（明）馮夢龍編；許政揚校注：《古今小說》冊下，頁518。
〔註118〕　（明）馮夢龍編；許政揚校注：《古今小說》冊下，頁518。

未說出誰和楊氏會面。這些細節都佐證了楊氏的清白，但皇甫松偏偏不信，他只覺得簡帖與落索環兒、金釵是鐵證，賣餶飿的僧兒不可能憑空虛構一個官人出來，必定確有情郎的存在。

有物證，卻找不到情郎，皇甫松越想越不甘心，於是帶著屬下押著楊氏、迎兒以及僧兒去開封錢大尹廳下，希望錢大尹能替自己作主。錢大尹一一審問，僧兒說：「即是茶坊裏見箇粗眉毛、大眼睛、蹙鼻子、略綽口的官人，他把這封簡子來與小娘子，打殺也只是恁地供招。」〔註119〕問侍女迎兒，她說：「即不曾有人來同小娘子喫酒，亦不知付簡帖兒來的是何人，打殺也只是恁地供招。」〔註120〕皇甫松的妻子楊氏則堅持：「自從少年夫妻，都無一個親戚往來，只有夫妻二人，亦不知把簡帖兒來的是何等人。」〔註121〕三人說法堅定，未曾改變。明明有物證、對官人長相的描述，卻怎麼也找不到人，也未能從楊氏、迎兒身上得到更多資訊，案情陷入膠著。

面對三人的說辭，錢大尹也問不出更多，加上楊氏身形瘦弱，禁不起嚴刑拷打。錢大尹為此找了罪犯過來，讓楊氏看看罪犯遭遇的苦刑，希望楊氏會害怕從而招供一切。然而沒有做過的事情，又要如何承認？楊氏只覺得更加委屈，聲淚俱下：「告前行，到這里隱諱不得。覓幅紙和筆，只得與他供招。自從小年夫妻，都無一個親戚來往，即不知把簡帖兒來的是甚色樣人。如今看要侍兒喫甚罪名，皆出賜大尹筆下」〔註122〕錢大尹頓時為難起來，他也難以處理這件事情，畢竟捉奸見雙，又無證見，實在難輕易斷罪。

事情到了這局面，皇甫松也不想維持夫妻關係，只願休離〔註123〕。皇甫松與妻子休離後，也並非完全不思念，常常觸景傷情，尤其特殊節日，想起從前的出雙入對，對比如今的形單影隻，更加黯然傷神：「每年正月初一日，夫妻兩箇，雙雙地上本州大相國寺裏燒香。我今年卻獨自一箇，不知我渾家那里去了？」〔註124〕皇甫松還是會稱呼楊氏為「我渾家」，在他心裡是有楊氏的，心中也懷念著從前過往，只是當初氣憤，堅持夫妻分離，如今物

〔註119〕（明）馮夢龍編；許政揚校注：《古今小說》冊下，頁518。
〔註120〕（明）馮夢龍編；許政揚校注：《古今小說》冊下，頁518。
〔註121〕（明）馮夢龍編；許政揚校注：《古今小說》冊下，頁518。
〔註122〕（明）馮夢龍編；許政揚校注：《古今小說》冊下，頁519。
〔註123〕關於楊氏被休後的經歷，可詳見本論文第三章「癡情女子被負心後的流轉」第二節之五「為求生存：〈簡帖僧巧騙皇甫妻〉楊氏」。
〔註124〕（明）馮夢龍編；許政揚校注：《古今小說》冊下，頁521。

事人非，愈發唏噓。

　　皇甫松隻身一人來到大相國寺，看到了一個官人，長相特徵符合當時僧兒口中的粗眉大眼、蹙鼻綽口。還未曾多想，就看到官人身旁跟著一個婦人，正是楊氏。皇甫松尚未反應過來，便聽到一行者對那官人喊著：「你害得我苦，你這漢，如今卻在這里！」〔註 125〕皇甫松一聽，便攔下行者，與之交談。一個是妻子和疑似送簡帖的情郎在一塊；一個則是指認官人是小偷，並害他連坐受了罰〔註 126〕。兩人都有事要找那官人問仔細，皇甫松便建議，先偷偷尾隨其後，找到住處後，再與他官司。也幸好兩人尾隨在後，才能救了楊氏的性命，他們將官人解到開封府錢大尹廳下。

　　真相水落石出，這一切都是簡帖僧的計謀，楊氏只是因為長相貌美，受官人垂涎，才會無端受苦難。錢大尹釐清事情來龍去脈後，讓楊氏與皇甫松再成夫妻，並給簡帖僧定罪，之前種種，以及想要謀害楊氏性命等罪加諸在一起，錢大尹判其重杖處死。

　　文本最後描述了簡帖僧伏法，有書會先生看見，就在法場做了一曲兒，警戒世人，再不作姦犯科。劇情最後並未著墨皇甫松與楊氏重修舊好的後續，也許對作者而言，兩人再成夫妻，便已是最理想的大團圓。

　　故事到此，自然是好結局，只是楊氏受過的委屈卻是難以抹滅的。若皇甫松最開始不先入為主認定楊氏的出軌，而是對楊氏抱以信任，理智地分析楊氏、迎兒、僧兒的說法，或許就能看破簡帖僧的伎倆，也就不會有中間一年的分離，使簡帖僧趁虛而入。某種程度來說，皇甫松甚至可說是簡帖僧佈下的詭計中的「幫助者」，正因為他對信物的堅信、對妻子的懷疑，才能讓簡帖僧的計畫如此順利：

　　　　〈簡帖僧〉中皇甫松對僧兒的威脅，以及撲空後的詈罵語，足見敘
　　　　述者藉此共同形塑皇甫松的魯莽形象，此形象更符合其不願聽王二
　　　　解釋的行為，也鋪墊了後文中皇甫松認定妻子實有偷情之事的情

〔註 125〕（明）馮夢龍編；許政揚校注：《古今小說》冊下，頁 521。

〔註 126〕行者道：「這漢原是州東墦臺寺裏一筒和尚，苦行便是臺寺裏行者。我這本
　　　　師，卻是墦臺寺裏監院，手頭有百十錢，剃度這廝做小師。一年已前時，這
　　　　廝偷了本師二百兩銀器，逃走了，累我喫了好些拷打。如今趕出寺來，沒討
　　　　飯喫處。罪過這大相國寺裏知寺廝認，留苦行在此間打香油錢。今日撞見這
　　　　廝，卻怎地休得！」以上內容可見於（明）馮夢龍編；許政揚校注：《古今小
　　　　說》冊下，頁 522。

節，當他輕信妻子出軌時，便已成為簡帖僧的幫助者角色，因為他
告官休妻而使簡帖僧能達成追求客體的目標。〔註127〕

無形中成為「幫助者」無疑是皇甫松將妻子推入火坑的關鍵，而皇甫松的負
心之舉，除了先入為主給楊氏扣上罪名外，還有提出休離後，並未關心楊氏
的去處。文本中多次強調了皇甫松與楊氏的相依為命，兩人並未有保持聯繫
的親戚，楊氏也沒有可投奔的娘家。一旦她失去丈夫，就是孤苦伶仃在外飄
蕩。若無人相助，楊氏說不定早已尋死，根本等不到真相水落石出的那一天。
皇甫松的負心行為看似輕微，卻左右著楊氏的人生，稍有差池，便是一條人
命。

　　雖然簡帖僧的行為令人不齒，可惡至極，但皇甫松對妻子的懷疑之心也
是為這場計謀推波助瀾的關鍵。假使皇甫松從頭到尾都信任自己的妻子，簡
帖僧便難以撼動他們的感情，也不會有後來的拐騙。文本以「錯下書」展開
敘述，以書會先生作曲兒紀錄簡帖僧下場，警惕世人莫要作奸犯科收尾，並
未多加評論丈夫懷疑妻子不忠的對錯立場，顯然這並非作者關心、重視的環
節，但有這樣的情節出現，不難猜測，「丈夫懷疑妻子」的行為恐怕在現實中
並不少見，而故事裡的大團圓，現實中又有多少夫妻可以做到呢？

　　皇甫松錯怪妻子，他在與楊氏破鏡重圓後，會向她認錯道歉嗎？往後與妻
子相處時，那被簡帖僧設計而分離的一年，是否會成為夫妻之間的裂痕？這些
文本都未有討論，也並非是故事重點。只是在時代變遷下，有感於夫妻生活的
百態，男女地位的變化，夫妻之間的信任感實在重要。在舊時代，似乎要男子
認錯並道歉本就不容易，如今皇甫松能夠接受妻子曾跟隨他人，似乎反而是楊
氏要感謝皇甫松的不嫌棄。

　　這種傳統思想很難擺脫，但從皇甫松一年後仍想念妻子的行為來看，愛情
是有的、不捨依戀也是有的，只是最初給予的信任太少，才會有不愉快的經歷。
也希望在故事未有著墨的地方，夫妻二人經過這等困難，能夠更齊心和睦，深
信彼此，再不受人挑撥離間。

　　最後，以表4-11統整皇甫松負心的情節、經過、結果：

〔註127〕謝佳瀅：〈論馮夢龍〈簡帖僧巧騙皇甫妻〉與《情史・金山僧惠明》的局騙敘
　　　　事之比較〉，《道南論衡：全國研究生學術研討會論文集2013年》（臺北：國
　　　　立政治大學出版，2014），頁8。

表4-11　皇甫松負心情節一覽表

	事件 ➡	經過 ➡	結果
皇甫松先入為主認定楊氏不忠	一、一官人托賣餶飿的僧兒將三件物事給楊氏	僧兒在門口打探，使皇甫松懷疑	皇甫松從僧兒那得到三件物事，簡帖內容指向妻子與他人有染
	二、皇甫松需要求證這件事情是否屬實	從楊氏、迎兒口中得不到情郎的資訊	雖然找不到情郎，卻認定楊氏背叛自己
皇甫松提出休離	皇甫松請開封府錢大尹主持公道	楊氏、迎兒、僧兒的說法皆不變，錢大尹難以斷案	皇甫松不願再與楊氏當夫妻
楊氏被休後的經歷	一、沒有可投奔的親戚，又無生存技能，楊氏欲尋死	楊氏投河前，被自稱是姑姑的婆婆攔下	跟隨婆婆回去，打消尋死念頭
	二、在婆婆家面臨抉擇	婆婆坦言曾答應官人，要為他找姬妾。建議楊氏委身官人	楊氏的確需要依靠，答應嫁給官人
水落石出	一、皇甫松思念妻子，前往大相國寺燒香	看到符合僧兒描述的官人，身旁竟跟著楊氏	遇到與那官人有過節的行者，兩人決定尾隨其後
	二、官人坦白自己就是幕後真兇	楊氏大聲叫屈，官人招其脖子想要害她性命	皇甫松與行者衝入救人，並將官人捉住

三、無端疑忌：東廊僧（前世）

　　東廊僧與西廊僧在深山裡修行，一日，東廊僧聽見山下有慟哭之聲，忽動了一念：「如此深山寂寞，多年不出，不知山下光景如何？聽此哀聲，令人悽慘感傷。」〔註128〕這時哭聲停止，東廊僧看到了身軀龐大、形狀怪異的怪物前往西廊將西廊僧吃掉。東廊僧害怕自己也會成為怪物目標，於是倉皇奔出院門，往山下逃跑。

　　東廊僧摸黑在大雪中前行，不知哪裡可以躲藏。這時到了山下人家的牛坊，便順勢躲了進去，看到一個黑衣人接應一女子離開。東廊僧思索這是相約私奔的，自己待在這裡只怕會牽扯其中，便起身又摸黑走了十數里路。因為認不得路，慌亂中沒個方向，一時踩空，東廊僧掉到廢井裡，透過月光，可看出裡頭有身首分離的死屍，血還有些暖，似乎不久前才被殺死。東廊僧驚惶不已，卻又無法自行爬出廢井，只能伴著屍體到天亮，等太陽光一照，

〔註128〕（明）凌濛初撰；劉本棟校訂；繆天華校閱：《拍案驚奇》，頁421。

才看清屍體模樣，正是昨晚與黑衣人私奔的女子。

正當東廊僧摸不清頭緒時，女子家人找了過來，他們認定東廊僧就是兇手，東廊僧解釋了怪物吃掉西廊僧、牛坊中看到黑衣人帶女子離開的經過〔註129〕。這整件事過於光怪陸離，旁人前去院內查證，發現西廊僧還好好的，未有怪物之事。這時東廊僧百口莫辯，無法自證清白。當縣令、眾人都認為東廊僧說謊時，東廊僧只是無奈道：「宿債所欠，有死而已，無情可招。」〔註130〕縣令被東廊僧的態度惹惱，對其百般折磨拷打，卻得不到懺悔認錯，只有東廊僧自暴自棄的「認是我殺罷了」。女子家人見東廊僧如此受慘，卻招不出什麼來，反而開始思索這命案的怪異點：

> 我家並不曾與這和尚往來，如何拐得我女著？就是拐了怎不與他逃去？卻要殺他。使做是殺了，他自家也走得去的，如何同住這井中，做甚麼？期間恐有冤枉。〔註131〕

東廊僧的確不曾與女子家裡往來，就算拐跑女子，又何必殺之？就算殺了，又為什麼要跟屍體一塊，等到天亮被人抓現行？這些需要釐清的地方，都在東廊僧一開始的解釋中提及，然而眾人沉浸在命案的悲傷與抓到兇手的憤怒中，難以冷靜分析，只覺得東廊僧的每一句都是在狡辯，不曾深思其中的合理性。

如今東廊僧受了苦刑也招認不出什麼，眾人才開始相信他是被冤枉的。冷靜後的眾人結合東廊僧三十多年來潛心禮佛的正面形象，這才打消對他的懷疑與敵意，更加仔細去調查其他蛛絲馬跡。

此時文本交代了前因後果，原來女子是馬員外之女，長相美麗，與一個中表之兄杜生互相傾慕，杜生家裡曾多次央人說媒，馬員外嫌他家貧而屢次回絕。女子一心只想嫁杜生，靠著奶娘替她傳書遞簡。只是奶娘並非善類，哄著女子與杜生私下逃走，並強調要多帶些盤纏，才能在其他地方快活過日。

這奶娘一向知道女子房間有多少珠寶首飾，她想要拐騙這些東西，必然

〔註129〕東廊僧解釋的原話為：「小僧是官山東廊僧人，三十年不下山，因為夜間有怪物到院中，唬西廊僧，逃命至此。昨夜在牛坊中避雪，看見有個黑衣人進來。牆上一個女子跳出來，跟了他去。小僧因怕惹著是非，只得走脫。不想墮落井中，先已有殺死的人在內。小僧知他是甚緣故？小僧從不下山的，與人家女眷有何識熟？可以拐帶。又有何冤仇？將他殺死？眾位詳察則個。」內容可見於（明）凌濛初撰；劉本棟校訂；繆天華校閱：《拍案驚奇》，頁422、423。

〔註130〕（明）凌濛初撰；劉本棟校訂；繆天華校閱：《拍案驚奇》，頁423。

〔註131〕（明）凌濛初撰；劉本棟校訂；繆天華校閱：《拍案驚奇》，頁424。

不會讓女子順利跟杜生私奔。於是奶娘讓自己兒子牛黑子去冒充杜生，自己則對女子說已經和杜生約定好，夜晚帶著東西到院牆外牛坊去，攀牆而出即可。

之後便是東廊僧看見的一幕，黑衣人與女子前後離開牛坊。誰知女子以為是杜生，便乖乖跟著走，到了廢井邊，透過月光看清黑衣人，竟是黑臉大漢，女子嚇得喊叫起來，牛黑子害怕女子的叫聲使計畫前功盡棄，便殺了女子，將屍首拋棄在廢井中。

馬員外因為人贓俱獲，一心認定東廊僧是兇手，才未仔細檢查家裡，後來認為冤枉了人，才到女子房中一看，發現箱籠皆空，只是未能明白，若是與人相約私奔，又為何走上死路？馬員外百思不得其解，只能寫張失帖各處貼招榜，承諾會給賞錢，只為了明白這其中蹊蹺。

牛黑子不學無術，拿了從女子包裹中得到的寶簪押錢賭博，賭博的頭家黃胖哥夫婦帶著寶簪去馬員外那兒領賞錢，才讓奶娘與牛黑子的詭計攤到陽光下。但奶娘嫁禍到杜生身上，縣令喚來杜生，杜生不認。知曉牛黑子與杜生間必有人頂冒假託，這時縣令想起東廊僧看過黑衣人，便讓東廊僧到案前指認黑衣人是誰。

東廊僧雖然吃了牢獄之苦，卻也在這命案上發揮了關鍵作用，他順利指認牛黑子就是黑衣人，讓女子之死真相大白。後來東廊僧更刻苦修行，認為自己有此經歷，必定是有什麼不到之處，於是在佛前懺悔，希望能得到答案：

> 蒲團上靜坐了三晝夜，坐到那心空性寂之處，恍然大悟，元來馬家女子前世是他前生的妾，為因一時無端疑忌，將他拷打鎖禁，自這段冤怨，今世做了僧人，戒行清苦，本可消釋了。只因那晚聽得哭泣之聲，心中悽慘，動了念頭，所以魔障就到。現在許多惡境界，逼他走到冤家窩裏去，償了這些拷打鎖禁之債，方纔得放。[註132]

只因為前世的負心之舉，東廊僧這一輩子便要苦修來還，本可消釋業障，卻因為那晚的哭泣之聲，動了心念，冥冥之中將自己引導到因果裡，償還了前世對小妾的拷打鎖禁之債，這才脫離牢獄之災。

筆者以為東廊僧除了身體受刑外，作為指認黑衣人的關鍵人證，也是償債的一環。女子前世遇到負心之人的疑忌，並受暴力、囚禁，文本雖未言明小妾的結局，但在恐懼中過活直到老死，或者被休離後無法謀生，窮困潦倒，

〔註132〕　（明）凌濛初撰；劉本棟校訂；繆天華校閱：《拍案驚奇》，頁 428。

都是可能的局面。小妾或許終其一生都在負心漢的暴力之下生活，不得解脫。
到了這一世，小妾成為馬員外之女，雖然死法悽慘，牽連東廊僧，但最後東
廊僧起到作用，指認出了黑衣人，使真兇伏法，不讓女子枉死。冥冥中似乎
除了讓東廊僧償還皮肉債外，也讓其成為使女子不枉死的關鍵人證。女子雖
然命運坎坷，但她前世不得解脫，今世能有人替其指認兇手，不讓牛黑子法
外逍遙，也算應了因果報應。在這之後兩人再不相欠，東廊僧也悟徹因果，
往後堅持道心，最後合掌坐化而終。

　　此小節最後以表 4-12 統整東廊僧此奇遇的經過、結果，以及前世負心的
原因：

表 4-12　東廊僧（前世）負心情節一覽表

	事　件　➡	經　過　➡	結　果
東廊僧出院	一、修行中聽見哭泣聲	動了心念，魔障隨之而來	看到怪物吃掉西廊僧
	二、害怕被怪物吃掉	東廊僧往山下跑去，期間還看到怪物在後面追趕	大雪中躲到山下人家的牛坊裡
涉入命案	一、看到黑衣人與女子私奔	害怕受牽連，於是又摸黑前行	掉入廢井裡，裡頭有死屍，正是與人私奔的女子
	二、東廊僧被女子家人逮住，認定是兇手	解釋怪物之事，並強調與女子無冤無仇	因為西廊僧安好，使東廊僧的說法可信度降低
	三、縣令對東廊僧用刑	東廊僧受盡折磨，認為這是自己宿債所欠	女子父親馬員外判斷東廊僧應是被冤枉的
女子死亡真相	一、女子奶娘貪婪，想拐騙財物	哄騙女子與杜生私奔，自己則要兒子牛黑子冒名頂替	女子發現黑衣人不是杜生，驚聲尖叫，牛黑子將之殺害
	二、馬員外貼出失帖招榜，並承諾找到失物會給賞錢	牛黑子拿女子的寶簪來抵押。賭莊的頭兒懷疑其偷盜，將寶簪帶到馬員外家，想領賞錢	馬員外心裡有底，將奶娘與牛黑子帶到縣令面前
指認黑衣人	牛黑子不認罪	讓東廊僧來指認誰才是那天夜晚的黑衣人	東廊僧順利指認牛黑子就是黑衣人
悟徹因果	這場無妄之災讓東廊僧在佛前懺悔己過	靜坐中了悟與女子前世糾葛	潛心修行，坐化而終

第四節　自私薄倖，罔顧癡情女

有一類負心漢在選擇背棄癡情女時，文本並未刻劃其內心糾結、猶豫的一面，他們比起愛情，似乎更在乎自己的前程。將這類負心漢歸類在「自私薄倖，罔顧癡情女」，是因為他們在打算背棄癡情女時，多是沒有猶豫、不捨的，就連拋棄之後的糾結都沒有，還像平常人一樣過日子。符合此分類的有：成功翻轉社會地位後，回頭嫌棄糟糠妻，甚至想害對方性命，負心寡義的莫稽；以及承諾了回來迎娶癡情女，卻帶走錢財，三年來不聞不問，另外成家立業，騙財騙色的楊川。

一、薄情寡義：莫稽

莫稽是屬於典型的窮書生，必要的時候，願意緊緊抓住機會往上爬。從文本中，鄰翁向金老大介紹莫稽時可見他的企圖心：

> 太平橋下有個書生，性莫名稽，年二十歲，一表人才，讀書飽學。
> 只為父母雙亡，家窮未娶。近日考中，補上太學生，情願入贅人家。
> 此人正與令愛相宜，何不招之為婿？〔註133〕

莫稽雖然是個前途似錦的讀書人，但比之有家世背景的大有人在，名門女子根本瞧不上他，而他父母雙亡，家裡窮困，沒有額外錢財可以娶妻。念書其實也費錢，莫稽若想要安穩念書，還是需要提升經濟能力，確保衣食無缺，才能專注學業，因此他情願當入贅女婿，不管他人閒語。至於閒語的部分，除了入贅之外，大概是門第觀念中良、賤的等級差別：

> 唐以後的封建法律明令禁止良賤通婚，明清時的「驅口」、「丐戶」、
> 「樂戶」、「惰民」等都歸入「賤民」行業，不能與良家子女通婚，
> 只能在「貧賤民」內部通婚。〔註134〕

金玉奴出身團頭之家，團頭即為乞丐頭，乞丐屬於賤民；莫稽是士人，位處「四民」中的上層。雖然金老大已脫離丐群，家裡也十分富有，但以門第來看，金家是配不上莫稽這樣的窮書生的，而這也為之後莫稽對金家的厭棄埋了伏筆。

金老大本來就想要找個讀書人當女婿，因為金老大知道自己的家族背景

〔註133〕（明）馮夢龍編；許政揚校注：《古今小說》冊下，頁408。
〔註134〕郭興文：《中國傳統婚姻風俗觀念》（西安：陝西人民出版社，2002）〈門當戶對──門第觀〉，頁200。

不夠好，若要讓女兒未來美滿，嫁個「璞玉」，即未來能功成名就的讀書人，
不僅女兒幸福有了著落，若女婿能夠飛黃騰達，也是給他們金家面上添光：

> 沒錢的讀書人似乎總是能得到社會上一部分人的青睞，倒不是這些
> 讀書人個個有怎樣的非同凡響，而是「書生」這一塊金字招牌，以
> 及一個雖未可預期但充滿希望的前程。正是此般心理，金老大拼著
> 把女兒握到一十八歲，也不輕易地把她許人，目的只有一個，即借
> 女兒的婚姻，達到門庭的改換。正因為金老大存有了這一心思，所
> 以，讀書的人便成了他的首選。〔註135〕

窮書生莫稽對於金老大為女兒的招贅，心想著：「我今衣食不周，無力婚娶，
何不俯就他家，一舉兩得？也顧不得恥笑。」〔註136〕清楚自己的處境，莫稽
認為入贅金家是現階段最好的決定。

　　等到過門成親時，莫稽見金玉奴貌美有才，喜出望外。而且自己也不費
一錢，又能衣食無缺、專注讀書，實在是快意人生。在金玉奴與莫稽成親滿
月時，金老大準備盛席，讓莫稽與他的同學會友飲酒，順便榮耀自家門戶。
這酒席一喝就是六七天，反而使族人金癩子惱火，於是帶著一群丐戶到金老
大家，場景十分混亂。這些人吵鬧，目的就是要破壞盛席，現場的秀才們驚
嚇不已，逃席而去，連莫稽都跟著朋友們躲避。金老大費了好大的工夫才安
撫好眾丐戶，金玉奴見那雞飛狗跳之景，氣得兩淚交流。而莫稽則在朋友家
借宿，心中有三分不樂，只是未曾說出口。

　　金玉奴恨自己門風不好，因此將希望寄託在丈夫身上，希望他刻苦讀書、
功成名就，因此耗費極大的心力與錢財支持莫稽。莫稽也不負重望，二十三
歲發解連科及第，瓊林宴罷，莫稽在回金家的路上聽見一群小兒說：「金團頭
家女婿做了官也。」〔註137〕莫稽聽了一肚子氣，並心想著早知有今日富貴，
當初又何必答應入贅？這時，莫稽覺得自己身分地位已經與以往不同，他開
始嫌棄金團頭這個名號，甚至萌生出休離金玉奴的念頭。從這邊可以看出莫
稽本身是對家世有所挑剔的，奈何原先自己家貧，沒有多餘選擇。而今自己
的身分與往日大有不同，他便想要更「配得上」自己的妻子，或是找尋家世
更優良的女性，藉由聯姻使自己的仕途更加順遂：

〔註135〕孟祥榮：〈在心裡描寫中見出的人物性格──說小說《金玉奴棒打薄情郎》〉，
　　　　《名作欣賞》第3期（2000年5月），頁98。
〔註136〕（明）馮夢龍編；許政揚校注：《古今小說》冊下，頁408。
〔註137〕（明）馮夢龍編；許政揚校注：《古今小說》冊下，頁409。

　　莫稽當初因為家貧而娶玉奴，並不知其是否貌美，後來得第後，嫌
　　玉奴家世不好，竟把金玉奴推下河。他萬萬沒想到，玉奴竟然被他
　　的上司許公救走；其後得知許公有一女要招贅時，莫稽正好想攀高，
　　且和上司聯姻，求之不得，答應入贅，結果入贅後發現，原來許公
　　之女就是金玉奴。可見莫稽最重視的是「家世」，其目的為了功名富
　　貴。〔註138〕

後來莫稽找到機會，在與金玉奴登舟赴任的途中，動了惡念，藉口要看月，
趁機將金玉奴推墮江中。文本中以詩紀錄了莫稽的負心：「只為『團頭』號不
香，忍因得意棄糟糠。天緣結髮終難解，贏得人呼薄倖郎。」〔註139〕這是多
麼令人心寒的負心，金玉奴真心換絕情，莫稽不知感念金家的照顧、資助，
而是重視家世背景，動起了傷害、拋棄妻子的念頭。

　　馮夢龍曾評論道：「以團頭為可賤，不婿可也；微而婿之，貴而棄之，其
婦何罪？」〔註140〕在當時社會中，無論是社會地位還是婚姻，男性都佔有優
勢，女性則多要依附男性生存；或如金玉奴這樣招贅的，也多是盼望著贅婿能
夠考取功名，最後實現一人得道，雞犬升天的理想。因此，無論男子出於什麼
樣的理由負心，對依存著丈夫的女性而言，都是絕望、痛苦的背叛。更不用說
莫稽除了嫌棄金玉奴家世，甚至動了殺人滅口的心思。

　　莫稽一直到將金玉奴推入江中，內心都沒有一絲一毫的愧疚、膽怯，他
一心想著不能讓「金團頭女婿」的名號跟著自己一生，成為人生中的汙點。
甚至在萌生殺害金玉奴的念頭時，也是打著如意算盤的：「除非此婦身死，另
娶一人，方免得終身之恥。」〔註141〕他對金玉奴沒有絲毫虧欠感，只認為她
是累贅，所以這場害命計畫，莫稽是做得又狠又絕，他只想著自己前途，一
點也不顧及夫妻情分。〔註142〕

　　後來，許德厚發出消息，表明自己想要招贅，下屬推薦莫稽，因此他央
人詢問莫稽意見。莫稽本就想要攀高，他當然求之不得。在洞房花燭夜時，

〔註138〕張依詩：《三言明代作品中男性的婚戀表現研究》（嘉義：國立嘉義大學人文藝
　　　　術學院中國文學系研究所碩士論文，2017）第三章第二節之三〈家世〉，頁52。
〔註139〕（明）馮夢龍編；許政揚校注：《古今小說》冊下，頁410。
〔註140〕（明）馮夢龍：《古本小說集成‧情史》卷二情緣類〈紹興士人〉，頁169。
〔註141〕（明）馮夢龍編；許政揚校注：《古今小說》冊下，頁410。
〔註142〕關於金玉奴落水後經歷，可看本論文第三章「癡情女子被負心後的流轉」第
　　　　二節之四「委曲求全：金玉奴」。

莫稽心中歡喜，覺得自己前途無量，就連走路也都是仰著臉，昂然而行，可見他對於自己身分地位、即將入贅許德厚家庭的滿意。但他沒想到一進新房，就會被七、八個老嫗、丫鬟以籬竹細棒追打。

莫稽見到金玉奴，以為是鬼魂來索命，這時許德厚出現，解釋金玉奴是他的義女，莫稽這才冷靜下來，連連道：「我莫稽知罪了，望大人包容之。」〔註143〕莫稽此時雖然承認錯誤，並且道歉，但他首先並不是懇請金玉奴的原諒，而是「望大人包容之」，此處仍可以判斷，莫稽怕的是握有權勢的許德厚，也很清楚金玉奴能夠如此底氣，正是許德厚的支持。

許德厚沒有接受這份道歉，只說這事與自己無關，後來金玉奴大罵莫稽薄倖賊，控訴其負心。文本在這邊敘述莫稽「滿面羞慚，閉口無言，只顧磕頭求恕」〔註144〕莫稽真的知道錯了嗎？還是因為他已經明白金玉奴的靠山是許德厚，才不得不的反應呢？莫稽聰明，不可能不知道自己現在的處境，他既然被揭穿負心薄倖的一面，就算他心裡沒有後悔，表面上仍必須表現出悔意，方能得到原諒。

許德厚見金玉奴罵得夠了，開始勸和〔註145〕。後來金玉奴與莫稽和好，感情比以往和睦。金玉奴善良孝順，連莫稽都被感動，迎接金老大到任所，奉養送終。莫稽與金玉奴雖然是以大團圓作結，但前面棒打薄情郎的橋段也足夠使讀者解氣，覺得莫稽有得到他應得的懲罰。但同時又讓人惋惜，金玉奴這樣善良美好的女子，卻恪守著禮教，不肯再嫁，最後依然與傷害過自己的人過一生。故事最後，莫稽被金玉奴影響，成了孝順之人，但現實中，那些傷害癡情女的負心漢都能夠檢討自己，回頭是岸嗎？答案是顯而易見的。

雖然莫稽在故事尾聲展現了改過向善的結果，但讀者反而印象深刻莫稽在萌生殺害金玉奴的想法時，性子裡狼心狗肺的一面。得到金家的幫助，竟在功成名就後開始唾棄厭惡，甚至想著只有妻子死了並另娶他人，自己才能擺脫「金團頭女婿」這不好聽的名號。這等自私的想法，使人不寒而慄。然而，也有論文提出了不同的觀點，認為被負心者若是帶有目的性，實在很難說她是

〔註143〕（明）馮夢龍編；許政揚校注：《古今小說》冊下，頁413。

〔註144〕（明）馮夢龍編；許政揚校注：《古今小說》冊下，頁413。

〔註145〕「我兒息怒，如今賢婿悔罪，料然不敢輕慢你了。你兩個雖然舊日夫妻，在我家只算新婚花燭，凡事看我之面，閑言閑語，一筆都勾罷。」引文可見於（明）馮夢龍編；許政揚校注：《古今小說》冊下，頁413。

「真心換絕情」的受害者：

> 金家企圖以莫稽來榮耀自家門戶，這絕對是個錯誤。招贅莫稽暫時
> 看似不以門第為准，根本點則在：「婿苟賢矣，今雖貧賤，安知異時
> 不富貴乎？」金老大把團頭讓于族人金癩子做了，且他倚著女兒才貌，
> 立心要將她嫁個士人。後「備下盛席，教女婿請他同學會友飲酒，
> 榮耀自家門戶」。可見，金家招贅莫稽是有所為而為的。我們從被負
> 者的心態去分析：如果女子託付終身的心態，出自於一種物質性的
> 考慮，並以此作為付出真心的立腳，那麼又如何能寄望所托之人能
> 超脫外在的「財色」而矢志不移呢？對於金玉奴，筆者認為她之所
> 以被負，或許有一部份的原因也該歸之于金玉奴一開始託付終身的
> 目的：試圖擺脫原本低下的門第。因此，筆者認為，這場有「目的
> 性」的婚姻經不起考驗理所當然，註定是個悲劇。〔註146〕

誠然，金老大有心想將金玉奴嫁給讀書人，金玉奴也因為家風不好，而將希望
寄託在莫稽身上，盼望他出人頭地，但若將這些「目的」作為體諒他人因為受
「財色」誘惑而動搖，進而負心之舉，實在有些牽強。筆者認為，在舊社會婚
姻制度下，男女結合本就帶有目的性，在父母之命，媒妁之言中，又有多少男
女是自由戀愛而成夫妻的？大多是長輩基於家族門第、門當戶對等多重考量
下才議親成功，這過程中本來就充滿著各種目的性〔註147〕。也可以說古代婚
姻帶有複雜性，除了感情之外，男女成親還包含著傳宗接代任務、階級觀念，
更有甚者，會請媒人挑選長相好看的俊男美女，這種對於婚配對象的挑三揀
四，也是帶有許多私心、目的的。

　　雖然陳美朱也曾反思過負心漢的立場，認為他們在窮困潦倒時，接受了女
方、女方家族的幫助，這份恩情是不是也會成為他們背叛愛情的原因之一？當
男子飛黃騰達時，將會面臨兩種抉擇，一為掙脫舊有身分，違背昔日盟約，成

〔註146〕 王捧生：〈從悲到喜的變奏──漫談小說《金玉奴棒打薄情郎》〉，《忻州師範
　　　　學院學報》第24卷第4期（2008年8月），頁13。

〔註147〕 如「父母之命包辦婚姻有著各種各樣的目的，有些是借兒女婚事進行政治聯
　　　　姻，擴大或鞏固其政治權力，維護其所得利益；有些門閥士族是為了門當戶
　　　　對，維護名門望族，保持『高貴』血統；有些指腹為婚、割襟為約是為了一
　　　　時高興的風雅之舉，也有些是為了自己與朋友的友誼和信譽」可見對父母長
　　　　輩來說，他們是擁有對子女的私有權的，因為他們是所有者，所以可以決定
　　　　子女的婚姻，不用考慮子女的意願、感受。引上引言內容可見於郭興文：《中
　　　　國傳統婚姻風俗觀念》〈父母之命──主婚〉，頁161。

為負心漢；一為因貧賤時受女方資助，在妻子面前永難揚眉吐氣〔註148〕。

　　出於目的性的婚姻屢見不鮮，帶有恩情、資助關係的夫妻也是許多文本中常見的形式，但若將恩情大於愛情作為男性壓力來源，以及背叛糟糠之妻的正當理由，也並不是正確的心態。孟祥榮曾指出，莫稽在思考入贅之事時，早已顯見他的卑劣本性：

> 莫稽欲入贅他人，雖不排除有無奈的成分，但若說無有貪財圖錢的想法，恐怕也不全對。……在媒人說了「只貪他好個女兒，又且家道富足」的話後，小說有一段精妙的心理描寫：「莫稽口雖不語，心下想道：『我今衣食不周，無力婚娶，何不俯就他家，一舉兩得？也願不得恥笑。』」不需要做任何詮釋，莫稽卑污的心靈和性格已昭然若揭。說媒人的話很有誘惑力也不假，但為與不為，關鍵還是在於自己。然而莫稽就一貪「他好個女兒」，二貪他「家道富足」。就其內心活動而言，一個「何不」，表明了他的算計：算財又算色，當然是一舉兩得。這是性格，貪鄙的性格。〔註149〕

莫稽有其目的性，貪金老大之女，又貪錢財可以供自己讀書；金老大嫁女也有目的性，希望女兒能找個士人夫婿，又是個願意入贅的。兩人可說一拍即合，金玉奴也就成了這段婚姻的犧牲品。沒人問過金玉奴的意願，也沒人在乎金玉奴想要什麼樣的如意郎君。這時候應該反思的是時代風氣、社會制度的弊病。明確的階級落差導致女性家族渴望透過資助窮書生，使他們日後成為人上人，榮耀家門；社會對士人的禮遇也造成女性對讀書人的嚮往，希望他們能夠專心念書，考取功名。若非社會、時代是這樣的傾向，那麼百姓也就不會有這些明確的目的性。同理，若非社會環境、時代風貌的影響，或許金玉奴不會恪守著傳統觀念，只認為女性必須從一而終；如果女人能夠自立自強，或許金玉奴就不會一心盼著莫稽仕途順遂，而是自己就可以掙個出頭。

　　本論文將莫稽分類在「自私薄倖，罔顧癡情女」，一方面是因為他在計畫謀害金玉奴時，內心不曾退縮，也沒有半分猶豫；另一方面是事後，莫稽也沒有絲毫對金玉奴的愧疚，面對許德厚的招贅邀請，更是欣然接受。

　　前文所介紹的負心人，有的是被迫負心、有的是負心前後仍會受良心折

〔註148〕關於此段論述，詳可見陳美朱：〈論三言、二拍中的負心漢〉，《中國文化月刊》第250期，頁83～86。

〔註149〕孟祥榮：〈在心裡描寫中見出的人物性格──說小說《金玉奴棒打薄情郎》〉，頁99。

磨、煎熬，唯有莫稽與下文介紹的楊川，既無虧欠之心，也無悔改之意，他們天生刻薄自私，甚至不受道德良心拘束，讓人對其負心行徑更加痛恨。

若金玉奴未被許德厚救起，而是死在江中，只怕莫稽一輩子也不會因為金玉奴的事情而傷神後悔，他只會按照自己的進程，迎娶符合他身分的妻子，然後飛黃騰達，過上好日子，再不想起窮困時鼓勵他刻苦讀書的金玉奴。

本小節最後以表 4-13 統整莫稽負心的情節、經過、結果：

表 4-13　莫稽負心情節一覽表

	事　件　➡	經　過　➡	結　果
莫稽入贅金家	一、金老大要替金玉奴找贅夫婿	鄰翁建議金老大考慮莫稽	金老大托鄰翁試探莫稽
	二、莫稽與金玉奴成婚	金老大辦酒席，卻被人鬧事，不歡而散	莫稽心中不快，卻未明言
莫稽謀害金玉奴	一、金玉奴讓莫稽有良好讀書資源	莫稽不負眾望，順利考取功名	聽別人說「金團頭家女婿做了官」，心裡不悅
	二、莫稽嫌棄金玉奴家世	將金玉奴推下船，期許著之後另娶門當戶對的妻子	金玉奴被許德厚夫婦所救
棒打薄情郎	一、許德厚打探莫稽入贅意願	莫稽見許德厚是自己上司，想要攀高，欣然同意	洞房花燭夜被人棒打
	二、看到金玉奴，莫稽以為是鬼魂	許德厚讓金玉奴出了怨氣，隨後勸和	莫稽與金玉奴言歸於好

二、騙財騙色：楊川

楊川與穆廿二娘的故事出自〈王嬌鸞百年長恨〉的入話。一小民張乙因販賣雜貨到縣中，夜深投宿於城外客店，但店房已滿，無法讓張乙投宿。張乙注意到隔壁有一間空房鎖著，並沒有人居住，於是好奇為什麼不開此房。主人道：「此房中有鬼，不敢留客。」〔註150〕張乙無懼，願意住在裡面。當天就寢後，張乙夢見一個美婦自來薦枕，醒來後此婦還在身邊，張乙詢問來歷，對方只說是鄰家之婦。後來過了三個夜晚，店主人見張乙沒有異樣，也就鬆了一口氣，言語中透漏了這房間深鎖的原因——有婦人縊死，常在此間作怪。但神奇的是張乙住的這幾天卻非常太平，連房主人都覺得奇怪。

張乙聞言，夜晚時分等鄰家之婦前來時，直指核心，問道：「今日店主人

〔註150〕　（明）馮夢龍編；嚴敦易校注：《警世通言》冊下，頁516。

說這房中有縊死女鬼，莫非是你？」〔註151〕婦人也不隱瞞，表明沒有要禍害他的意思，而後訴說自己的來歷：

> 妾乃娼女，姓穆，行廿二，人稱我為廿二娘。與餘干客人楊川相厚。
> 楊許娶妾歸去，妾將私財百金為助。一去三年不來，妾為鴇兒拘管，
> 無記脫身，抑鬱不堪，遂自縊而死。鴇兒以所居售人，今為旅店。
> 此房，昔日妾之房也，一靈不泯，猶依棲於此。楊川與你同鄉，可
> 認得麼？〔註152〕

張乙恰巧知道楊川，知無不言，告訴穆廿二娘，楊川去年已經移居饒州南門，並娶妻開店，生意還不錯。穆廿二娘聽了嗟嘆許久。

後來穆廿二娘表達跟隨張乙的意願，張乙並不拒絕。但穆廿二娘請張乙製作牌位，上面題「廿二娘神位」，如有需求可對著牌位呼喚她。離開客店前，穆廿二娘告訴張乙自己有白金五十兩埋在這個房間的床下，可以取用。

張乙帶著穆廿二娘的牌位與五十兩銀子回家。過了幾天安穩日子後，穆廿二娘以有夙債在郡城的理由，希望張乙能帶她去索取。張乙雇船而行，並在船中供下牌位。等到了饒州南門，穆廿二娘說她要去楊川家討債去，便自行上岸了。張乙緊隨其後，只見穆廿二娘到一店中，沒多久楊川就九竅流死而死。穆廿二娘的仇已報，之後任憑張乙如何對著牌位乎換，也未再見穆廿二娘現形。

在這個故事中，楊川是出現在他人口中的人物，他沒有機會為自己的負心辯駁。穆廿二娘說他許諾會迎娶她，卻帶走了錢財三年不來；張乙則輕描淡寫說這人早已娶妻開店，日子過得還不錯。

從這些對話不難看出蛛絲馬跡，就算楊川曾經對穆廿二娘懷有真心真意，大概回鄉沒多久便為了錢財、其他利益而捨棄了穆廿二娘。加上楊川三年不回，但他娶妻卻是在一年前，這中間有兩年的時間楊川處於單身狀態，返鄉即受父輩指定婚配而負心的可能性降低。

且兩年時間，楊川就算不能來找穆廿二娘，也應該能夠書信往來，交代自己狀況，解釋遲遲未歸的原因。但楊川帶走了穆廿二娘的錢財與企盼，隻身回鄉後，便杳無音信，三年後已成家立業，卻未見其對穆廿二娘的愧疚、思念。

穆廿二娘因楊川不來，人財兩失，最終抑鬱自縊；楊川卻日子滋潤，開店做生意，另娶他人，好似過往人生中不曾遇見過穆廿二娘。從文本給的關於楊

〔註151〕（明）馮夢龍編；嚴敦易校注：《警世通言》冊下，頁516。
〔註152〕（明）馮夢龍編；嚴敦易校注：《警世通言》冊下，頁516、517。

川的資訊，可以大膽假設，楊川或許就是貪圖穆廿二娘的錢財，並哄騙她把錢交給自己，然後給予虛假的承諾，揚長而去。

穆廿二娘的身分尷尬，她不是良家婦女，人身自由也被老鴇拘管著，無法前去找楊川討個說法。從身份上來分析，或許楊川也嫌棄穆廿二娘的娼女背景，他也許曾對穆廿二娘有過憐愛，但在錢財、前途之前，楊川選擇了負心。

之所以將楊川歸類在「天生薄倖，冷酷無情」，是因為他一去不回的三年期間，不曾來找穆廿二娘，也未有書信交代狀況。但凡他有一點愧疚，央人打聽穆廿二娘的近況，都能知道穆廿二娘為他而死。但楊川顯然沒有這種心思，他開店做生意，還擁有妻子，日子安定平穩，自然想不起與穆廿二娘的露水情緣。

穆廿二娘雖是娼女，以出賣身子維生，但這也不妨礙楊川騙財騙色後，穆廿二娘心灰意冷走向抑鬱的局面。原以為找到了一個願意憐愛自己、心疼自己的良人，誰知道竟是薄情寡義之徒，拿了錢財便忘卻了幾夜夫婦的情分。也難怪穆廿二娘會執著著要去索命了。

本節最後以表 4-14 統整楊川負心的情節、經過、結果：

表 4-14　楊川負心情節一覽表

	事　件 ➡	經　過 ➡	結　果
穆廿二娘自縊而死	一、穆廿二娘與楊川相厚	楊川帶著穆廿二娘贈送的錢財一走了之，三年未歸	等不到楊川，又受老鴇拘管，穆廿二娘抑鬱自盡而死
	二、張乙入住客店有鬼的房間	一美婦自來薦枕，張乙從店主的敘述中猜出美婦身分	穆廿二娘自訴身世，詢問楊川現況，嗟嘆良久
穆廿二娘跟隨張乙	穆廿二娘想跟隨張乙離去	請張乙製作牌位，與張乙回家後，過了一段安穩的日子	穆廿二娘說自己有夙債要討，懇請張乙隨她去索取
穆廿二娘向楊川索命	一、張乙顧船而行	船中供著穆廿二娘的牌位，一人一鬼同行同宿全不避人	船靠岸後，穆廿二娘才說自己是要去找楊川討債
	二、穆廿二娘上岸，直入楊川店裡	張乙聽見店裡傳來啼哭聲，店中人說楊川忽然九竅流血而死	索命成功，穆廿二娘再未現形

歸結言之，將本章這四節統合來說：

「被迫負心，大有不捨」，指負心漢受到外在因素、誘惑、壓力而迫於無

奈，只能選擇負心，但心中放不下對癡情女的情意，所以有不捨、痛苦的情緒。

「初時不願，後忘前約」，是指負心漢面臨負心抉擇時，心底是不願意的，是有所抗拒的，是對自己「不會負心」有所信心的。但事實總是不如預期，這類負心漢儘管「初時不願」，到最後也會因為各種原因而負心。負心之後，或許有過慚愧、良心掙扎，但隨著時間逝去，負心漢也逐漸忘懷那忐忑不安的心情，甚至忘記了與癡情女的山盟海誓，逕自展開新的人生。

這類型的負心漢與「被迫負心，大有不捨」的負心漢在最開始都會表現出對於負心的抗拒，他們面臨選擇時，一定程度上感到糾結、痛苦，只是「大有不捨」的負心漢往往在強調了他們的難捨之情後，故事也隨之迎來尾聲，難以預測更久以後他們是否也會忘記背棄癡情女子的不捨、虧欠；而「後忘前約」的負心漢，在他們負心之後，故事才正要進入「高潮」，無論是癡情女子的報復，還是負心漢的罪有應得，都較能讓讀者看到完整的現世報概念，也警惕世人莫要當辜負他人之人。

「不識真情，猜疑枕邊人」，此類型的負心漢對於癡情女無有足夠的信任、尊重，當他們懷疑對方，並且不聽解釋，以自己的偏頗給對方「定罪」時，就已經是一種負心行為，而癡情女子往往也因為此種負心之舉而面臨更艱辛無奈的情境。

最後是「自私薄倖，罔顧癡情女」，這類型的負心漢並不為負心之舉感到羞愧，甚至在背棄癡情女後，也難見其良心掙扎、煎熬的一幕，他們比起道德上的約束，更看重自身前途、利益，癡情女對他們而言，不過是往上攀升的助力，一旦沒了用處，便會棄之如敝屣。

本章小結

本章將《三言》、《二拍》中的十三個負心漢以四個大類來區分，分別是（一）被迫負心，大有不捨、（二）初時不願，後忘前約、（三）不識真情，猜疑枕邊人、（四）自私薄倖，罔顧癡情女。

區分的依據是：他們是出於自身考量而決定負心？還是受外在因素影響而被迫負心？面臨負心抉擇，負心漢們有無受良心煎熬、掙扎？他們是否對癡情女懷有愧疚、歉意？是否對與癡情女分開感到不捨？

從上文的整理分析中，可以發現「被迫負心，大有不捨」、「初時不願，後忘前約」多為外力介入，因為外在原因的威脅、壓力，使負心漢不得不捨

棄癡情女；而「不識真情，猜疑枕邊人」、「自私薄倖，罔顧癡情女」則為精神層面，本身就不信任癡情女，因此任何一點風吹草動都能使負心漢懷疑癡情女的忠誠，或者為了更美好的前程而拋棄已被視為累贅的糟糠之妻。

　　相比起癡情女子在相似流轉中因為性格、學識、環境等差異而做出不一樣的決定，負心男子的「壞」似乎比較統一，有的對癡情女的確有感情，卻堅定性不足，一旦有更為重視的目標，便能捨棄癡情女。雖然內心痛苦猶豫過，但背棄的行為已成定局，他們的負心也使癡情女處境變得艱難，這是他們無法為自己開脫的原因，牽一髮而動全身，為了滿足私欲而犧牲他人，終究是不可饒恕。

　　而另一種負心漢則更為鐵石心腸，他們似乎更愛自己，為了自身利益、前途，願意割捨情感、利用癡情女。對他們來說，感情、婚姻並非神聖不可侵犯的，他們願意用傷害他人、危害他人的方式去取得成功的捷徑。負心漢的下場有些罪有應得，有的與癡情女破鏡重圓，也有的用生命償還上輩子的夙債。有負心漢的襯托，才更顯得癡情女面對生命際遇的堅忍不拔，但這絕對不是給與負心人忘恩背義的藉口。活在世上本就容易出現各種選擇時刻，為了自身欲望而損害他人生命、利益之事，從來都不是該被支持的行為。

　　統攝第四章「負心漢離棄癡情女的模式」之論述結構圖如下：

圖 4-2　第四章結構圖

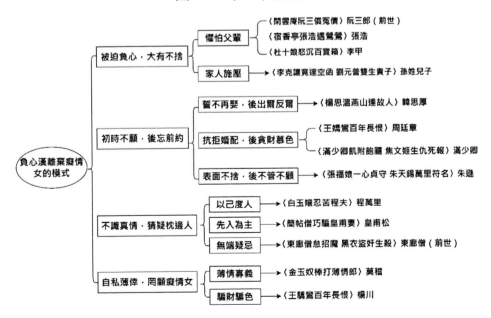

第五章 負心漢的對照：負心女故事

　　本章論述《三言》、《二拍》中性別翻轉的負心情形。女性負心者的故事較少，綜觀文本，有六個女子負心的敘事，第一節探討女子負心成因，究竟是被迫負心，還是自願負心？其中關鍵因素是什麼？第二節綜合分析負心漢與負心女情況，依照負心因素、被負心者結局，還有說書人評論等層層分析，揭櫫「負心」的情節，將因負心者的性別而有不同敘述內容。

　　負心並非男性專權，女性也會有負心的行為，雖然故事數量在《三言》、《二拍》中較少，但仍然能從中看出女性負心與男性負心的異同。細觀女性負心者的歷程，能發現受人誘騙而背叛丈夫的情節是有的，甚至六個討論的女性中就有兩名是這樣的狀況，但她們卻又各自迎來不一樣的結局，這中間是否有著決定性的差異？最後將綜合比較同是負心，當性別為男或女時，是不是會有敘述上不同的側重面？而說書人在現身說法的時候，是否有不一樣的評論角度？而對於被負心者，會不會因為負心人的性別而有不一樣的刻劃塑造？這些都將在本章進行分析。

第一節　女子負心的情節與模式

　　認識了《三言》、《二拍》中「癡情女子負心漢」的人物、故事情節，不得不多提一下《三言》、《二拍》中出現過的具有代表性的「負心女」。同樣是負心，相比起男子負心的多種情況，如被迫負心、猜疑心重、天生薄倖等，女子的負心情節則相對簡單，且刻寫出來的女性形象比較單薄，她們的負心形式也更顯得「粗糙」。

好比說刻畫出女性水性楊花、不貞不潔的形象，並引導讀者覺得這類女子從性格上就定性不足，又恰巧遇到不懷好意的人，因此容易受人誘騙而「沒個正經」的下場；除了被人哄騙的女性外，也有塑造出耽溺肉欲，追求性愛歡愉的女子，甚至在她的性經歷中，害人終害己。

除了這種將女性與「水性」形象綑綁在一起的敘述，也有的強調了不違背誓言的重要性，否則會因為負心負義而賠上自己性命；更有的刻寫了丈夫死後，女子選擇接受他人聘娶，因為違背丈夫生前所要求的不再嫁之約而丟命；在這些女子中，還有追求愛情而寧可背棄道德倫理，甚至犧牲性命也絕不後悔的存在。

與男子負心的情況相比，能發現女子的負心似乎都與毀壞貞節、背誓、失信等有關，而促使她們負心的關鍵，不像負心漢一樣有的為了功名利祿，有的是畏懼父輩……她們大多與「愛情」有關，哪怕是背叛丈夫的外遇，女子也會因為對情郎動情而失去理性判斷，與負心漢那些比起愛情，更追求名利、美色的情況有所不同。

觀察這些女子的負心成因，能夠分為五個模式，分別為一、被人誘騙，順水推舟；二、發下誓言，最後違背；三、伉儷綢繆，夫死再嫁；四、愛情至上，無懼倫理；五、性欲極強，寂寞難耐。她們在負心的過程中有什麼心路歷程，都將在本節進行討論。

一、被人誘騙，順水推舟：王三巧、狄氏

有一類女子負心，一開始是受人使技誘騙的，一步步陷入他人圈套中，最後失了身、污了名節。但事情發生後，女子卻食髓知味，於是順水推舟，放縱情欲，以至於一步錯步步錯，耽溺於外遇的滋味無法自拔，最後使自己陷入糟糕的局面。

本小節要介紹的「被人誘騙，順水推舟」負心女子，一開始都是正經的良家婦女，卻因為好看的皮囊而受他人垂涎；又因為有想要的東西，使物欲成為他人接近、佈下圈套的切入點，最終成為有心人的囊中之物，失了身子、壞了名節。

此類女子受人陷害在先，理應無辜至極，但又貪戀與人肌膚之親的歡快，滿足了長時間獨守空閨的寂寞，於是任由事情失序，與情郎維持著肉體關係，沉浸在其中無法自拔，最後陷入難堪的局面。符合此類型的負心女子，有贈送情郎珍珠衫致使姦情露餡的王三巧、為情郎癡迷以致於相思若狂，最後成

病而亡的狄氏。

（一）〈蔣興哥重會珍珠衫〉王三巧

　　王三巧的貌美，是故事中再再被強調的，如王公女兒都很是漂亮，因此人人稱羨，造出四句口號：「天下婦人多，王家美色寡。有人娶着他，勝似為駙馬。」〔註1〕由此明示了王公的女兒們各個都是絕世佳人。再來說書人說明娶好看的老婆有多麼重要〔註2〕，因此蔣興哥在父親安排下，與王公幼女王三巧定下娃娃親。王三巧長大後不負眾望，甚至比自己兩個姊姊更加好看，與眉目清秀的蔣興哥站一塊，十分賞心悅目。

　　成為夫妻後，蔣興哥需要前往廣東處理生意，王三巧知道留他不住，便指著樓前一棵椿樹道：「明年此樹發芽，便盼著官人回也。」〔註3〕從這裡可看出王三巧的柔情與真摯，還有對丈夫強烈的依戀之情，同時也暗示了讀者，王三巧有多麼盼望蔣興哥回來的那一天。而蔣興哥在出發前不斷提醒王三巧莫要拋頭露面，以免受人垂涎，也側面烘托了王三巧的美貌，而這也將是後面一連串事情的關鍵。〔註4〕後來故事中描繪了王三巧的乖巧與寂寞，強化她殷切企盼丈夫歸來的思緒：

> 且說這里渾家王三巧兒，自從那日丈夫分付了，果然數月之內，目
> 不窺戶，足不下樓。光陰似箭，不覺殘年將盡，家家戶戶，鬧哄哄
> 的煖火盆，放爆竹，喫合家歡耍子。三巧兒觸景傷情，思想丈夫，
> 這一夜好生凄楚！正合古人的四句詩，道是：臘盡愁難盡，春歸人

〔註1〕　（明）馮夢龍編；許政揚校注：《古今小說》（臺北：里仁書局，1991）冊上，頁3。

〔註2〕　「常言道：『做買賣不着，只一時；討老婆不着，是一世。』若干官宦大戶人家，單揀門戶相當，或是貪他嫁資豐厚，不分皂白，定了親事。後來娶下一房奇醜的媳婦，十親九眷面前，出來相見，做公婆的好沒意思。又且丈夫心下不喜，未免私房走野。偏是醜婦極會管老公，若是一般見識的，便要反目；若使顧惜體面，讓他一兩遍，他就做大起來。」說明娶到不好看的媳婦會造成什麼樣的家庭困擾，因而帶出下文蔣世澤早早為兒子蔣興哥打算，自幼便送財禮，定下王三巧與蔣興哥的婚事。引言內容可見於（明）馮夢龍編；許政揚校注：《古今小說》冊上，頁3。

〔註3〕　（明）馮夢龍編；許政揚校注：《古今小說》冊上，頁4。

〔註4〕　蔣興哥囑咐王三巧道：「娘子耐心度日。地方輕薄子弟不少，你又生得美貌，莫在門前窺瞷，招風攬火。」此句一方面強調了王三巧的美貌可能會惹來他人垂涎，也暗示了接下來故事將迎來一番轉折。引言內容可見於（明）馮夢龍編；許政揚校注：《古今小說》冊上，頁5。

未歸。朝來嗔寂寞，不肯試新衣。〔註5〕

王三巧聽從蔣興哥的吩咐，她日日等待丈夫回來，日出期待，日落失望，而後將這份盼望寄予在占卜上。聽瞎先生「行人在半途」的說法，展現迫不及待的心情。對此說書人現身說法，給予評論：「大凡人不做指望，到也不在心上；一做指望，便癡心妄想，時刻難過。三巧兒只為信了賣掛先生之語，一心只想丈夫回來，從此時常走向前樓，在簾內東張西望。」〔註6〕而也正是王三巧的這份企盼，才有後面那些麻煩事。但因為讀者已看出王三巧對丈夫的依戀，殷切等待，因此在王三巧靠在窗邊遠望，錯認陳商時，更顯現王三巧的真實與可愛：

> 王三巧獨守空房的淒冷孤寂更是惹人愛憐。當別人家「鬧轟轟的暖火盆，放爆竹，吃闔家歡耍子」時，王三巧觸景傷情，必然會憶起新婚時二人恩愛的場景，思念丈夫，以至於她將希望寄託在問卜上，問卜的結果正是造成王三巧認錯陳商的直接原因，二人相遇的因歸在了蔣興哥未按期歸來，留王三巧一人空盼夫歸、飽受煎熬，令人憐憫。〔註7〕

等待的煎熬中，不免求神問卜，卜卦結果說那人正在歸途，因此王三巧常在窗邊盼著蔣興哥的身影出現。這時一個與蔣興哥平時穿著打扮相像的陳商經過，王三巧遠遠看見，以為是丈夫回來，便揭開簾子直盯著陳商看，後王三巧意識到認錯了人，羞得跑回後樓，但陳商的心已經被王三巧的美貌俘虜。隨後陳商想起賣珠子的薛婆能言快語，便想請她幫忙。薛婆一開始說王三巧「足不下樓，甚是貞節」〔註8〕實在難辦，但奈何陳商又是下跪又是苦苦哀求，並說若薛婆不幫，他這條性命也就到盡頭了。薛婆沒辦法，只說要從長計議，若陳商等得起，那她可以試試看。

隔日，薛婆與陳商刻意在街邊演了一場討價還價的戲碼，惹得王三巧好奇，透過窗戶窺看，看到薛婆箱子裡的首飾寶色輝煌，很是心動，便要丫頭去

〔註5〕（明）馮夢龍編；許政揚校注：《古今小說》冊上，頁5。

〔註6〕（明）馮夢龍編；許政揚校注：《古今小說》）冊上，頁6。

〔註7〕陳若儀：〈淺論馮夢龍「情教」觀——以《蔣興哥重會珍珠衫》為例〉，《文教資料》第15期（2019年5月），頁8。

〔註8〕「足不下樓，甚是貞節」可驗證王三巧對蔣興哥的囑咐言聽計從，素日大門不出，二門不邁。若非瞎先生說行人已在歸途上，王三巧也不會日日在窗邊東張西望，並與陳商對上視線。引言內容可見於（明）馮夢龍編；許政揚校注：《古今小說》冊上，頁9。

請薛婆上樓。薛婆自此完成了第一步——與王三巧接觸。

　　薛婆的目的本就不是賣珠飾，甚至還藉口自己有急事，將珠寶首飾鎖放在蔣家，第六日才再過來，並且在議價過程中不討價還價，展現出「不缺錢」的心性，以及「欣賞王三巧識貨的本事」〔註9〕，完成交易後，王三巧與薛婆越來越親近，儼然成了閨中密友。

　　王三巧對薛婆的好感，其實也可以看作是她缺少社交經驗，單純天真的證明。她對薛婆未有任何防範，甚至歡天喜地以為碰上了知己，正可以一解在家的苦悶無聊。而薛婆在交流過程中時不時提及男女情愛之事，試圖勾動王三巧春心，王三巧只認為婦人家聊天本就是天南地北，什麼都聊，卻沒有想到這也是薛婆的計謀之一。在與薛婆的閒聊中，也可見王三巧對蔣興哥的信任。

　　薛婆試探王三巧的態度，說起自己女兒嫁給朱八朝奉當偏房的事，暗示王三巧，蔣興哥過了一年還不回，會不會在外面有了其他女人，因而遲遲不歸家。對此王三巧的態度是肯定的，她直言蔣興哥不是這樣的人。在〈蔣興哥重會珍珠衫〉中，薛婆如何計騙王三巧，無疑是整個故事的精彩處，而在這之間，也營造了王三巧涉世未深，對丈夫一往情深且極度信任的形象，使讀者對王三巧的獨守空閨能共情，並憐憫她的處境：

> 最關鍵的使讀者深入王三巧內心的是對她失節過程的描寫，這是整篇小說所占篇幅最大的部分，意在強調「被騙」這一過程，塑造王三巧天真善良、涉世未深的形象。在這個過程中，王三巧因涉世未深而始終處於被動狀態，當薛婆進蔣門時，買首飾不僅不講價，還說可以先只收半價，又藉口有急事將珠寶首飾放於蔣家，多次交往時表明自己與三巧的知遇之情，顯然是有目的地接近三巧。但天真善良的三巧絲毫未起疑心，還滿心歡喜以為遇到知己，與薛婆同吃同住起來。如此，馮夢龍將王三巧刻畫成一個用情至深、天真善良但孤苦難挨、渴求人情的閨中少婦形象，達到了讓讀者從人性上與

〔註9〕王三巧請薛婆把她要賣的珠寶講個實價，婆子道：「娘子是識貨的，何消老身費嘴？」隨後王三巧品評價錢，都不甚遠，薛婆也不爭論，歡喜道：「恁地，便不枉了人。老身就少賺幾貫錢，也是快活的。」薛婆說王三巧是識貨的，便是少賺一些也很快活。雖然薛婆賣珠寶的本意就是為了接近王三巧，說些阿諛奉承的話也是有的，但最主要王三巧聽了開心，覺得薛婆是懂自己的人，能使王三巧對薛婆產生親近感。引言內容可見於（明）馮夢龍編；許政揚校注：《古今小說》冊上，頁13。

　　　　王三巧共情、理解其失節緣由的目的。〔註10〕

王三巧被騙，顯然與足不出戶、缺乏社交經驗、對人輕易相信、孤單寂寞等因素有關，她的生活重心（即丈夫蔣興哥）遲遲未歸，失落之下，王三巧內心的孤寂會使她隱隱期待著生活發生變化。而薛婆的存在便滿足了王三巧的空虛乏味，她能言善道，話題源源不絕，充分豐富了王三巧原先只能引領而望等待丈夫歸來的日子，甚至使其希望薛婆多來蔣家過夜，陪伴自己，薛婆假意推託不得，便承了王三巧的好意，時常來與王三巧作伴，夜間絮絮叨叨，什麼話都說。

　　薛婆也曾藉酒裝瘋，說些年輕時的風流韻事，讓王三巧聽了春心蕩漾。而故事到這裡，也暗示了讀者，王三巧作為女性，她對「情欲」的需求與渴望是存在的。不知不覺中到了王三巧生日，薛婆認為時機成熟了，便領著陳商摸黑進蔣家。還主動對王三巧說女人之間也有取樂的法子，直叫王三巧好奇。緊接著薛婆假借打飛蛾的動作，刻意撲滅了燈，又說夜深了，廚下已無火種，知道王三巧怕黑，自己便與她同睡一床陪伴：

> 婆子道：「老身伴你一床睡何如？」三巧兒正要問他救急的法兒，應道：「甚好。」婆子道：「大娘，你先上床，我關了門就來。」三巧兒先脫了衣服，床上去了，叫道：「你老人家快睡罷。」婆子應道：「就來了。」卻在榻上拖陳商上來，赤條條的攙在三巧兒床上去。三巧兒摸著身子，道：「你老人家許多年紀，身上恁般光滑！」那人並不回言，鑽進被裏。那婦人一則多了盃酒，醉眼朦朧；二則被婆子挑撥，春心飄蕩，到此不暇致詳，憑他輕薄。一個是閨中懷春的少婦，一個是客邸慕色的才郎。一個打熬許久，如文君初遇相如；一個盼望多時，如必正初諧陳女。分明久旱逢甘雨，勝過他鄉遇故知。〔註11〕

在糊里糊塗中與陳商發生了關係，王三巧事後詢問對方是誰，陳商趕緊訴說自己的傾慕之心，薛婆則是解釋可憐王三巧年輕貌美卻獨守空閨，其次陳商渴望王三巧，甚至到了失魂的程度，此番之際都是為了救陳商的命。

　　王三巧見事情到了這地步，也就任由事情崩壞，與陳商保持著往來。兩

〔註10〕陳若儀：〈淺論馮夢龍「情教」觀——以《蔣興哥重會珍珠衫》為例〉，《文教資料》第15期（2019年5月），頁8。

〔註11〕（明）馮夢龍編；許政揚校注：《古今小說》冊上，頁20。

人過著宛如夫妻一般的日子，只是陳商畢竟是外來客，他為了王三巧已蹉跎了好些時間的生意，眼下不能再拖了。王三巧不捨得，她情願跟著陳商逃走，但陳商不想冒險，只承諾安定好一切後，便會來帶王三巧走。王三巧於是贈送陳商蔣家祖傳的珍珠衫，陳商愛不釋手，天天穿著，夜晚也要放在被窩中同睡，寸步不離。

在姦情發生後，王三巧選擇與陳商繼續往來的作法使其被扣上「負心」的標籤，因為她越過了倫理道德的底線，已婚身分卻與丈夫以外的人發生關係。但在本論文的「負心」定義中，最讓王三巧揹上負心之名的，是她想要跟著陳商私奔的決定。從她萌生逃走想法的瞬間，代表著她想要捨棄與蔣興哥的夫婦關係，與情郎陳商成為真夫妻，這種率先捨棄關係的念頭，才是本論文認為符合「負心」的關鍵。

不過綜觀王三巧的負心成因，充斥著欺騙、等待、寂寞等因素，她對蔣興哥的依戀有多強烈，等不到人歸來的失落就會有多深刻，也因此，薛婆與陳商才更能趁虛而入，在錯誤發生後，慫恿王三巧延續這段不正當的關係。而王三巧雖然美若天仙，但她同時也是一名普通的女性，她有情欲需求，也會有喜怒哀樂，而故事刻寫王三巧的這段經歷，也更呈現了人性的某種真實。雖然董挽華認為王三巧是「原始慾火邪意，野情一發竟至陷溺遂深，不可收拾，直似要燒卻了盡原來自己的清秀明澈以及原本的社會契約與關係。……由『甚是貞節』的清靈初衷經不住烈欲怒灼而轉化呈現的謬悠乖巧。」[註12] 但實際上，王三巧有性需求是正常的，她接受陳商的背後更蘊含著「因為思念丈夫得深沉，從而渴望真情慰藉」的訊息。所謂遠水救不了近火，比起尚在遠方的蔣興哥，陳商的確更能撫慰王三巧的空虛寂寞以及滿足她的性渴望。

而在與陳商發生關係後，王三巧並非單純沉溺於肉體關係，她對陳商產生了依戀，甚至主動提出私奔，只是因為陳商不願冒險而作罷。最後只能贈予珍珠衫，希望讓珍珠衫代替自己陪伴在陳商身邊。王三巧無論是面對蔣興哥還是陳商，都是直率真誠的，這是她讓人無法厭惡之處，也是使人憐憫同情的部分。

最後珍珠衫成了使姦情東窗事發的關鍵，蔣興哥得知一切後，匆匆返家，騙王三巧她的父母同時害病，情況危急，要王三巧趕緊回去看看。王三巧不疑

〔註12〕董挽華：〈「清明靈秀」與「殘忍乖邪」——由傳奇與話本中兩名女性探抉人性〉，收入《臺北評論》第三期（1988 年 1 月），頁 195。

有他,連忙趕回了娘家,誰知道跟著自己回去的,還有蔣興哥寫的休書以及一條桃紅汗巾、一枝打折的羊脂玉鳳頭簪。王公看了震驚不已,尋問王三巧緣故,王三巧只啼哭,不願多說些什麼。王公便去蔣興哥那裡討個道理,蔣興哥對王三巧的愛便體現在此處,他在得知真相後,並未大聲斥責王三巧,而是自我譴責追悔〔註13〕,在王公的一再追問下,也不願明言休妻的理由,甚至在王三巧改嫁時,給予十六個箱籠作為嫁妝。感受到蔣興哥潤物細無聲的愛與最後的溫柔體貼,王三巧心上過意不去,但錯誤已經鑄成,她也無力挽回。在故事中,王三巧自省,深知一時想岔而負了丈夫,有悔改之意,因此想要自縊,卻被母親勸住:

> 你好短見!二十多歲的人,一朵花還沒有開足,怎做這沒下梢的事?
> 莫說你丈夫還有回心轉意的日子,便真箇休了,恁般容貌,怕沒人
> 要你?少不得別選良姻,圖個下半世受用。你且放心過日子去,休
> 得愁悶。〔註14〕

母親的勸阻可以看出家人並不因為王三巧被休而覺得丟臉,反而認為蔣興哥可能會回心轉意,又或者王三巧可以選擇再嫁他人,開始新的生活。母親的這番話可以認為是對女性再婚的寬容,也是對女性被休後的溫情,更有著父母對孩子的呵護、珍惜,希望孩子不要因一時挫折而放棄生命。

　　故事到此,除了讓讀者對被誘騙的王三巧予以同情,同時也注意到女性在情欲上的需求。就算女性潔身自愛,聽話順從,但她們作為人,多少對情欲有著嚮往與渴求,丈夫長時間的外出更容易使她們孤單寂寞。這時第三人出現,利用女子對社會險惡毫不知情的特點,漸漸誘使其步入圈套,最後騙得身子。而失去貞潔後,女性對於情欲的渴望則被彰顯出來,因為已經跨越了道德底線,似乎惟有將錯就錯才能滿足自己的空虛:

> 王三巧是一位大膽地尊重情欲的女性,她敢於打破現狀,用實際行
> 動去追求情欲的享受、感官的刺激,這與當時整個社會風氣,尤其

〔註13〕原先蔣興哥得知姦情,是大怒至極的,但真的趕到家門口,便又感傷得落下淚來:「當初夫妻何等恩愛,只為我貪著蠅頭微利,撇他少年守寡,弄出這場醜來,如今悔之何及!」這代表在蔣興哥心中,也明白讓王三巧長時間獨守空閨是錯誤的決定。他的自省檢討更顯現出他性情中的溫柔,而他在王公面前不揭發王三巧是因與陳商通姦而被休的事實,更是給了王三巧體面的後路。引言內容可見於(明)馮夢龍編;許政揚校注:《古今小說》冊上,頁23。

〔註14〕(明)馮夢龍編;許政揚校注:《古今小說》冊上,頁24。

是新興的市民階層的價值觀、道德觀的影響分不開，從某種意義上
說王三巧的敢想敢做實現了一次女性自我價值的解放，反映出一種
全新的市民意識，她的愛情自始至終發乎自然，在本能需要與道德
約束的兩難處境中，她表現得豁達而不失善良，真率而不涉淫蕩。
王三巧的重情一方面表現在尊重自己的欲望，不管對象是蔣興哥，
還是陳大郎，她真心相待，這正印證了她對廝守相伴夫妻團圓生活
的希望，但是愛戀和婚姻對象的商人身份與商業活動的禍福無常，
無法為她提供穩定且終日廝守的生活。〔註15〕

韓雅慧的這段敘述可以得知，王三巧在情感上發乎自然、真摯，對蔣興哥、陳
商都是如此，一心一意且一往情深，所以王三巧雖然做了違反倫理道德之事，
但她的可憐可愛，卻實在令讀者討厭不起來。同時韓雅惠認為，在王三巧心中，
有著對夫妻團圓的嚮往，只是不論蔣興哥還是陳商，都是需要長時間外出的商
人，他們皆無法滿足王三巧與所愛之人整日待在一起的希望，這其實也點出了
許多女子偷情故事的常見設定──丈夫要外出做生意而長時間不在家。

筆者認為韓雅慧說王三巧「是一位大膽地尊重情欲的女性，她敢於打破
現狀，用實際行動去追求情欲的享受、感官的刺激」反而像是王三巧主動偷
情。可實際上王三巧一直都是較被動的處境，甚至與陳商發生關係後，王三
巧像是失去了隨機應變的能力，不清楚下一步該如何，只能問道：「事已如
此，萬一我丈夫知覺，怎麼好？」〔註16〕像一個弄壞玩具而不知所措的孩子。
王三巧在半推半就中接受了與陳商的關係，甚至維持起這份不體面的聯繫，
或許對王三巧來說，心中仍然保有對蔣興哥的依戀，但比起遙不可及，不知
歸期在何處的丈夫，能夠碰觸且時刻陪伴在身邊的陳商更教人心動。也無怪
王三巧在之後對陳商產生了情愫，甚至在陳商即將離開時，毅然決然提出要
一起逃走的要求。到此，王三巧天真單純，重情且不涉淫蕩的性情被牢牢記
在讀者心中。

後來，在彼此展開新生活後，王三巧因緣際會下看到了狀詞，知道羅德就
是蔣興哥，〔註17〕想起舊日恩情，不由惆悵，哭著向丈夫吳傑求情：「這羅德

〔註15〕韓雅慧：〈論《喻世明言》女性藝術形象分析──以金玉奴、鄭義娘、王三巧
　　　　為中心〉，《名作欣賞》第593期（2017年11月），頁104、105。
〔註16〕（明）馮夢龍編；許政揚校注：《古今小說》冊上，頁20。
〔註17〕蔣興哥到合浦縣販珠，卻與人發生了衝突：「主人家老兒，只撿一粒絕大的偷

是賤妾的親哥,出嗣在母舅羅家的。不期客邊,犯此大辟。官人可看妾之面,救他一命還鄉。」〔註18〕後來吳傑讓蔣興哥不用受到刑罰就能了結案件,王三巧提出希望能夠與蔣興哥見面的要求,這時說書人現身說法:

> 看官們,你道三巧兒被蔣興哥休了,恩斷義絕,如何恁地用情?她夫婦原是十分恩愛的,因三巧兒做下不是,興哥不得已而休之,心中兀自不忍;所以改嫁之後,把十六之箱籠,完完全全的贈他。只這一件,三巧兒的心腸,也不容不軟了。今日他身處富貴,見興哥落難,如何不救?這叫做知恩報恩。〔註19〕

當讀者疑惑王三巧的求情之舉時,說書人解釋了她知恩報恩的原因,也使讀者對王三巧的好感增加不少。後來吳傑見王三巧與蔣興哥見面後相擁而泣,不像尋常兄妹,細問其故,大為感動,讓兩人最後能夠破鏡重圓,只是王三巧被休過,平氏又大王三巧一歲,因此讓平氏做大,王三巧做小。

在〈蔣興哥重會珍珠衫〉中,其實包含許多因果報應的呈現,如薛婆被蔣興哥砸屋,這是她的惡報;吳傑連連升官,又生了兒子,這是他的善報;而王三巧的惡報是被休,身分地位經過一番變動,最後作為妾重回蔣家。關於人物的善、惡報,以表5-1呈現之:

表5-1 〈蔣興哥重會珍珠衫〉人物善、惡報一覽表

人 物	狀 況	行 為	結 局	報應
蔣興哥	外出經商,妻子偷情,遺失珍珠衫	休妻、歸還嫁妝,給足三巧體面	一妻一妾,找回珍珠衫	善報
王三巧	獨守空閨,足不出戶,空虛寂寞	被騙失節	被休,再嫁,最後降位為妾重回蔣家	惡報
陳商	外出經商,路過蔣家	勾引他人妻	錢財盡失,因病亡故,妻改嫁給蔣興哥	惡報

過了,再不承認。興哥不忿,一把扯他袖子要搜。何期去得勢重,將老兒拖翻在地,跌下便不做聲。忙去扶時,氣已斷了。兒女親鄰,哭的哭,叫的叫,一陣的簇擁將來,把興哥捉住。不由分說,痛打一頓,關在空房裏。連夜寫了狀詞,只等天明,縣主早堂,連人進狀。」而負責審理這案件的縣主吳傑正是王三巧的新夫,她無意中看到了狀詞上的內容,也知道羅德正是蔣興哥化名。引言內容可見於(明)馮夢龍編;許政揚校注:《古今小說》冊上,頁31。

〔註18〕 (明)馮夢龍編;許政揚校注:《古今小說》冊上,頁32。

〔註19〕 (明)馮夢龍編;許政揚校注:《古今小說》冊上,頁33。

薛婆	本地經商，伶牙俐齒	貪圖錢財，幫陳商誘騙王三巧	房屋被拆，搬離原住處	惡報
吳傑	納王三巧為妾	有成人之美，歸還王三巧與蔣興哥	連生三子，科第不絕	善報
平氏	被丈夫欺騙	賣身葬夫	成為蔣興哥正妻	善報

所有人物都因為各自的行為而得到應有的善、惡報，但實際上，除卻內心上的煎熬，王三巧並沒有太大的損失，甚至也沒有名譽上的受損，生活也不因此而刻苦。她與蔣興哥對彼此都還有感情，破鏡重圓後，只是更加深夫妻之間的信任，身分是正妻還是妾室並不會妨礙兩人情感。可見表格中所謂善惡報，是客觀來說人物的應有報應——行善得善果，行惡則承擔惡果。雖然故事中以「報」的觀念主導情節，〔註20〕但王三巧的情愛經歷也使人物性格變得立體生動。雖然王三巧有做得不對的地方，但她善良、率真，又是被誘騙而失身，最後甚至幫助蔣興哥度過劫難，各方面來說，王三巧的行為都能夠消彌她偷情的過錯，使讀者無法直接將王三巧與負心女畫上等號，因為三巧有情有義，比許多純粹沉溺於肉欲的負心女高尚太多，她們之間是有區別的。

　　綜合上文可以得知，王三巧的負心在於，雖是受薛婆誘騙，與陳商發生關係，但她順水推舟，讓這場外遇延續下去，並對陳商有了感情，贈予珍珠衫。而王三巧主動提出要跟陳商逃走的行為，也不難看出她性格裡追尋愛情的果敢，那是封建女子敢於衝破思想枷鎖的精神與勇氣。雖然對愛情追求固然有其值得嘉許處，但王三巧以已婚身分與他人外遇，終究是有違道德倫理的，且她想要捨棄與蔣興哥的夫妻關係，此舉辜負蔣興哥先前的呵護與疼愛，這是她負心之處。

　　可貴的是王三巧在蔣興哥展現出癡情與溫柔後（不對外說明休妻原因、將嫁妝全數歸還），深刻記住了蔣興哥的恩情，並在日後為蔣興哥的案件求情，她的知恩知報，也洗刷了負心的「壞」。事實上，在〈蔣興哥重會珍珠衫〉中其實沒有將王三巧描述得不好，而是將之營造成雖然負心，但「可憐又惹人愛」的形象。關於這部分，將在本章第二節「男女負心之比較」中再

〔註20〕在故事篇首有「人心或可昧，天道不差移。我不淫人婦，人不淫我妻」一句，很明顯告訴讀者，這是關於「姦淫人妻者得天理報應」所展開的一系列故事，無論是陳商之死，還是蔣興哥再娶平氏，這些情節都應驗了果報不爽的道理。而韓南亦指出故事中也有蔣興哥與王三巧之間互相體貼呵護的「人報」，使讀者能更理解王三巧的處境。詳細可見（美）韓南著，尹慧珉譯：《中國白話小說史》（浙江：浙江古籍出版社，1989），頁100～104。

作討論。

　　藉由「珍珠衫」而暴露的外遇故事除了警惕讀者，莫要像陳商一樣勾引他人妻，也點出了在有名無實的婚姻狀態中，女性仍然有性需求。雖然整篇故事圍繞著「報應」觀點展開，描述了各人物的善惡報，但也流露出對那些無法在情欲上獲得慰藉的女性的同情，使人們「不再一面倒地固持男性中心主義的愛情觀和道德觀，反而能夠嘗試對女性作某種程度上設身處地的諒解」〔註21〕，也因此，王三巧在愛上陳商的情況下想要捨棄與蔣興哥的夫妻關係，雖然辜負了蔣興哥的情，卻也呈現了女性在空虛寂寞中，比起遠在他方的丈夫，就在自己身邊的人能帶來的撫慰更加真實有感，使王三巧全心全意愛上了這個誘騙她失節的男性，這同時也點出了「商人妻」的一個困境：

> 這個故事發生在商業活動比較活躍的明代中後期，小說的主角是商賈階層，他們離鄉背井，孜孜經營，行蹤無定，而留在家中的妻子，則要擔孤受寡，獨自支撐。……小說寫王三巧卜卦一段……心理把握得很準確。蔣興哥延誤了行期，使得妻子在家坐立不安，翹首盼望。
>
> 　　正是由於望夫心切，才洩漏行藏，引動了陳商的愛慕之心。〔註22〕

王三巧與陳商之間的通姦關係理應受譴責，小說也是以此來勸誡警醒世人，但實際描寫中，卻呈現出王三巧天真爛漫、情感真摯的一面，她雖然被騙失節，但也用心去經營與陳商的感情，她的負心在於已婚身分的偷情，以及動過私奔這種捨棄與蔣興哥夫妻關係的念頭，而非單純指她失身於外人的行為。在負心上，王三巧雖然越過了道德倫理的底線，但她知恩圖報，實在不能非黑即白認定她是一個糟糕的負心女。筆者認為她雖然有辜負的行為，但她被誘騙在先，又因為長時間的空虛寂寞，因此接受了陳商的感情，一切都情有可原，實在讓人難以苛責。

（二）〈酒下酒趙尼媼迷花　機中機賈秀才報怨〉狄氏

　　在〈酒下酒趙尼媼迷花　機中機賈秀才報怨〉中，說書人開頭便言三姑六婆最是不可往來的，因為她們有閒工夫去管他人之事，心計又多，常拋頭露面，見識不一般。哪怕是再端莊正經的婦女，她們也能想盡辦法將之從無

〔註21〕賴芳伶：〈從「蔣興哥重會珍珠衫」看覆水重收的愛情〉，收於葉慶炳主編：《中國古典小說中的愛情》（臺北：時報文化出版企業股份有限公司，1981），頁66。

〔註22〕楊義主編，劉倩選注、譯評：《中國文史經典講堂・三言選評》（香港：三聯書店有限公司，2006）〈蔣興哥重會珍珠衫・評析〉，頁42。

事誘出有事來。其中，又以尼姑最為可怕，因為她們常打著佛祖名號，背地裡做些見不得光的事情，且一方面庵院為囮，讓女子來燒香拜佛，一方面又讓男子來遊耍，若男女之間互生愛意，只要給尼姑豐碩的錢財，便會讓他們在尼庵私會；也有的是單方面一見鍾情，央求尼姑製造機會，可以一解宿願。原本是六根清淨的修佛場所，卻被這些尼姑給搞得烏煙瘴氣。

　　而本篇故事所講述的，也是經由尼姑所造成的憾事。不同巫娘子與賈秀才的報復趙尼姑，〔註23〕入話故事中的狄氏可謂深受尼姑之害，好好的一個正經婦人，也逃不過毒計。

　　狄氏是京師有名的美女，十分端莊貞淑，言笑不苟。一次於西池春遊，其長相讓滕生三魂飄蕩，七魄飛揚，回家後茶飯不思，只想著如何能親近這位絕世佳人。後來滕生請求與狄氏有所往來的尼姑慧澄幫忙，一開始慧澄很是為難：「這事卻難，此人與我往來，雖是標緻異常，卻毫無半點瑕疵，如何動得手？」〔註24〕但隨後兩人馬上就找到了突破口〔註25〕。狄氏在庵院裡與滕生見面，然後在滕生訴說一見鍾情的相思之苦時，從驚訝化作喜悅，而後半推半就，與滕生發生了肌膚之親。

　　狄氏滿意與滕生的魚水之歡，直言「若非今日，幾虛做了一世人，自此夜夜當與子會」〔註26〕後來漸漸對滕生產生感情，甚至為了不讓滕生嫌棄自己，極力奉承之。最後丈夫歸家，有所察覺，將狄氏看得緊，狄氏見不到滕生，思念若狂，成病而死。

　　除了《初刻拍案驚奇》之外，陶宗儀《說郛》與馮夢龍《情史》皆有收錄狄氏的故事，只是《說郛》與《情史》的故事版本最相近，而《初刻拍案驚奇》則刪改了部分劇情。《說郛》在故事最後有句「予在大學時親見」〔註27〕可以知道，這篇小說的題材來自街談巷議和市井傳聞，是一篇紀實性質的故事；《情史》最後則無此句，並將狄氏的故事安排在情私類的私會。《說郛》與

〔註23〕正話故事的巫娘子在被趙尼姑陷害，慘遭卜良迷姦後，將事情告訴了丈夫賈秀才。賈秀才為巫娘子出謀劃策，讓趙尼姑、卜良各自得到報應。

〔註24〕（明）凌濛初撰；劉本棟校訂；繆天華校閱：《拍案驚奇》（臺北：三民書局，1981），頁59。

〔註25〕狄氏想要上好珠子，而滕生有門路可以找來好珠子。藉此，慧澄謊稱有人要便宜賣好珠子只求復職，而狄氏只要能夠擔保為其說些好話、引薦權貴即可，狄氏不疑有他。

〔註26〕（明）凌濛初撰；劉本棟校訂；繆天華校閱：《拍案驚奇》，頁62。

〔註27〕（明）陶宗儀等編：《說郛三種》（上海：上海古籍出版社，1988），頁224。

《情史》的版本中，最後面提及滕生的小人性子：

> 生，小人也。陰計已得狄氏，不能棄重賄。伺其夫與客坐，遣僕入白曰：「某官嘗以珠值二萬緡賣第中，久未得值，且訟於官。」夫愕眙入詰，狄氏語塞，曰：「然。」夫督取還之。生得珠，復遣尼謝狄氏：「我安得此，貸於親戚以動子耳！」狄氏雖恚甚，終不能忘生，夫出，輒召與通。逾年，夫覺，閒之嚴。狄氏竟以念生病死。〔註28〕

得到了狄氏後，滕生竟然還使技讓狄氏歸還珠子，狄氏雖然驚訝滕生之舉，卻又對其愛得深刻，因此無法斷了與滕生的往來，最後因為見不到滕生而思念成病，以至賠上了性命。這版本的最後反而凸顯了狄氏的痴，明明遭受滕生的背叛，被要求歸還珠子，仍然無法割捨對滕生的喜歡，保持著私情。

《說郛》與《情史》的版本中，狄氏是被滕生與慧澄使技誘騙的可憐人，雖然她婚內出軌，但若非騙局在先，狄氏這輩子仍然會保持端莊正經的模樣。可惜狄氏的物欲讓慧澄有機可趁，佈下層層陷阱讓狄氏難以逃脫。在滕生的愛撫告白下，狄氏逐漸軟化，在又驚又愛中軟下身子，讓滕生稱心如意。

歡愛過後，狄氏食髓知味，滕生帶給了她美好的性體驗，甚至與丈夫之間也不曾有過如此歡快的感覺，因此狄氏一反原先的穩重貞淑，主動與滕生維持關係，甚至最後也是真心喜歡著滕生，因為用情之深，所以不苛責滕生對自己的背叛，也無法狠下心斷絕聯絡，甚至思念深切，賠上性命。從這樣的結局來看，反而是滕生要求歸還珠子顯得小人，讓人感慨狄氏愛錯了人。

但在《初刻拍案驚奇》中，作者強調了尼姑的惡毒可怕，同時也強化了狄氏的水性楊花，弱化滕生的小人性格。在文章敘述裡，刪去了滕生要回珠子的段落，使讀者只以為滕生是為了美色而捨得上好珠子的人；而在滕生初見狄氏時，《說郛》與《情史》皆只敘述滕生被其美貌迷住，目不轉睛，唯獨《初刻拍案驚奇》中又加寫了「狄氏也抬起眼來，看見滕生風流行動，他一邊無心的，卻不以為意，爭奈滕生看得癡了，恨不得尋口冷水，連衣服都吞他的在肚裡了」，〔註29〕為後面兩人相見做了伏筆。後來狄氏在慧澄的安排下見到滕生，便認出了這是在春遊時見過的人，〔註30〕因為對其有所印象，

〔註28〕（明）馮夢龍：《古本小說集成‧情史》（上海：上海古籍出版社，出版年不詳），頁267。

〔註29〕（明）凌濛初撰；劉本棟校訂；繆天華校閱：《拍案驚奇》，頁58。

〔註30〕「狄氏欲待起身，抬起眼來，原來是西池上曾會面過的。看他生得少年萬分，清秀可喜，心裡先自軟了。」可見狄氏早就注意到滕生，並且記住他的面貌，

又見他清秀可喜，因此態度軟了許多，接受了這場會面。而《說郛》與《情史》在兩人見面時敘寫「生固頎秀，狄氏頗心動」〔註31〕只強調了狄氏當下對滕生長相的心動，而西池春遊時，狄氏是否有印象見過滕生，在故事中並沒有被寫出來。

而後兩人準備發生關係時，《說郛》、《情史》皆簡單帶過，〔註32〕只說狄氏恨相得之晚，《初刻拍案驚奇》則詳細描述了狄氏的心情變化：

> 狄氏見他模樣標緻，言詞可憐，千夫人萬夫人的哀求，真個又驚又愛，欲要叫喊，料是無益；欲要推託，怎當他兩手緊緊抱住，就跪的勢裏，一直抱將起來，走到床前，放倒在床裏，便去亂扯小衣。
> 狄氏也一時動情，淫興難遏，沒主意了。雖也左遮右掩，終久不大阻拒，任他舞弄起來。〔註33〕

狄氏的情緒起伏被詳細刻寫，其心中對滕生的長相很是滿意，已經自軟了三分，又見滕生苦苦哀求與自己歡好，那可憐的模樣讓狄氏又是驚喜又是憐愛，腦中想著下一步要怎麼辦時，因為不及滕生的急迫與力量，在半推半就中，與滕生發生了關係。文章用「一時動情」〔註34〕來破滅前面讀者對狄氏端莊貞淑的形象，後狄氏享受與滕生的歡愛體驗，主動表示要維持關係，此舉也展現了狄氏貪戀性愛的一面。不過故事到此，《拍案驚奇》還安插了尼姑慧澄要狄氏勿怪，展現其舌燦蓮花、能言善辯的可怕之處，〔註35〕對應了故事開頭所說

也很喜歡滕生的俊俏，因此態度軟了許多。引言內容可見（明）凌濛初撰；劉本棟校訂；繆天華校閱：《拍案驚奇》，頁61。

〔註31〕（明）馮夢龍：《古本小說集成·情史》，頁266。

〔註32〕內容為「狄氏不能卻，為醉卮，即自持酒酬生，生因徙坐擁狄氏曰：『為子且死，不意果得子！』擁之即幃中，狄氏亦歡然，恨相得之晚也」引言內容可見於（明）馮夢龍：《古本小說集成·情史》，頁266。

〔註33〕（明）凌濛初撰；劉本棟校訂；繆天華校閱：《拍案驚奇》，頁62。

〔註34〕在劉本棟校訂；繆天華校閱的《拍案驚奇》中沒有此句話，僅有「狄氏也一時動情，沒主意了」，但在智揚出版社1994年出版的《初刻拍案驚奇》中則有「狄視也一時動情，淫興難遏，沒主意了」。前者引言出自劉本棟校訂；繆天華校閱：《拍案驚奇》，頁62；後者引言則出自（明）凌濛初：《初刻拍案驚奇》（新北：智揚出版社，1994），頁78。

〔註35〕狄氏見慧澄開門進來，原是羞慚不語，對自己的行為有些後悔懊惱，但慧澄道：「夫人勿怪！這官人為夫人幾死，貧姑慈悲為本，設法夫人救他一命，勝造七級浮圖。」不僅將自己的行為合理化，也使狄氏與滕生偷情的行為變成救命功德之事，可見慧澄之能言善道，將狄氏哄得伏貼，不再有羞慚心緒。引言內容見於劉本棟校訂；繆天華校閱：《拍案驚奇》，頁62。

的，那些將正經婦女從無事誘出有事的三姑六婆中，最狠的便是尼姑。

　　狄氏被尼姑誘騙，與滕生發生關係，雖然一開始有些羞慚，卻在慧澄「救人做功德」，以佛法當遮羞布的說法下，順水推舟，維持與滕生偷情的關係。在這之間，未見狄氏對丈夫的羞愧、歉意，甚至慢慢愛上了滕生，極力奉承他，只怕他會不喜歡自己。這是狄氏最為負心之處，已婚之婦與情郎暗通款曲，甚至心安理得，雖然一開始的確是遭人算計，卻任由這個錯誤延續下去，狄氏並非全然無辜。

　　《拍案驚奇》在劇情中還加了一段評論，說：「本等好好一個婦人，卻被尼姑誘壞了身體，又送了性命。然此還是狄氏自己水性，後來有些動情，沒正經了，故着了手。」〔註36〕在《說郛》、《情史》中，狄氏的確也展現其水性的一面，如「狄氏亦歡然，恨相得之晚」、「非今日，幾虛作一世人，夜當與子會」，將婚姻忠貞拋在腦後，貪戀著歡愛的快樂，但同時故事內容也描寫了滕生的小人性子。明知道滕生做了什麼事情，狄氏卻因為愛與不捨，仍然維持關係，反而又凸顯了其情癡的部分，使人對狄氏的印象從水性之婦，逐漸轉變為所愛非人的感嘆；而《拍案驚奇》刪去了滕生要回珠子的情節，使狄氏紅杏出牆的錯誤成為焦點。若知錯能改，尚能得到讀者一絲憐憫，但狄氏貪戀情欲，一改往日正經端莊模樣，沉溺在與滕生的肉體關係中，反而使其水性一面被無盡放大。雖然被尼姑誘騙有其無辜，但可憐之人必有可恨之處，若狄氏不貪小便宜，想要那上好珠子、不耽溺於與滕生的關係中，或許便不會最後賠上自己性命，得不償失。在此以表 5-2 整理三個版本的狄氏故事異同：

表 5-2　狄氏故事各版本異同

版本 異同	拍案驚奇	說　郛	情　史
文體	白話	文言	
滕生西池遇狄氏	狄氏也有看到滕生	僅描述滕生對狄氏的一見鍾情	
滕生找尼姑幫助	尼姑猜想滕生有事相央，但滕生未表明，是後來熟識後，尼姑主動詢問，才知道滕生目的	未有尼姑看出滕生有事相央的劇情刻寫。只寫出滕生日日往庵院拜訪，又厚禮，尼姑才愧謝問故	

滕生與狄氏見面	狄氏對滕生有印象,知道在西池春遊時看過他	對滕生俊俏模樣有好感
滕生向狄氏求歡	細節描寫較詳細,將狄氏的半推半就刻寫深刻	以「狄氏亦歡然,恨相得之晚也」帶過
狄氏想維持關係	尼姑出現,為狄氏與滕生的偷情行為解釋為救命之事,哄得狄氏連羞慚之心都消散了	尼姑未出現
滕生要回珠子	此劇情刪去	狄氏錯愕,卻因為太愛滕生,仍維持往來關係
狄氏夫有所察覺	狄氏之夫嚴加防範,讓狄氏相思滕生過度,最後成病而死	
結尾	說書人現身說法,評論雖然受尼姑誘騙,但狄氏本身水性,因一時動情而釀成性命之禍	說「余在太學時親見」,顯見這是有紀實性質的故事 / 故事停在「狄氏以念生病死」,未有其他評論

在這類誘騙女子背叛的故事裡,情郎的存在感相對薄弱,讀者關注的地方是女子如何被誘騙,從正經貞潔的已婚婦女,被誘得成為享受肉體關係的欲望化身。只是在這種「自甘墮落」的情節裡,女子雖然負心,背叛了丈夫,但她們在與情郎歡好中,也貢獻了自己的愛情。

　　與負心漢輕易割捨對癡情女子的情感不同,王三巧與狄氏這類「被人誘騙,順水推舟」的負心,雖然不忠於丈夫,但她們的背叛,首先出於騙局,是無辜的開端,而後是寂寞,獨守空閨日久的難耐使她們容易愛上與情郎歡好的滋味,最後移情別戀,一顆心都在情郎身上,而情郎是否也同樣愛著負心女,或只是愛她們的美貌、胴體,這又是後話了。

　　在同樣都是被騙、丈夫長時間不在家的情況下,王三巧又比狄氏討喜得多,首先王三巧雖然同意與陳商維繫關係,卻是因為對丈夫的深刻思念與孤單寂寞而有的選擇〔註37〕,她一步錯步步錯的關鍵在於生活的空虛,相比在遠方的蔣興哥,陳商的存在無疑能滿足她的各種需求。

　　狄氏對丈夫的情感在故事中沒有被刻意描述,但在與滕生發生關係後,狄氏貪戀這場性事的反應來看,狄氏對滕生是先有肉體上的契合,再隨著時間發展,逐漸產生依戀。以結果而言,王三巧與狄氏皆對情夫產生了感情,從肉體

〔註37〕夏志清認為愛之情和慾的雙重意義淨化了王三巧的良心,她能夠全心全意奉獻精神、愛情給予情夫陳商,起初是源於對丈夫的愛與思念。若非對蔣興哥的情感深厚,就不會常在窗邊遠望,更不會與身形、穿著打扮與蔣興哥相似的陳商對上眼。詳情可見夏志清著;何欣、莊信正、林耀福譯:《中國古典小說》(臺北:聯合文學,2016)〈中國舊白話短篇裡的社會與自我〉,頁 419、420。

關係中發展出「情」，但王三巧性情善良，在東窗事發後對蔣興哥懷有虧欠，甚至知恩圖報，是性情中人。而狄氏所有心思都在滕生身上，對丈夫冷淡不聞不問，最後因為思念滕生而病死，實在得不償失。

同樣都是被騙而失節的女性，王三巧的情愛歷程明顯比狄氏更使人同情。說書人對狄氏的批評也較苛刻，可見同樣是順水推舟，延續錯誤的負心女，王三巧的負心程度並不如狄氏那般受人撻伐。而《拍案驚奇》若未刪去滕生要回珠子的情節，則狄氏因為愛滕生而委屈隱忍的行為也會引起讀者憐憫，弱化其偷情負心的負面形象。以下試以表5-3呈現王三巧與狄氏的行為異同：

表5-3　王三巧與狄氏行為異同表

行為＼人物	王三巧	狄氏
對情郎初次印象	錯認為丈夫才對上眼	因長相出色而多看一眼
發生肉體關係後反應	手足無措	率先表達維持關係意願
與情郎後續關係	與陳商過著如夫妻般生活	極度奉承滕生，害怕他不喜歡自己
是否對情郎產生感情	有	
東窗事發後表現	檢討反省，感謝蔣興哥給與的體面	被丈夫嚴加看守，非常思念滕生
結局	歷經休妻、再嫁，最後以妾的身分回到蔣興哥身邊	思念成疾，成病而死

二、發下誓言，最後違背：劉金壇

在韓思厚與鄭義娘的故事中，從鄭義娘之口知道了韓思厚的風流成性，暗示觀眾韓思厚往後移情別戀的機會很高；而到了劉金壇這裡，也用了相似的手法，暗示觀眾劉金壇並沒有那麼「正經」。

人人聽聞土星觀的女道士德行清高，所以想要去觀裡做些功德，誰曾想女道士劉金壇是個漂亮的女人，再再牽動韓思厚的心神，使之動了春心。如若劉金壇沒有任何出閨的行為，韓思厚似乎也沒有更進一步的機會，只是韓思厚偏偏看見了〈浣溪紗〉，詞的內容抒情而有春心萌動意味，像個深閨中的婦女渴望愛情的滋潤。隻字片語中難見劉金壇失去丈夫的感傷、痛苦，只有期待著往後日子不那麼苦悶、虛度青春，這也暗示著，如有機會，她是想還俗的。

在道觀中德行清高的道士原來心中一片紊亂，她也渴望平凡的情愛。劉金壇將這份渴望寫成詞，又湊巧被韓思厚看見，撥動了他內心的弦。韓思厚大概也想揮別過去，重新新的人生吧，他不能一直沉浸在傷痛裡，雖然遺憾鄭義娘的自刎守貞，但他也需要脫離悲傷，迎接人生的下個階段。只是所謂的下個階段可以有很多種選擇，升官、隱居、閒遊等都可以成為下個階段的目標，韓思厚卻選擇了最危險也最違背初衷的決定——主動撩撥劉金壇。

在〈楊思溫燕山逢故人〉中，劉金壇的出現只佔整個故事的一小篇幅，甚至也少有以她的視角展開的論述，只有韓思厚大聲歌唱〈西江月〉時，那陳述春情的詞在土星觀中十分不合時宜，所以惹得劉金壇變色焦躁，認為這人是在找麻煩，所以道：「是何道理？欺我孤弱，亂我觀宇！命人取轎來，我自去見恩官，與你理會。」〔註38〕若劉金壇能夠維持這樣的憤怒，找個公正人來怒斥韓思厚的不禮貌，則韓思厚未必會有下個積極行為。只是劉金壇被韓思厚抓住了把柄，看見劉金壇怒氣沖沖，韓思厚一點都不作賊心虛，反而拿出劉金壇的〈浣溪紗〉，問她這詞是誰做的？看到那寫滿自己還俗渴望的詞不知怎麼的出現在韓思厚手上，劉金壇嚇得把怒色變作笑容，故事中寫劉金壇安排筵席，眾人飲酒作樂，反而都不管不顧原先來土星觀做功德追薦的目的了。

原先心中就有重回自由身的希望，如今又有韓思厚的追求，劉金壇就算曾經猶豫過，大抵也沒有多久便被攻陷了，他們時常往來，眾人都看在眼裡，因此才被友人建議不如讓劉金壇還俗，用禮通媒，結為夫妻，完成一樁美事。

其實換作其他時候，因為愛情而相知相惜的兩人，透過明媒正娶而結為夫婦，本來就是值得高興恭喜的事情沒錯，但韓思厚曾經主動對鄭義娘說不再娶，並發下毒誓，如今卻為了新的感情而將這些誓言拋諸腦後；劉金壇發願出家，在土星觀追薦丈夫，她的發願不也是發誓的一種模式嗎？兩人都有些同病相憐的過去——失去伴侶。

同是天涯淪落人的韓思厚與劉金壇似乎更容易陷入愛情，他們都有段令人遺憾的過去，有著為逝去之人追念的決心，只是遇到彼此後，產生了動搖。兩人走到一起也許是一種天注定，他們婚後「倚窗攜手，惆悵論心」〔註39〕，不知那「惆悵」是否包含對鄭義娘與馮六承旨之死的唏噓。

有些論文認為〈楊思溫燕山逢故人〉是一部傳達移民思想的故事，在故

〔註38〕（明）馮夢龍編；許政揚校注：《古今小說》冊下，頁379。
〔註39〕（明）馮夢龍編；許政揚校注：《古今小說》冊下，頁379。

人、懷鄉等因素中，探討了移民對於社會動盪、政治巨變的情緒變化。〔註40〕而在這樣的格局底下，「負心」元素也就變成了表面結構，並非故事最想要傳遞的核心價值。但我們也不難去推敲，韓思厚與劉金壇的負心究竟是哪裡觸怒了亡靈，使之震怒現形。

韓思厚最過分的地方在於立誓後背棄誓言，也再無工夫上墳，甚至為了解決鄭義娘附身劉金壇的行為而丟棄其骨匣。而劉金壇則是發愿追薦丈夫，卻在遇見韓思厚前便有了想要還俗的想法，精神上已經有背棄誓言的傾向，心志不堅早有端倪。後來遇見韓思厚，有了情感交流的對象，劉金壇也就不再追薦自己死去的丈夫了。

其實拋開守節背後傳遞的倫理道德觀念，劉金壇與韓思厚的行為也都是一種時間的停駐、緬懷，甚至可以說是紀念的一種形式。為了懷念逝去之人，不願再往前，守著過去時光的美好記憶，不斷懷念、追思。只是當劉金壇與韓思厚春心萌動時，代表著時間開始流動了，他們想要新的人生、新的生活，有著對新生活的企盼，但對於已逝之人來說，發誓過留在原地的人又打破誓言，往前邁進，這件事情本身就是一種負心。相比起劉金壇的不再追薦馮六承旨，韓思厚丟棄鄭義娘骨匣的行為則更叫人氣憤，是以談及〈楊思溫燕山逢故人〉時，大多數人仍然是深惡痛絕韓思厚的行為，而對劉金壇的批鬥則相對少，或是將兩人綑綁在一塊談論，較少針對性的攻擊劉金壇。

本章節將劉金壇列入「負心女」討論，是因為其「發下誓言，最後違背」的行為與韓思厚是異曲同工的，不僅踐踏了誓言的神聖性，也辜負了給與亡靈的安慰。逝者已逝，活著的人的確應該繼續向前邁進，韓思厚與劉金壇也可以順應情感追尋人生第二春，但他們有更好的應對方式，而非有了新歡後「無功夫再上墳」、「不再追薦亡夫」，此舉不僅虧負亡者對他們的信任，也是一種人性道德上的泯滅。韓思厚為了解決鄭義娘附身劉金壇鬧事而丟棄其骨匣的行為，更是將其負心狠絕的負面形象無限放大，使人並不憐憫他被亡魂現形索命的結局。

〔註40〕如許暉林分析曾〈楊思溫燕山逢故人〉的故事背景，說明內容可對照歷史史實，將靖康之變相關的時間、空間、人物等歷史指涉加入故事中並加以構連，創造出尋屍、毀屍為主軸的政治歷史鬼故事。以上內容可見於許暉林：〈歷史、屍體、與鬼魂——讀話本小說〈楊思溫燕山逢故人〉〉，《漢學研究》第 28 卷第 3 期（2010 年 9 月），頁 35～62。

三、伉儷綢繆，夫死再嫁：陸氏

陸氏與鄭生很是恩愛，兩個伉儷綢繆，令人羨慕。某日鄭生突然對陸氏說：「我與你二人相愛，已到極處了，萬一他日不能到底，我今日先與你說過：『我若死，你不可再嫁；你若死，我也不再娶了。』」〔註41〕想要約定無論是誰先走，另一個人都要終身不改嫁或不續絃。陸氏從未正面答應，或是轉移話題，或是悶不吭聲。〔註42〕後來鄭生過世了，往後數月，牙婆奔走得勤，最後陸氏彷彿忘了鄭生，喪期一過，便收拾行李，拋下兒子，歡天喜地嫁過去。〔註43〕

從文本所展現的內容來看，陸氏在與鄭生的婚姻中沒有任何出閣的行為，她在鄭生臨死之際哀切悲哭，相信也是真誠的，只是陸氏年紀少艾，仍在青春年華，又如何能忍受年紀輕輕就當寡婦？〈滿少卿饑附飽颺　焦文姬生仇死報〉開頭便言：

> 話說天下最不平的，是那負心的事，所以冥中獨重其罰，劍俠專誅其人。那負心中最不堪的，尤在那夫妻之間。蓋朋友內忘恩負義，拚得絕交了他，便無別話。唯有夫妻是終身相倚的，一有負心，一生怨恨，不是當要可以了帳的事。古來生死冤家，一還一報的，獨有此項極多。〔註44〕

此段講述了負心如何令人氣憤，又點出夫妻之間的負心最容易一生怨恨後，作者提及了陸氏與鄭生的故事當作焦文姬與滿少卿故事的入話。陸氏的負心大概在於她的迫不及待，雖然古代講究女人要三從四德，在家從父，出嫁從夫，夫死從子，但到了宋代，再婚改嫁的觀念已經有了，甚至也有前例，若

〔註41〕（明）凌濛初撰；劉本棟校訂；繆天華校閱：《二刻拍案驚奇》（臺北：三民書局，1991），頁 201。

〔註42〕面對鄭生的要求，陸氏是說「正要與你百年偕老，怎生說這樣不詳的話？」而未正面回覆鄭生，既不拒絕也沒有答應鄭生的不再嫁約定；而當鄭生生了病，吊著最後一口氣對父母說：「日前已與他說過，我死之後不可再嫁。今若肯依所言，兒死亦瞑目矣」時，陸氏也只是在旁低頭悲哭，並沒有對鄭生的話語多加反應。引言內容可見（明）凌濛初撰；劉本棟校訂；繆天華校閱：《二刻拍案驚奇》，頁 201。

〔註43〕故事原文為「纔等服滿，就收拾箱匣停當，也不顧公婆，也不顧兒子，依了好日子，喜喜歡歡嫁過去了」隻字片語中描繪出了陸氏迫不及待再嫁的樣子，與鄭生臨死前的低頭悲哭形成強烈對比。引言內容可見於（明）凌濛初撰；劉本棟校訂；繆天華校閱：《二刻拍案驚奇》，頁 202。

〔註44〕（明）凌濛初撰；劉本棟校訂；繆天華校閱：《二刻拍案驚奇》，頁 201。

必要時刻，女子主動提出離婚的訴求也是有的，只是在法律上的規定很難如願。〔註45〕因此陸氏在夫死之後想要再嫁，其實並非大逆不道之事。

然而陸氏在夫死之後讓牙婆往來，並熱情款待，想再嫁的心思似乎不言而喻，因此文本裡藉由公婆的心聲來暗示陸氏款待牙婆的行為是在為了再嫁做準備：「居霜行徑，最宜穩重。此輩之人沒事不可引他進門。況且丈夫臨終怎麼樣分付的？沒有別的心腸，也用這些人不着。」〔註46〕陸氏充耳不聞，不知是不予理會，或是被說中了心事，因此心虛？

後來陸氏決定接受曾工曹之聘，在喪期過後嫁過去，而公婆雖惱怒，卻也無奈何：「是他立性既自如此，留着也落得做冤家，不是好住手的；不如順手推船，等他去了罷。」〔註47〕公婆並不多加阻攔，但想起鄭生的遺言，還有兩個孫兒，仍然感傷痛哭，面對此情景，陸氏「多不放在心上」。

作者似乎刻劃了一個冷血且感情波動較小的女性，她的情緒是有的，但非常內斂，從不主動表達，而是藉由他人的視角來看陸氏的行為。如鄭生瀕死時，從公婆的角度看到陸氏悲哭，所以認為她沒有二心；鄭生死後，公婆見到陸氏熱情與牙婆往來，認為其有再嫁之心；說書人闡述陸氏再嫁時，說她不顧公婆，不顧兒子，歡喜嫁了過去。從公婆、說書人的視角而營造出來的陸氏是有負心嫌疑的，她對「再嫁」一事很是堅持，且迫不及待，但文本從未展現陸氏的所思所想，讀者很難窺得她的想法。她是否真心對鄭生之死悲傷？她是否真的迫不及待再嫁？她有沒有在嫁過去後因為思念兒子而落淚難受？她對公婆的冷嘲熱諷沒有理會，是冷漠性子使然，還是不想與公婆爭吵？這些讀者都無從得知，實在難以將這沉默的女子輕率得認定為負心之人。

後來故事說到陸氏嫁了過去，但沒過幾天，曾工曹便要外出工作，這時陸氏自覺淒涼，因此傍晚時分到前廳閒步。陸氏覺得淒涼，是因為自己又成了孤身一人嗎？明明是已婚之婦卻要獨守空閨，這種寂寞感似乎讓陸氏很是不安。若陸氏連丈夫的短暫外出工作都難以適應，似乎也可以理解，為何她無法守寡——因為性情上陸氏難以忍受孤單寂寞，她需要丈夫的陪伴，需要愛情的滋潤。

〔註45〕柳立言：〈淺談宋代婦女的守節與再嫁〉，收錄於《中國婦女史讀本》（北京：北京大學書版社，2011），頁155。

〔註46〕（明）凌濛初撰；劉本棟校訂；繆天華校閱：《二刻拍案驚奇》，頁202。

〔註47〕（明）凌濛初撰；劉本棟校訂；繆天華校閱：《二刻拍案驚奇》，頁202。

若真說陸氏有什麼負心的行為，大概是對鄭生而言，她喪期一過，不管
公婆與孩子，逕自展開新的人生這件事，是一種負心，因為她捨棄了過去的
家庭，這在道義上、情義上都說不過去。而鄭生要求雙方都不再嫁不續娶，
明明沒有得到陸氏的正面回應，卻在臨終之際說「與陸氏說好了」，這也實在
令人匪夷所思。或許對鄭生來說，沉默不拒絕，便是一種妥協答應。在陸氏
的故事之後，說書人的評論也十分有趣：

> 卻又一件，天下事有好些不平的所在！假如男人死了，女人再嫁，
> 便道是失了節、玷了名、污了身子，是個行不得的事。萬口訾議；
> 及至男人家喪了妻子，卻又憑他續弦再娶，置妾買婢，做出若干的
> 勾當，把死的丟在腦後，不提起了，並沒人道他薄幸負心，做一場
> 說話。就是生前房室之中，女人少有外情，便是老大的醜事，人世
> 羞言；及至男人家搬了妻子，貪淫好色，宿娼養妓，無所不為，總
> 有議論不是的，不為十分大害。所以女子愈加可憐，男人愈加放肆，
> 這些也是伏不得女娘們心裏的所在。不知冥冥之中，原有分曉。若
> 是男子風月場中略行著腳，此是尋常勾當，難道就比了女人失節一
> 般？但是果然負心之極，忘了舊時恩義，失了初時信行，以至誤人
> 終身。害人性命的，也沒一個不到底報應的事。從來說王魁負桂英。
> 畢竟桂英索了王魁命去，此便是一個男負女的榜樣。不止女負男知
> 所說的陸氏，方有報應也。今日待小子說一個賽王魁的故事，與看
> 官每一聽，方曉得男子也是負不得女人的。〔註48〕

此段評論提到了一個重點：為什麼女子再嫁是失節，容易千夫所指，男子再娶
便天經地義，無人指責呢？在這樣的風氣社會裡，若純粹以「負心」標準來評
論男女，似乎本身就有不公平的地方。女子失了丈夫，憑著年輕貌美，經明媒
正娶有了新夫，便說她是負心女；男子卻可以三妻四妾，婚後宿娼養妓不在話
下，非要危害了他人性命，或使之陷入糟糕的處境，才會被扣上負心之名。

雖然說書人的評論點到了對於男女處境的不公平，但仍然將陸氏的行為
歸類在「女負男」。或許以說書人的標準來說，女子在夫死後再嫁其實沒有什
麼，但陸氏的負心在於喪期一過便又尋了新夫，這種「無縫接軌」的行為讓人
有所詬病。在〈淺談宋代婦女的守節與再嫁〉中，提到了一般民婦的守節，有
論者歸咎為夫妻的守信與義務：

〔註48〕　（明）凌濛初撰；劉本棟校訂；繆天華校閱：《二刻拍案驚奇》，頁203。

朱瑞熙根據《夷堅志》，以為宋代地主階級在民間傳統的迷信觀念裡強調婦女改嫁不得好死。但張邦煒指出，《夷堅志》共有 55 個再嫁和 6 個三嫁的故事，但只有 13 次譴責再嫁，而有 26 次非難再娶。游惠遠進一步指出，在這些故事裡，固然有丈夫單方面要求妻子不再嫁，但也有妻子單方面要求丈夫不再娶，和雙方都要求對方守節的。宋人一方面痛恨負心的丈夫，另方面特別讚揚不再娶的丈夫。所以她認為宋代平民所講求的貞節，主要是指夫婦在對方死亡後履行生前許下的承諾和完成基本的如完喪的義務；最高的理想，乃是夫妻都為對方守節。〔註49〕

丈夫、妻子單方面的訴求雖然未得到答覆，但仍然構成對伴侶守節的期盼，雖然沒有互相承諾，但似乎也成了夫妻之間的默契。除了《二刻拍案驚奇》有提到陸氏之外，《夷堅志‧陸氏負約》及馮夢龍《情史‧陸氏女》都曾提及此故事。《夷堅志》甚至將故事定名為「陸氏負約」，強調了陸氏的負心之舉在於不遵守與鄭生的約定。然而細觀全文，《夷堅志》中陸氏面對鄭生的要求：「吾二人相歡至矣，如我不幸死，汝無復嫁，汝死，我亦如之。」只是對曰：「要當百年偕老，何不祥如是！」〔註50〕同樣未有正面答應。但在再嫁給曾工曹時，陸氏「盡攜其資」，帶走了行李財物，方使後文鄭生的書信「遺棄我之田疇，移蓄積于別戶」更加合理。〔註51〕鄭生數落陸氏再嫁，是不滿陸氏不顧十年感情，帶著他們夫妻共同努力的錢財離開，又不管公婆、兒子，是其負心行為。

而到了馮夢龍《情史》收錄陸氏女的故事，將之歸類在情報類中的「負情報」，與陸氏女共同在此類別的還有滿少卿、王魁、周廷章。在陸氏選擇再嫁時，她「盡移其貲」〔註52〕嫁給曾工曹，這與《夷堅志》的「盡攜其資」是差不多的意思。而馮夢龍對於再娶再嫁是給予寬容心態的，他反而比較偏重「誓不可負，義不可違」的理念，甚至說「陸棄二男移貲而嫁，何忍

〔註49〕 柳立言：〈淺談宋代婦女的守節與再嫁〉，《中國婦女史讀本》，頁 161、162。
〔註50〕 引言之「吾二人相歡至矣，如我不幸死，汝無復嫁，汝死，我亦如之。」、「要當百年偕老，何不祥如是！」可見於宋‧洪邁：《夷堅志》（江蘇：江蘇古籍出版社，1988）夷堅甲志，頁 36。
〔註51〕 引言之「盡攜其資」、「遺棄我之田疇，移蓄積于別戶」可見於宋‧洪邁：《夷堅志》夷堅甲志，頁 37、38。
〔註52〕 （明）馮夢龍：《古本小說集成‧情史》卷十六，頁 1379。

也」，〔註53〕似乎對馮夢龍而言，女子再嫁乃家常便飯之事，她們可能是迫於生存，此舉是可以得到諒解的，但像陸氏這樣拋棄親生兒子，歡天喜地再嫁他人的行為，雖然沒有違反律法，但在觀感上的確不太好看，加上鄭生有約定在先，雖然陸氏沒有正面答應，卻也沒拒絕，因此她的再嫁行為以鄭生角度而言，無疑是「負誓」，違背了鄭生單方面的訴求，因此被歸類在情報類的負情報。

陸氏的故事古往今來都被歸在負心一類，在《二刻拍案驚奇》中，就算作者藉由說書人之口，認為男女再娶再嫁中存有不平衡不公平之事，仍然不可否定世人將陸氏歸為負心女的既定印象。加上《三言》、《二拍》是面向大眾的作品，若想法價值觀與讀者背道而馳也會影響作品被接受的程度，因此或許作者憐憫陸氏再嫁卻被扣上負心的遭遇，卻只能點出男女處境不平衡的現象，而未能將陸氏從「負心女」中剔除。

而到底陸氏是不是負心人，撰寫故事的人將之交由讀者、聽眾自行判斷，不過到了《二刻拍案驚奇》，經過凌濛初的詮釋，明顯淡化了陸氏的「負」，如《夷堅志》與《情史》說陸氏「盡攜其資」、「盡移其貲」再嫁給曾工曹，但《二刻拍案驚奇》裡，說是「收拾箱匣停當」，並未強調錢財的部分，是以讀者看到鄭生給陸氏的書信時，面對那句「遺棄我之田疇，移蓄積于別戶」較難理解，因為從前文的敘述中，陸氏只是打包行囊，歡喜再嫁，而未有帶走共同錢財之事，這或許與明代法律規定婦女不得繼承財產有關。〔註54〕若陸氏未帶走

〔註53〕「再娶再嫁，皆常事耳。男迫事育，女迫衣食。苟室家無托，死目不瞑，又可報乎？凡再而得報者，必其可以無再者也。可以無再而再，薄豈俟死哉！生既交薄，死何念焉。故夫再而得報者，又必厚極而必不能相釋者也。厚可情通，何必強誓。誓可達鬼，其可欺乎？割陽而陽廢，拊陰而陰絕，死能為妒，其生可知。然以報大耳兒，使輕誓者知警，亦快事也。歡具已失，娶何為哉。張夫人不禁買妾，乃知義夫易辦耳。趙瘡瘢未實而嫁，何亟也！梁不治喪而嫁，何薄也！陸棄二男移貲而嫁，何忍也！節婦固不多見，茲有甚焉，得報，不亦宜乎。」引言內容可見於（明）馮夢龍：《古本小說集成・情史》卷十六，頁1381～1382。

〔註54〕衣若蘭在《三姑六婆——明代婦女與社會的探索》第一章緒論中談及「如Jennifer Holmgren從經濟的因素著眼，認為明代法律規定婦女不得繼承財產，再嫁的女子也不能帶走原來的妝奩，所以在種種限制之下，寡婦守節是最合乎經濟原則的。」三言二拍出版年代是明代晚期，或許作者在編寫過程中，曾考慮過法律的規定，而將陸氏故事中的盡攜其資、移貲而嫁等字眼改成「收拾箱匣停當」，未明確談到陸氏是否帶走錢財。引言內容出自衣若蘭：《三姑六婆——明代婦女與社會的探索》（臺北：稻鄉出版社，2002）第一章〈緒論〉，頁7。

錢財，純粹是為了後半輩子的依靠而選擇再嫁，不禁使人思考，生前夫妻恩愛，但夫死後移情再嫁，是否真是罪不可恕？若鄭生未有要求陸氏不再嫁的言論，是否陸氏的再嫁便不構成負心？答案顯然是明顯的，世人可以說陸氏拋子再嫁，不是好母親；說她不顧公婆，不是好媳婦，但她與鄭生間若未曾有過承諾不再嫁的約定，則她在夫死後另覓良婿，其實並不能算是負心。

四、愛情至上，無懼倫理：步非烟

步非烟的故事作為入話，篇幅較短，沒有太多細節去勾勒步非烟的所思所想，只能從對話中窺見她對丈夫武公業的不滿，對趙象的傾慕，〔註55〕以及「生則相親，死亦無恨」〔註56〕的堅定。

這故事取材自唐傳奇〈非煙傳〉，唐傳奇版本刻寫了步非烟紅杏出牆，追求愛情，與鄰家公子趙象有染，最終私情泄露，因而死亡的情節。在原作中，又特別強調了步非烟「尤工擊甌，其韻與絲竹合」〔註57〕，映襯出故事後段，步非烟說自己被迫嫁給不喜歡的人，只能藉由琴音來緩解苦悶。〔註58〕但在《警世通言》中，〔註59〕因為刪去了這樣的情節，所以對於步非烟在音樂上的造詣，相關敘寫也一同刪去。另外，《警世通言》也刪去了不少趙象與步非烟用詩互通情誼的過程，如趙象請守門人妻子帶給非烟的詩為「綠暗紅藏起暝煙，獨將幽恨小庭前。沉沉良夜與誰語，星隔銀河月半天」〔註60〕，但實際上，趙象第一次請求守門人妻子給自己帶的詩，內容應為「一睹傾城貌，

〔註55〕從「我亦曾窺見趙郎，大好才貌。今生薄福，不得當之。常嫌武生粗悍，非青雲器也」能得知，步非烟嫌棄丈夫的粗魯強悍，比較喜歡像趙象這樣斯文的書生。引言內容可見於（明）馮夢龍編；嚴敦易校注：《警世通言》（臺北：里仁書局，1991）冊下，頁572、573。

〔註56〕（明）馮夢龍編；嚴敦易校注：《警世通言》冊下，頁573。

〔註57〕唐·皇甫枚：〈非烟傳〉，收錄於清·馬駿良輯錄：《龍威秘書》（臺北：藝文印書館，1968），頁1b。

〔註58〕原文內容為「每至清風朗月，移玉柱以增懷；秋帳冬釭，泛金徽而寄恨」，引言可見於唐·皇甫枚：〈非烟傳〉，頁3b。

〔註59〕「馮夢龍《警世通言》卷三十八〈蔣淑真刎頸鴛鴦會〉幾乎全蹈襲《清平山堂話本·刎頸鴛鴦會〉」，在《警世通言》中，無論是步非烟的故事，還是蔣淑真的故事，都與《清平山堂話本》相差無幾，故在探討原作《非烟傳》與《警世通言》輯錄內容差異時，不特別談及《清平山堂話本》。引言內容可見於李李：《清平山堂話本研究：以日本內閣文庫藏本為主》（臺北：里仁書局，2014）第二章〈分論〉，頁199。

〔註60〕（明）馮夢龍編；嚴敦易校注：《警世通言》冊下，頁572。

塵心只自猜。不隨蕭史去，擬學阿蘭來」〔註61〕，頗有要步非烟注意自己的意思，也有些試探的目的，而正是這句「阿蘭」，也比較可以理解為什麼守門人妻子來問趙象要不要見步非烟時，會打趣地說著「要不要看神仙？」，因為是趙象先用神仙、仙女來形容步非烟。但這首詩在《警世通言》中是被刪去的，反而使讀者面對「趙郎願見神僊否」〔註62〕感到狐疑，不理解好端端的，守門人妻子為何用神仙兩字來形容步非烟。

　　而在步非烟承認自己曾見過趙象，認同其才貌時，原作是「我亦曾窺見趙郎，大好才貌。此生薄福，不得當之」〔註63〕為步非烟對守門人妻子說的話，而「蓋鄙武生粗悍，非良配耳」〔註64〕則是敘述者的猜測，認為步非烟話中有話，捧高趙象的同時，也在貶低自己的丈夫。到了《警世通言》，步非烟對守門人妻子道：「我亦曾窺見趙郎，大好才貌。今生薄福，不得當之。嘗嫌武生粗悍，非青雲器也」則是透過步非烟之口，讓她自己闡述了對丈夫的不喜以及對趙象的好感。

　　而像《警世通言》這樣的安排，使步非烟在讀者心中留下了「有自己好惡原則」的印象，而且比起一般傳統女性，步非烟更敢於傾訴自己的不滿。同時這樣的安排，也可以將原作中步非烟透過詩向趙象埋怨自己過往的情節刪去，且不影響步非烟不滿丈夫的形象塑造，〔註65〕使故事情節的篇幅可以

〔註61〕引言內容可見於唐・皇甫枚：〈非烟傳〉，頁 2a。關於詩詞的內容，漢・劉向《列仙傳・蕭史》中記載：「蕭史善吹簫，作鳳鳴。秦穆公以女弄玉妻之。教弄玉吹簫，感鳳來集，弄玉乘鳳、蕭史乘龍，夫婦同仙去。」，而阿蘭應是指東晉・干寶《杜蘭香與張傳》，指仙女下凡到人間。

〔註62〕（明）馮夢龍編；嚴敦易校注：《警世通言》冊下，頁 573。

〔註63〕唐・皇甫枚：〈非烟傳〉，頁 2a。

〔註64〕唐・皇甫枚：〈非烟傳〉，頁 2a。

〔註65〕在原作中，一直到趙象聽聞步非烟生病，表示了自己的關懷之情後，步非烟才逐步打開心房，她感嘆雖然與趙象不在同一個空間，但情契魂交，卻好像在身邊一樣，於是寫給趙象的回信中交代了自己的過往與心情：「下妾不幸，垂髫而孤。中間為媒的所欺，遂匹合於瑣類。每至清風朗月，移玉桂以增杯；秋帳冬，泛金微而寄恨。豈期公子忽貽好音，發華緘而思飛，諷麗句而目斷。所恨洛川波隔，賈午牆高。聯雲不及于秦台，薦夢尚遙于楚岫。猶望天從素懇，神假微機，一拜清光，九殞無恨。兼題短什，用寄幽懷。」在這段對話中，步非烟終於藉由「遂匹合於瑣類」來表達自己對丈夫的不滿，並且藉由音樂來紓發情志的敘述也呼應了文章開頭的「尤工擊甌，其韻與絲竹合」。而《警世通言》版僅僅只是更改了步非烟坦白對丈夫的厭棄時機，就省去許多內容的鋪陳，使文章篇幅銳減。引言內容可見於唐・皇甫枚：〈非烟傳〉，頁 3a、3b。

再短小一點。

　　步非烟和趙象終於見面後，兩人也把握時間繾綣纏綿。原作中，步非烟主動執起趙象的手，泣道：「今日相遇，乃前生因緣耳，勿謂妾無玉潔松貞之志，放蕩如斯。直以郎之風調，不能自顧，願深鑒之。」〔註66〕趙象才道：「挹希世之貌，見出人之心，已誓幽庸，永奉歡狎。」〔註67〕，從這樣的對話可以顯見步非烟柔弱的一面，她給了趙象自己的身子，跨越了婦女對婚姻忠誠的界線，同時也害怕得到了自己後，趙象會反過來嫌棄她品行不好、放蕩荒淫，所以展現出患得患失的一面；《警世通言》中，步非烟一直都是比較沉默的，在與趙象歡好後，更是趙象主動對其說：「接傾城之貌，挹希世之貌。已擔幽明，永奉歡狎」〔註68〕，讀者較無法知道步非烟的心意，一直到東窗事發，武公業鞭打步非烟，要其據實以告時，步非烟才說出「生則相親，死亦無恨」。到這裡讀者才明白，步非烟對趙象的感情是如此炙熱，也異常堅定，或可說，這象徵她對偷情的絕不後悔，正如黑格爾在《美學》中曾提到的：

> 愛情在女子身上特別顯得最美，因為女子把全部精神生活和現實生活都集中在愛情裡面和推廣成為愛情，她只有在愛情裡才能找到生命的支持力；如果她在愛情方面遭遇不幸，她就會像一道光焰被一陣狂風吹熄掉。〔註69〕

步非烟原先對生活感到無趣煩悶，但與趙象的相知相惜，墜入愛河，使步非烟的生命得到豐富，也因此就算她最後為愛而死，也是無怨的。在武公業的鞭打下，步非烟的堅毅令人膽怯，原來為了愛情可以讓人散發如此精神，只是弱女子又如何能承受嚴刑拷打呢？步非烟終究還是體力透支而亡，就像狂風中熄滅的燭火，悄然逝去。在原作中，武公業因為倦怠而先睡了，等起床後又要再去鞭打步非烟，才知道她已經死去，「乃解縛舉置閣中，連呼之，聲言煙暴疾致殞」〔註70〕，武公業「連呼之」的舉動，似乎也呼應著他對步非烟複雜的情感，〔註71〕他喜歡步非烟的容貌、才情，又氣她的紅杏出牆，但現在人已經沒

〔註66〕唐・皇甫枚：〈非烟傳〉，頁4a。
〔註67〕唐・皇甫枚：〈非烟傳〉，頁4b。
〔註68〕（明）馮夢龍編；嚴敦易校注：《警世通言》，頁573。
〔註69〕（德）黑格爾（Georg Wilhelm Friedrich Hegel, 1770～1831）著，朱光潛譯：《美學》（臺北：商務印書館，2007）第二卷，頁327。
〔註70〕唐・皇甫枚：〈非烟傳〉，頁5a。
〔註71〕原文說步非烟是武公業「愛妾」，且「甚僻嬖之」，憑著步非烟的美貌、才情，的確能深得武公業喜愛，只是武公業應是將步非烟視為所有物，而非是一個

了，他的聲聲呼喚，也得不到步非烟的任何反應了。而《警世通言》中，只交代了步非烟在飲水後死去，並沒有交代武公業的反應、情緒，更沒有武公業如何對外交代步非烟的死，只是提及趙象在那之後隱姓埋名，日子並不逍遙快活。

為了帶出正話〈蔣淑真刎頸鴛鴦會〉的故事，內容焦點比較注重於男人與婦人偷情後，反而禍不單行，惹來許多麻煩的部分。但讀者在看步非烟的遭遇後，雖然理解不忠婚姻是一件不被允許的事情，但故事也點出了女子在婚姻中沒有自主選擇權，哪怕步非烟父母雙亡，仍然受媒人欺騙，嫁給了她看不上的人的處境。在與武公業的關係中，步非烟是不愉快的，也因此趙象的出現，使得步非烟追求愛情的欲望愈發強烈。

而這之間，也點出了婚姻制度的迂腐，「父母之命，媒妁之言」所締結的婚姻，究竟能有多少佳偶？又會產生多少怨偶？比起互相滿意，夫妻同心的狀況，似乎更多的還是丈夫、妻子彼此嫌棄的情形。通常男子可以想辦法指控女子犯了七出之罪而休妻，或者迎娶更多合心意的妾，女子卻沒有其他的後路可走，只能在無盡的怨懟中沉默，並將對愛情的渴望埋藏在內心裡。

在這種「委屈」為普通的時代下，步非烟就顯得獨特，她敢直言對丈夫的不滿意，也敢在承受嚴刑拷打後，堅定的表示「死亦無悔」。這些都代表對步非烟而言，比起沒有感情的與丈夫過日子，和趙象親密的那段歲月才是她真正「活著」的時刻，所以哪怕承受著無盡的皮肉痛，她也不會出賣趙象，因為那形同背叛自己對趙象的愛情。

不論唐傳奇版本，還是《警世通言》版本，都可以看出，步非烟的堅定意志，以及愛情至上的理念。為了愛情，她無懼倫理道德，願意承擔紅杏出牆被

個體，因此在得知步非烟偷情時，憤怒對其鞭笞。如同莊雅州所言：「步飛煙是武公業的寵妾，也許是疼愛、寵愛集於一身，但疼愛與寵愛，未必代表著步飛煙是滿足與幸福的；尤其為妾的身分卑賤，其地位根本是主人的私有『財產』。主人高興則招之來，不高興便揮之去；隨時會被冷淡、忽略，至失寵時，就同物品一樣贈送，轉讓或出賣之，遑論自由、自尊與人格。除身體被糟蹋、蹂躪，思想無法自主外，倘犯錯更是不敢想像獲罪的下場。」許多男子常將妻子當作個人財產看待，更不用說是身分更為卑賤的妾。縱使武公業疼愛步非烟，卻多是因為其能滿足虛榮心，如得到他人羨慕的眼神，或他人讚美自己寵妾的容貌、才能，便是變相給自己增添面子。一旦步非烟有出閣的行為，那麼武公業將會翻臉不認人，盡情懲罰他的「所有物」。引言內容可見於李麗萍：《唐傳奇霍小玉與步飛煙人物研究》（桃園：元智大學中語所碩士論文，2017）第三章第一節之一〈社會現實〉，頁29。

發現的下場，只為讓生命增添一點光彩，被愛情滋潤。在丈夫那裡她是空虛、抑鬱的，在趙象那裡，則得到了踏實、歡樂的感情，因此就算知道這場婚外情是飛蛾撲火，也義無反顧。

步非烟的負心是違反了婚姻限制，辜負了武公業對她的寵愛。武公業發現姦情後，一氣之下將步非烟鞭撻血流，那恐怕是氣急敗壞又覺得沒面子的表現，但他的粗暴野蠻，也的確符合了步非烟對丈夫「武生粗悍」的評價。同時，對比起步非烟的承認、堅定，趙象的隱姓埋名則顯得諷刺可笑。莫非之前的情話都是假的？莫名那些情愛都是虛偽的？趙象對步非烟究竟有幾分真情，我們無從得知，但趙象沒有步非烟那樣的氣魄，卻是顯而易見的。

另外，在原作〈非烟傳〉裡，明確提及趙象「方居喪禮」〔註72〕，也為後文趙象與步非烟有私情之事展現其為人，但在《警世通言》中則無，顯見在《警世通言》裡想要營造出趙象沒有人品上的瑕疵，他是為了追求愛情而請求守門人想辦法為自己傳遞情感，符合才子佳人中常見的「豔遇」模式：

> 趙象與步非烟的相遇相知是後世才子佳人小說及戲曲中典型的「豔遇」模式。一位年輕有才華的男人偶然遇見一位美女，為她的美色傾倒，輾轉反側，進而想盡一切辦法與之相遇相知進而私通。傳書遞簡、詩文唱和這樣的私通方式，文雅而充滿文人情調，著名的《鶯鶯傳》即是如此。在這類私通偷情故事中，男性總是很容易被偶然見到的美女迷惑，就像張生不考慮鶯鶯是士族大戶的閨中少女，趙象也絲毫不介意步非烟是有夫之婦，他們並不在意美人的身分。〔註73〕

《警世通言》中的趙象正是這種形象，被步非烟美色吸引，兩人透過詩詞唱和而逐漸對彼此心神嚮往，是一種遇見知音的情感。但在〈非烟傳〉中，趙象明明還在守喪期間卻做出這些求愛之事，這是有違禮制的，也因此在故事最後，趙象隱姓埋名過日子，讀者也可以理解趙象為何有如此懦夫的行為，且感慨步非烟雖然為愛情而死，但她所愛的人卻並非完全值得倚靠的良人，有些「所愛非人」的唏噓感。

在〈非烟傳〉最後，崔才士對非烟的一生遭遇作了總結，他說：「恰似傳花人飲散，空牀拋下最繁枝。」〔註74〕女人就像「擊鼓傳花」遊戲中那美麗嬌

〔註72〕唐・皇甫枚：〈非烟傳〉，頁1b。
〔註73〕姜乃菡：〈步非烟故事的文本演變及其文化內涵〉，《天中學刊》第28卷（2013年8月），頁22。
〔註74〕唐・皇甫枚：〈非烟傳〉，頁5b。

艷的花朵，隨著遊戲的進行，在男人的手中被傳來傳去，然而一旦遊戲結束、曲終人散時，她們也難逃被棄如敝屣的命運。

在古社會，不太希望女子有自我意識、獨立人格，大多期許女子是沉默、乖巧、溫順的，甚至在某些男人心中，女人只是尋歡解憂的工具。步非烟作為妾，其實也很大程度是武公業的「玩物」，因為其美麗動人，又有才藝，能得到如此佳人，無形中也滿足了武公業的虛榮心，因此武公業很是疼愛她。但一旦發覺「玩物」想掙脫控制、追求自由，便又能毫不手軟地將之鞭打至死。武公業或許對步非烟有感情，卻更多的是占有欲，因為無法忍受自己的所有物被他人覬覦、觸碰，因而憤怒，甚至用暴力來洩憤。

而趙象雖然在用詩傳遞感情時，說了許多好聽的情話，但在真正大難臨頭時，他卻違背「永奉歡洽」的盟約，變服易名，獨自逃跑，留下非烟承受苦果，這並不是愛，而是不負責任的玩弄。整個故事中，最有資格說「愛」的人，卻反而是違反了倫理道德規範的步非烟，甚至可以說，她是為了愛情，因此違反規範。這同時也引起人們反思，出軌固然有不可饒恕之處，但步非烟這樣的女子，難道不可憐嗎？

〈非烟傳〉最後，透過兩個才士對步非烟不同的解讀，以及各自不同命運作結，[註75]顯示了作者對步非烟的憐憫，但當時風氣似乎不能如此坦然支持像非烟這樣為了感情而紅杏出牆的行為，因此只能虛筆作尾，又如林保淳言：

> 這是一則偷情的故事，趙象見色起邪心，覬覦林家女子；而步非烟不守婦道，紅杏出牆，從傳統婦德的角度來看，本來就是違礙禮法、道德的事。因此，作者皇甫枚在傳述此事時，也強調了步非烟的「罪不可逭」，並殷殷以「故士矜才則德薄，女炫色則情私。若能如執盈，如臨深，則皆為端士淑女矣」為戒；不過，步非烟雖受嚴刑拷問，寧死也不說出實情的對愛情的執著與堅定，也是非常令人動容的；尤其是她死後，還能託夢、顯靈，對寫詩傷悼她的崔生表示感謝，而對寫詩嘲諷她的李生，則痛加詈罵，甚至傳出李生因之而死的異聞，可見步非烟對趙象生死不渝、始終如一的深厚情感。因此，作

〔註75〕崔才士憐憫步非烟，在夢中得到非烟的感謝；李才士則對步非烟嗤之以鼻，使得步非烟入夢責罵之，數日後李才士暴斃身亡。詳情可見於唐‧皇甫枚：〈非烟傳〉，頁 5b。

> 者也不禁以「察其心，亦可悲矣」予以悼嘆。顯見在作者生存的晚唐時期，世人對男女情愛的態度，已經大有轉變，不似過去純粹就道德層面加以批判了。〔註76〕

雖然用虛筆撰寫結局，是作者皇甫枚不願直接表明立場的一種方式，但從張才士憐憫步非烟而得到感謝，李才士嘲諷步非烟數日後死亡的情節安排，也可看出，雖然步非烟偷情有錯，但她為什麼會走到如今的局面？是媒人的欺騙？趙象的虛偽？武公業的粗蠻？還是步非烟的情難自禁？雪崩時，沒有一片雪花是無辜的，步非烟違反倫理道德規範，與趙象外遇，但她對待感情的真誠又使人動容，不禁自問：偷情固然錯，但步非烟尋求精神慰藉、渴望愛情的這本身真是罪不可恕嗎？

　　在讀者眼中，步非烟儼然成為了明知前方是死亡結局，仍願意向火焰撲去的飛蛾，她注定為愛情而死，順應她自己所說的「生則相親，死亦無恨」，她的死亡，展現了對愛情的無懼、忠誠，也蘊藏對禮法規範的不妥協，而當讀者對步非烟產生同情、憐憫時，也需要反思，今日她的負心、偷情、死亡，是個人之不幸？亦是整個社會體制、規範之下所造成的悲劇：

> 當讀者認同作者所云「飛煙之罪，雖不可逭，察其心亦可悲矣」，那種帶有人道關懷的同情諒解時，似乎不應忘了，完滿的情愛，不是單方可以成就的，武氏的兇殘與趙象的毀約背信，應不只是個人的品德問題，更是整個社會威權系統所致，在那樣不對等的愛情遊戲規則底下，飛煙如蛾撲火，孤絕受死，是崇高之悲劇，抑是荒謬劇？若謂之「殉情」，則其所殉之對象及深層意涵，皆值得審思再三。〔註77〕

在中國古典愛情小說中，男女需要為愛情付出代價時，似乎男性的選擇會比較多，他們可以放棄功名利祿，捨棄與家裡的連結或者是社會地位，但女性大多別無選擇，她們唯有付出生命或者身體才能度過愛情的考驗。而跨越過道德界線的步非烟，在愛情、偷情的兩難中同樣以性命為代價，展現出她對感情的追求、炙熱，以及對傳統規範壓迫的不屈。她的確恨過她的命運，也怨過自己的丈夫不是她的意中人，但在對女性如此壓抑的時代下，步非烟仍然選擇抵抗之，願意承擔「不貞」被發現的代價。那為了情愛而不顧典律，

〔註76〕林保淳：〈《非烟傳》新讀〉，《太原學院學報》（社會科學版）第 22 卷第 4 期（2021 年 8 月），頁 106。

〔註77〕賴芳伶：〈回首兩情蕭索，離魂何處飄泊？──試論唐傳奇〈步飛烟〉〉，《興大中文學報》第 11 期（1998 年 6 月），頁 13。

拋去道德的力量，也是古今中外文學共同關注的人性主題——情欲究竟是值得鼓勵的？還是需要抑制的？而《三言》、《二拍》收錄這類情欲相關的文章，寓意又為何？這部分將在本論文第六章「癡情女子負心漢範式情節所透顯的意義」更進一步討論。

五、性欲極強，寂寞難耐：蔣淑真

在《三言》中也不乏有些墮入欲望深淵的女性，她們追求情欲的滿足，在別人看來是「天生放蕩」的類型，而她們的淫亂往往又會造成家破人亡的局面，警示讀者，有情欲需求是自然的，但若過於放縱，則會造成無法挽回的結果。如〈蔣淑真刎頸鴛鴦會〉，蔣淑真雖然天生麗質，頗有姿色，心性卻好風月，不是良家婦女的樣子，導致到了適婚年齡仍無人問聘，而且在鄰里間名聲並不好：「卻這女兒心性有些蹊蹺，描眉畫眼，傅粉施朱，梳個縱鬢頭兒，著件叩身衫子，做張做勢，喬模喬樣，或倚檻凝神，或臨街獻笑，因此閭里皆鄙之」〔註78〕，蔣淑真小小年紀就知道濃妝豔抹，並穿貼身的衣物凸顯身材，以自己資本來博取異性關注，但這樣的行為並不符合當時社會所接受的女性形象，認為此女怪異而風騷，因此其行為「閭里皆鄙之」。

如以現代的角度來看，蔣淑真是很早就知道自己想要什麼的人，她明白也意識到自己在性事上的渴望，而蔣淑真的這些行為也大概是青少年的性啟蒙時期，性啟蒙「往往是以出乎意料、讓人猝不及防的方式發生」，〔註79〕西蒙・波娃認為，女性在處理欲望的騷動時，所使用的方式會對她往後生活造成極大的影響。蔣淑真在對性的好奇、懵懂、衝動下勾引了阿巧，而她的這個行為不僅是青春期的一個變化，更萌生了從「自我慰藉」尋求「生殖目的」的渴望：

> 青春期的到來引起了某種變化，這時，幼兒性活動發生了明顯改變，最終變為常見的形式。我們知道，在此之前，性衝動大都局限於「自體享樂」，從現在起，他開始尋找外部性對象了；以前每一個局部衝動都單獨作出努力，各快感區也自行在其特定的性目的中尋求快樂，現在卻出現了一個嶄新的性目的，一個由各局部衝動組織起來去尋

〔註78〕（明）馮夢龍編；嚴敦易校注：《警世通言》冊下，頁574。

〔註79〕（法）西蒙・德・波娃（Simone de Beauvoir, 1908～1986）著，邱瑞鑾譯：《第二性》（臺北：貓頭鷹出版，2015年）第二卷上，頁719。

求的性目的，這就是生殖目的。〔註80〕

初始的欲望雖然得到緩解，但一旦知曉情欲，便越發難以自持。而阿巧的身亡，還有自己遲遲未嫁的抑鬱，都使蔣淑真的性需求無形中越來越強烈。最後蔣淑真嫁出去，總算能名正言順享受性愛，只是她的丈夫李二郎年老力衰，不再能滿足她時，她與家中西賓發生關係，李二郎發現後氣急攻心，病發身亡。至此，因為蔣淑真強烈的性需求，使她背負了兩條人命。

蔣淑真第二個丈夫張二官是個行商，看上蔣淑真的美貌，婚後一個月便要外出討帳。蔣淑真對性的需求很大，好不容易又可以過滋潤的夫妻生活，張二官竟又要遠行，她難以接受，寂寞中常到門首閒望，注意到了對門的朱秉中，瞧他「約三十已上年紀，資質豐粹，舉止閑雅」〔註81〕。蔣淑真心裡有些騷動，但還在內心煎熬著，甚至為此失眠，這時，她聽到了梢人的歌聲：

> 樓外乃是官河，舟船歌泊之處。將及二更，忽聞梢人嘲歌聲隱約，側耳而聽，其歌云：「二十去了廿一來，不做私情也是呆；有朝一日花容退，雙手招郎郎不來。」婦人自此復萌覷覦之心，往往倚門獨立。朱秉中時來調戲。彼此相慕，目成眉語，但不能一敘款曲為恨也。奉勞歌伴，再和前聲。〔註82〕

本來還有些顧忌，因此雖然對朱秉中有些想法，卻沒有行動，但聽了梢人的歌唱後，那內容搔及失眠的蔣淑真埋藏在內心的癢處，一想到青春可貴，與其折磨自己，寂寞難耐，還不如順應情感，及時行樂。因此蔣淑真不再猶豫，常與對門的朱秉中眉來眼去，最後發生姦情。

蔣淑真的生命中好似不能匱乏男人，她對性的需求非常強烈，甚至會為了滿足自己性需求而拋棄社會倫理與道德規範，就如同故事一開始，說書人所說：「蛾眉本是嬋娟刃，殺盡風流世上人」〔註83〕，男人彷彿是被狩獵的一方，在蔣淑真的欲望之下，因她而亡。其中一段，蔣淑真跟朱秉中雖然互通情誼，但一直找不到機會可以幽會，好不容易相約在燈宵相見，卻剛好蔣淑真的母親前來：

〔註80〕 （奧地利）西格蒙德・弗洛伊德（Sigmund Freud, 1856～1939）著，滕守堯譯：《弗洛伊德文集・性愛與文明》（安徽：安徽文藝出版社，1996）第三篇〈青春期的改變〉，頁74。
〔註81〕 （明）馮夢龍編；嚴敦易校注：《警世通言》冊下，頁576。
〔註82〕 （明）馮夢龍編；嚴敦易校注：《警世通言》冊下，頁576。
〔註83〕 （明）馮夢龍編；嚴敦易校注：《警世通言》冊下，頁573。

其夜秉中侵早的更衣著靴，只在街上往來。本婦也在門首拋聲衒俏，
兩個相見暗喜，准定目下成事。不期伊母因往觀燈，就便探女。女
扃戶邀入參見，不免留宿。秉中等至夜分，悶悶歸臥。次夜如前。
正遇本婦，怪問如何爽約。挨身相就，只做得個呂字兒而散。〔註84〕
想要親熱的計畫被打斷，蔣淑真與朱秉中只能匆匆見上面，「話本寫猴急欲成事
二人，偏遇波折，路上僅能呶嘴飛吻示愛，真是傳神寫照」〔註85〕不過「呂字
兒」應不是呶嘴飛吻那麼簡單，而是指親嘴的動作，〔註86〕表示蔣淑真與朱秉
中沒奈何，只能先親了個吻過過乾癮，期待日後擁有獨處時間的機會到來。

　　好不容易等到蔣母離去，蔣淑真與朱秉中便抓緊時機解衣相抱，終於如
願發生了關係。因為蔣淑真之前的經驗過於極端，如年紀稚嫩的阿巧、年紀
已大的李二郎，所以遇上深諳房中術的朱秉中，嚐到了性愛的極致快感，只
是還來不及與朱秉中多多溫存，張二官便回到家了。貪戀著與朱秉中的性愛
經驗，使得蔣淑真對張二官的求歡提不起勁來，「本婦便害些木邊之目，田下
之心」〔註87〕，整日只思念著朱秉中，內心煩悶，反而害起病來。從這些片
段似乎可以認為蔣淑真除了對性愛的追求外，也有對精神感情的渴望，因為
她喜歡上朱秉中，甚至患了相思病。但從文本內容判斷，可以得知蔣淑真是
滿意朱秉中帶給她的性愛歡愉，她才會連帶對朱秉中產生執著：

>　　根據故事的陳述，蔣淑真與《金瓶梅》中的潘金蓮是同一類型，她
>們的生命中不能夠匱之男人，她們的行為表現一如性飢渴的猛獸，
>遇到了情欲的對象，則無盡的貪享肉體的歡愉，如吸血鬼般，直至
>對方氣血耗盡為止，……雖然她們亦會動了情，如故事中的蔣淑真
>竟思念朱秉中致疾，然而她貪圖的是與朱秉中前夕歡會所至之佳境，
>仍耽於色欲。〔註88〕

〔註84〕（明）馮夢龍編；嚴敦易校注：《警世通言》冊下，頁577。
〔註85〕李李：《清平山堂話本研究：以日本內閣文庫藏本為主》第二章〈分論〉，頁194。
〔註86〕《醒世恆言》卷十五有句「(赫)大卿道：『仙姑臥房何處，是什麼紙帳？也得
　　　　小生認一認。』空照此時慾心已熾，按納不住，口裏雖說道：『認他怎麼？』
　　　　卻早已立起身來。大卿上前擁抱，先做了個『呂』字」，按照前後文，「呂」當
　　　　為接吻的實際動作，而非只是形式上的「飛吻」，引言內容可見於（明）馮夢
　　　　龍編；顧學頡校注：《醒世恆言》（臺北：里仁書局，1991）冊上，頁282。
〔註87〕（明）馮夢龍編；嚴敦易校注：《警世通言》冊下，頁578。
〔註88〕康韻梅：〈《三言》中婦女的情欲世界及其意蘊〉，《臺大中文學報》第八期（1994
　　　　年4月），頁24。

對蔣淑真這樣的女性來說，性愛的體驗非常重要，能夠帶給她舒服、快樂的性過程是非常增添好感的，因此她會思念朱秉中直至患病，無非是性欲上的渴求與未能得到緩解的打擊。另外「有儉入奢易，由奢入儉難」，有過美好的性體驗後，蔣淑真就很難接受普通的性生活，所以才對張二官興致缺缺。〔註89〕

在蔣淑真病倒後，一直難以痊癒，甚至看到了阿巧與李二郎前來索命，害怕的蔣淑真請張二官替她求卦。張二官聽聞是宿世之冤，替妻子擔心，便以牲果、冥衣向西祭拜，希望可以拯救蔣淑真。此時，蔣淑真又看到阿巧與李二郎，說看在張二官的誠心上，讓蔣淑真多活一陣子，〔註90〕那之後蔣淑真的狀況真的好轉，不久就康復了。

恢復健康的蔣淑真常與朱秉中往來，張二官雖然懷疑，卻苦無證據，後來回到家，見到蔣淑真與朱秉中執手聯座，才坐實了心中的猜想。此時張二官不動聲色，暗自準備報復蔣淑真的背叛以及朱秉中勾搭人妻的行為。

在端陽節，姦夫淫婦快樂度過鴛鴦會後，張二官提刀入房，將兩人的頭部砍下，而這也應證了阿巧與李二郎的話語，五五之間指端陽節，一會之人指朱秉中，弓長之手即指張二官，再與相見則是指蔣淑真將會命喪黃泉，與阿巧、李二郎一樣到陰曹地府報到。在故事最後，加入了說教意味的內容：

> 福禍未至，鬼神必先知之，可不懼歟！故知士矜才則德薄，女衒色則情放。若能如執盈，如臨深，則為端士淑女矣，豈不美哉。惟願率土之民，夫婦和柔，琴瑟諧協，有過則改之，未萌則戒之，敦崇風教，未為晚也。〔註91〕

在《清平山堂話本》中，有句「當時不解恩成怨，今日方知色是空」，放在全文最後面，回應了入話詩、詞所論「情、色二字」，而在《警世通言》中，此

〔註89〕 在蔣淑真與朱秉中發生關係前，「張二官討帳回家，夫婦相見了，敘些間闊的話。本婦似有不悅之意，只是勉強奉承，一心倒在朱秉中身上了。」得不到的總是最讓人垂涎，蔣淑真與朱秉中在當時的狀態僅僅只是眉來眼去，互相傾慕，但還找不到機會私下接觸。這時候張二官的回來，只使得蔣淑真對朱秉中的渴求有增無減，後來蔣淑真如願與朱秉中發生性行為，朱秉中的表現良好，更增加蔣淑真對朱秉中的迷戀，使之對張二官再無興趣。引言內容可見於（明）馮夢龍編；嚴敦易校注：《警世通言》冊下，頁577。

〔註90〕 阿巧與李二郎對蔣淑真道：「我輩已訴於天，着來取命。你央後夫張二官再四懇求，意甚虔恪。我輩且容你至五五之間，待同你一會之人，卻假弓長之手，與你相見。」引言內容可見於（明）馮夢龍編；嚴敦易校注：《警世通言》冊下，頁579。

〔註91〕 （明）馮夢龍編；嚴敦易校注：《警世通言》冊下，頁580。

句被往前移到了張二官砍下蔣淑真與朱秉中人頭後：「則見刀過處，一對人頭落地，兩腔鮮血沖天。正是：當時不解恩成怨，今日方知色是空」〔註92〕反而將此作為故事的結尾詩，再開始解釋鬼魂預告蔣淑真命不久矣之事，以及帶有教化意涵的語句，將故事與補充作較明確的區隔。

相比起王三巧、步非烟這類雖然偷情，卻對情郎懷有深刻感情，在「欲」的基礎上產生「情」的女性，蔣淑真無疑是更對性愛熱衷的。在情與欲中，蔣淑真癡迷於性欲上，她勾引阿巧、盡情向李二郎討要行夫妻之事、明顯對張二官新婚之際外出收帳的行為表現出不滿。而在性需求得不到滿足的情況下，蔣淑真對婚姻的忠誠度也會下降，是以聽了梢人的一曲，蔣淑真馬上就「想開了」，她奉行「及時行樂」，因此開始與朱秉中眉來眼去。兩人都是深諳性事的高手，眉眼之間盡是調情撩撥，也因此在發生關係後，終於尋著能滿足自己性欲的男人，蔣淑真徹底淪陷於朱秉中的魅力之下，只是這種臣服並非精神上的情愛，而更多是由肉欲而展開的好感。

是以蔣淑真的負心並不叫人憐憫，她一心追尋著性生活的快感，背叛婚姻，辜負了張二官真心為她祈求身體健康的美意。雖然張二官在文末殺害了朱秉中與蔣淑真，頗有大快人心之意，但事後張二官必定會遭受律法制裁，生活也不會太好，甚至可能要以命償命。以結果而言，與蔣淑真產生牽連的男性多無好結局，也強化了情欲中若只癡迷「肉欲」將可能迎來的崩壞下場，使讀者讀後不禁悚然，警惕自己莫要重蹈覆轍，成為下一個蔣淑真。

第二節　男女負心之比較

本論文第三章、第四章分別討論癡情女子與負心漢各自的心境、選擇，在本章則介紹了與負心漢對照的負心女故事。既然《三言》、《二拍》中，男、女負心的文本都有出現過，那麼它們之間有沒有什麼不一樣的地方？

筆者以為在負心漢、負心女的文本裡，會有三種方向的比較，分別是負心因素、被負心者的結局、說書人評論。負心的因素是指負心人都會有負心的理由，對他們來說，負心並不完全是自主自願的決定，而是出於其他考量的結果。第一小節將會比較負心漢與負心女在各自故事中不同的負心理由，從而比較異同；而男、女負心中，被負心者的結局又會有什麼不一樣的側重

〔註92〕（明）馮夢龍編；嚴敦易校注：《警世通言》冊下，頁580。

面呢？在負心漢的故事裡頭，似乎都會刻寫女性受到傷害的局面，但在負心女的故事情節，卻不一定會談及被負心的男子有什麼樣的反應、行動，第二小節將會討論文本如何在負心漢、負心女的故事中刻寫被負心者的形象；而跳脫故事主線，還有遊走在情節與觀眾之間的橋樑——說書人，說書人如何評價負心漢、負心女的？他是以大眾角度來批評負心負義的行為？還是想要用上對下的姿態來傳遞給觀眾某種訊息？第三小節將討論負心人為男性或女性時，說書人是否會有不一樣的敘述焦點，而故事內容的圓滿與否，會不會也影響著說書人對負心者批評的輕重程度？以上都是筆者想要在此小節討論的問題。

一、負心因素

對比前文所提到的負心漢、負心女的歷程，會發現除了東廊僧（前世）、楊川還有陸氏之外〔註93〕，負心之人「負心」都有被交代出原因，說明他們是為何選擇負心，或是什麼原因使他們產生負心的念頭。而大多負心的開端，都始於外力的介入，使他們面臨不得已的局面，最後決定捨棄原先的感情，從而追求更大的利益，或忠於欲望，沉浸其中。

細觀這些負心人的負心主因，可以發現還有一些相似性，如〈蔣興哥重會珍珠衫〉王三巧、〈酒下酒趙尼媼迷花　機中機賈秀才報怨〉的狄氏，她們的負心很大原因是獨守空閨，受人誘騙。因為丈夫長時間不在身邊，容易哀嘆青春稍縱即逝。所以被人誘騙身子後，她們很大程度會因為貪戀肉體關係而捨棄道德感，耽溺於與情郎的歡快之中，最後東窗事發，付出代價。

負心漢中常出現的原因則有「父輩已議定婚事」〔註94〕，這些負心漢往往無法推拒父輩的好意、威權，心中縱有不願，也無法改變背叛癡情女的事實。在這種煎熬的負心局面下，有的負心漢選擇自我解脫，找藉口來說服自己負心的合理性，如滿少卿；也有的負心漢本來就意志不堅，發現父輩所擇定的婚配對象有利前途且頗有姿色後，便果斷捨棄了癡情女，如周廷章；當然也有不滿婚事，但不敢違抗父輩，因此妥協的，如阮三郎（前世）、張浩。只是張浩在

〔註93〕關於東廊僧（前世）的負心與今生的償還冤債，可看《初刻拍案驚奇·東廊僧怠招魔　黑衣盜奸生殺》；楊川的故事則出自《警世通言·王嬌鸞百年長恨》入話；陸氏的故事出自《二刻拍案驚奇·滿少卿飢附飽颺　焦文姬生仇死報》入話。

〔註94〕關於負心漢的負心類型，詳細可見本論第四章「負心漢離棄癡情女的模式」。

成婚前讓人傳話給李鶯鶯，使鶯鶯還有機會力挽狂瀾，而阮三郎（前世）則是抱持著無奈的心情與他人成婚，卻未通知陳玉蘭（前世），使之終日懸望，最後鬱鬱而終。除了先與癡情女子山盟海誓，卻因為父輩指定婚約而負心者，另有朱遜，是一開始就知道婚約的存在，但耐不住青春氣盛，堅持要先娶妾，但也承諾了迎娶正妻時會遣妾。朱遜的負心雖然是「父輩議定婚約」，但其中也不乏自己對負心的不痛不癢，所以一開始雖然不捨張福娘，但最後因為有正妻，重拾夫妻生活的快樂後，便忘記了與張福娘的承諾。

負心漢的負心因素除了「父輩已議定婚事」為大宗外，還有「心生嫌隙」，這是指對癡情女子產生不信任、埋怨的情緒，最後因此做出負心之舉。心生嫌隙還能夠細分為外在因素與內在因素，前者是有心人的設計，才會使負心男懷疑癡情女對感情不忠，如皇甫松；也有的是經過他人挑撥離間，因此打算休妻來換取家中和諧，如孫姓兒子，他們都是先受他人他物的影響（如簡帖僧的三件物事、孫姓兒子的繼母）而對妻子心生嫌隙，最後萌生出休離念頭，這是受外在因素的影響，才做出負心的決定；而內在因素如莫稽、程萬里、東廊僧（前世），他們自己內心對癡情女子有所猜忌、不滿，逐漸心生嫌隙，對癡情女子不滿意，因而想要脫離情愛關係，或者做出負心舉動，使癡情女子陷入更加糟糕的處境。好比說莫稽，因為他人閒言閒語，又自覺自己身分有所變動，認為金玉奴家世已配不上自己，所以產生嫌棄，甚至想要謀害金玉奴性命；程萬里則是以小人之心度君子之腹，懷疑白玉孃是張千戶派來試探的奸細，因而告訴張千戶，使白玉孃被懲罰、賣掉；東廊僧（前世）則是因為自己性情多疑、愛猜忌，因而囚禁小妾，對其使用暴力。

陸氏、楊川則未明確說明負心的因素，但從故事可以判斷，陸氏的再嫁，也近似於「獨守空閨」的寂寞，因為尚且青春美好，不想要就此守寡一生，故而接受牙婆的勸說，另外接受他人的聘娶，但再嫁的速度太快，又不管不顧公婆、兒子，因而被鄭生指責負心，甚至認為其違背了「誰先死去，要為對方鰥寡一生」的約定；楊川帶走了穆廿二娘的錢財，另外娶妻開店，雖然故事中未以楊川的角度說明他為何三年未歸的原因，但從他拿走錢財又重新新的生活來看，楊川大概是不想和妓女談真感情，另外尋覓良家婦女成婚去了。

除了重複性質高的負心因素外，還有些單一例子，如有了新歡忘了舊愛的韓思厚、劉金壇，他們發下誓言終身不再娶、再嫁，卻又難以抵抗新感情

的滋生，破壞約定，甚至不再追薦亡夫、無工夫上墳，使人唏噓。還有李甲，他的負心因素較複雜，除了難抵抗千金的誘惑外，還害怕父親怒火，加上性格軟弱，常猶豫不決，因而逐漸將杜十娘推入火坑。

　　從前面所談論的負心因素來看，負心漢的負心原因較多元，也體現了人性的複雜面，似乎在利益之前，很難談一場純粹的戀愛，就算曾為愛癡迷過，也會在面臨抉擇時，赫然「清醒」，選擇拋棄癡情女；又或是夫妻之間無法面臨考驗，負心漢因受他人誤導，而對癡情女存疑，懷疑其不忠不潔，最後走向休離的局面。負心漢之所以負心，理由可以有千百萬種，但有趣的是，他們容易因為「父輩對婚事的干涉」、「心生嫌隙」而動搖與癡情女的感情，這是最耐人尋味的。

　　下面以圖 5-1 歸納《三言》、《二拍》中負心男的負心因素：

圖 5-1　三言二拍中男性的負心因素圖

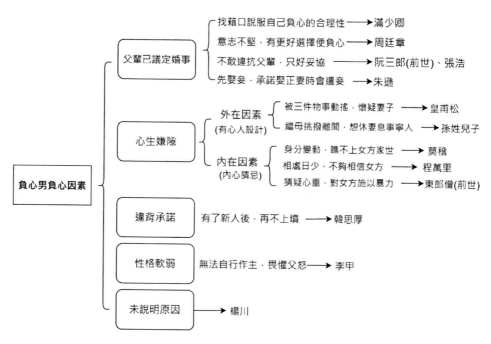

　　而負心女之所以負心，往往是構築在對婚姻的不忠、對情欲的需求、對寂寞的難耐，且六個文本中就有兩個負心女是先受欺騙在先，因為已失去對丈夫的忠貞，又渴望肉體上的慰藉，於是順水推舟，將錯就錯。在負心女的文本中，不難看出女性對情愛的渴求，然而在道德界線上遊走並不是值得鼓勵之事，仍然會受撻伐批評。

　　以偷情負心而言，似乎男性總是會比女性還更能得到社會的寬容，馮夢龍曾寫道：「《雲濤閣外集》云：『妻不如妾，妾不如婢，婢不如妓，妓不如偷，偷得著不如偷不著。』此語非深於情者不能道。」〔註95〕不得不說這是描繪出人性心理、道盡世情的話語，在妻妾制、娼妓制存在的中國古代中，男性所受到的限制似乎並不比婦女多，甚至在性關係是否非法的討論上，也多是取決於女方的身分，男人只是在私通他人妻妾的情況下才被認為犯了不可饒恕的罪行〔註96〕。也因為有這層關係，更可見男性在偷情上的自由，而女性則相對受限制〔註97〕。不論是否受誘騙在先，一旦有了肉體關係，就是對丈夫的背叛，也因此女性在此時的抉擇要不是自盡，便是帶著木已成舟的心態，與他人維持婚外情的關係，甚至甘之如飴〔註98〕。

　　相比起負心漢各種負心因素中的異中求同，負心女的負心因素則是同中求異，負心漢有相似的壞，但除了少數負心漢是天生薄倖外，大部分都是強調受外力影響而產生負心念頭；負心女則容易被刻畫成「本性如此」，好似只要是漂亮、風情萬種的女性，都會因為「婦人多水性」而讓人有趁虛而入的機會。只要方法對了，再正經的婦女也會成為負心人，背叛她們的丈夫，轉

〔註95〕（明）馮夢龍：《掛枝兒‧私部一卷‧耐心》，魏同賢主編：《馮夢龍全集》（上海：上海古籍出版社，1993）〈尾批〉，頁4。
〔註96〕康正果：《重審風月鑑：性與中國古典文學》（臺北：麥田出版，1996）第五章之二〈婚配喜劇〉，頁215～216。
〔註97〕在〈情欲與社會──《白雪遺音》的時代背景及情欲文化研究〉的分類裡，有「妻偷情」一類，說明在古代社會中，「丈夫偷情似乎是家常便飯，妻子偷情便禮法難容，但在通俗文學中，寫妻子偷情的作品卻屢見不鮮，這顯然與民眾的窺淫欲有關，透過閱讀、聆聽婦人偷情的通俗文學，以滿足自己的幻想，又不用負擔其法律責任，是故，這類婦人偷情的作品廣泛流傳。」丈夫偷情、上妓院都是社會中習以為常之事，但已婚婦女與情郎偷情則像是伊甸園中的禁果，使人好奇。說書人若以「負心」為題材想要警示眾人不可為，似乎負心男就必須背棄糟糠妻、背叛盡心支持自己的妓女，而女性負心則為婚內出軌，以不忠、耽溺於淫欲為主。以上引言內容可見於林麗菁：〈情欲與社會──《白雪遺音》的時代背景及情欲文化研究〉，曾永義主編：《古典文學研究輯刊》（新北：花木蘭文化出版社，2012）第四章第二節第三點〈婚外情〉，頁86。
〔註98〕《拍案驚奇‧酒下酒趙尼媼迷花　機中機賈秀才抱怨》就是很典型的對比，入話中，狄氏陷入圈套，與滕生發生了婚外情，但耽溺於肉欲，最後順水推舟，形成「妻偷情」的負心局面；而正話中的巫娘子被趙尼姑設計，喝醉之後慘遭卜良侵犯。酒醒之後的巫娘子十分惱恨，欲要自盡，卻又想見丈夫一面，等到丈夫歸來，哭訴著「奴與官人匹配以來，並無半句口角，半點差池，今有大罪在身，只欠一死，只等你來，說個明白，替奴做主，死也瞑目。」引言內容可見於（明）凌濛初撰；劉本棟校訂；繆天華校閱：《拍案驚奇》，頁69。

與情郎投懷送抱。

以下用圖 5-2 歸納《三言》、《二拍》中負心女的負心因素：

圖 5-2　三言二拍中女性的負心因素圖

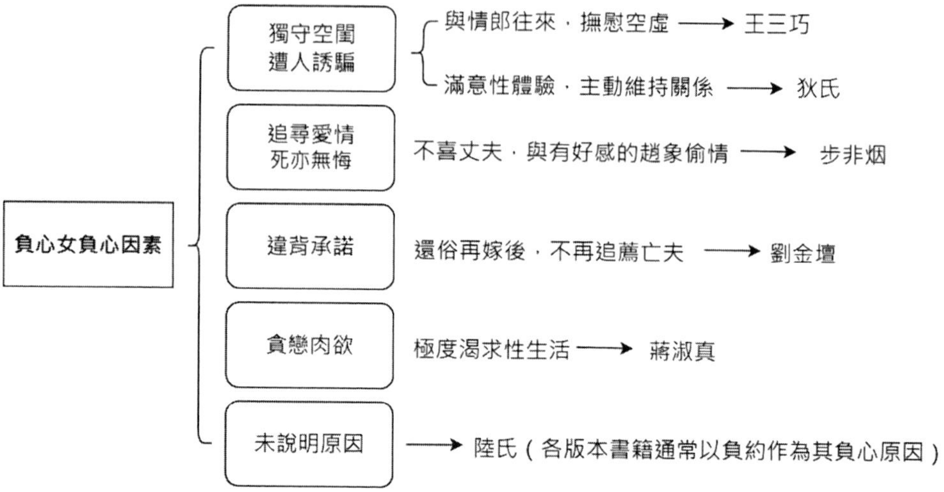

負心女負心因素

- 獨守空閨　遭人誘騙
  - 與情郎往來‧撫慰空虛 ——→ 王三巧
  - 滿意性體驗‧主動維持關係 ——→ 狄氏
- 追尋愛情　死亦無悔
  - 不喜丈夫‧與有好感的趙象偷情 ——→ 步非烟
- 違背承諾
  - 還俗再嫁後‧不再追薦亡夫 ——→ 劉金壇
- 貪戀肉欲
  - 極度渴求性生活 ——→ 蔣淑真
- 未說明原因 ——→ 陸氏（各版本書籍通常以負約作為其負心原因）

二、被負心者的結局

「癡情女子負心漢」雖是常見的故事情節，但在處理被負心人的反應、立場敘寫時，仍有出入。當男子作為被負心者，故事所注重的敘述點也截然不同。

如王三巧、劉金壇、狄氏、陸氏、步非烟、蔣淑真，除了劉金壇的故事是出現在韓思厚與鄭義娘的劇情中，因此所占篇幅本就不多，其餘五女都被強調了「獨守空閨」、「青春正好」等朝向負心局面的誘因。因為丈夫不在身邊，因此若受情欲驅使，釀成大錯，似乎也合情合理。而故事也多是朝向這方向敘寫，左右不離情色、肉欲。

雖然王三巧、狄氏是受人設計陷害，但她們卻在情郎身上得到快樂與心靈安慰，從此耽溺其中〔註99〕。當故事來到尾聲，負心之人受到懲罰，說書人現身評論，雖然斥責陷害他人的有心人士，卻也以「水性」為負心女下註

〔註99〕〈蔣興哥重會珍珠衫〉中，有提及「陳商是走過風月場的人，顛鸞倒鳳，曲盡其趣，弄得婦人魂不附體。」呈現出王三巧與陳商在床事方面的契合；而〈酒下酒趙尼媼迷花　機中機賈秀才報怨〉中，狄氏甚至對滕生說「若非今日，幾虛做了一世人，自此夜夜當與子會。」可見狄氏對滕生的滿意。以上引言內容可見於（明）馮夢龍編；許政揚校注：《古今小說》冊上，頁20。（明）凌濛初撰；劉本棟校訂；繆天華校閱：《拍案驚奇》，頁62。

解，好似女性的「負心」往往與「水性楊花」產生連結。外人的誘騙、青春寂寞獨守空閨都只是誘因之一，而最關鍵最該受人詬病的，仍是女性的不潔身自愛。

　　而被負心女背叛的丈夫們，僅有蔣興哥有完整詳細的心路歷程。讀者可以看到蔣興哥意識到遭受背叛後的震驚、怒火〔註100〕，還有反省檢討自己遲遲未歸，導致妻子紅杏出牆的思考〔註101〕，以及休妻後，睹物思人的悲慟〔註102〕，甚至在事過境遷，與王三巧重逢時，相抱大哭〔註103〕。可見蔣興哥對王三巧的怒與恨，只有在最初發現姦情時。之後他也給王三巧保留體面〔註104〕，將人性的複雜、愛恨交織發揮得淋漓盡致。除了蔣興哥，有傳遞出

〔註100〕　看到陳商身上的珍珠衫後，蔣興哥心中駭異，在聽聞陳商如何有珍珠衫的過程後，「當下如針刺肚，推故不飲，急急起身別去。回到下處，想了又惱，惱了又想，恨不得學個縮地法兒，頃刻到家。」在連夜收拾準備返家時，陳商託付蔣興哥將書信與物件交給王三巧，「蔣興哥大怒，把書扯得粉碎，撇在河中；提起玉簪在船板上一摜，折做兩段。」從蔣興哥的動作可看出他在得知王三巧背叛自己後的惱怒與氣憤。以上引言內容可見於（明）馮夢龍編；許政揚校注：《古今小說》冊上，頁23。

〔註101〕　得知王三巧與陳商的姦情後，蔣興哥匆忙趕回家鄉，看到家門，蔣興哥「不覺墮下淚來。想起：『當初夫妻何等恩愛，只為我貪著蠅頭微利，撇他少年守寡，弄出這等醜來，如今悔之何急！』」蔣興哥雖然惱怒，但同時也感到悲傷，他並不覺得全部都是王三巧的錯，而是檢討自己出外太久，讓王三巧守活寡，最後才有這樣的醜事。以上引言內容可見於（明）馮夢龍編；許政揚校注：《古今小說》冊上，頁23。

〔註102〕　蔣興哥休了王三巧，折了薛婆的房子，賣掉狼狽為奸的兩個丫頭，「樓上細軟箱籠，大小共十六隻，寫三十二條封皮，打又封了，更不開動。這是甚意見？只因興哥夫婦，本是十二分相愛的。雖則一時休了，心好生痛切。見物思人，何忍開看？」從此可看出蔣興哥的性格並非軟弱，他能夠報復洩憤，只是對王三巧，因為曾經恩愛過，所以輕輕放過，甚至在王三巧再嫁時，將封起來的十六隻箱子，全給予王三巧作為嫁妝。以上引言內容可見於（明）馮夢龍編；許政揚校注：《古今小說》冊上，頁26。

〔註103〕　縣主吳傑斷案後，讓蔣興哥與王三巧見面，「你道這番意外相逢，不像個夢景麼？他兩個也不行禮，也不講話，緊緊的你我相抱，放聲大哭。就是哭爹哭娘，從沒見這般哀慘。」雖然各自另外婚嫁，但再度相逢時，仍然心情複雜，不覺淚下，使吳傑看出端倪，認為兩人關係應不是兄妹那麼簡單。以上引言內容可見於（明）馮夢龍編；許政揚校注：《古今小說》冊上，頁34。

〔註104〕　蔣興哥的休書來得突然，王三巧心裡有鬼，只是啼哭。王三巧父親王公跑去問蔣興哥休妻緣由，蔣興哥只道：「小壻不好說得，但問令愛便知。」王公只說王三巧一直啼哭，也不言語，教人疑惑，蔣興哥道：「丈人在上，小壻也不敢多講。家下有祖遺下珍珠衫一件，是令愛收藏，只問他如今在否。若在時，半字休題；若不在，只索休怪了。」面對王公的追問，還有自己女兒不會犯

自身想法的是鄭書生，他明確表達了不想要妻子再嫁的心願，甚至給陸氏的書信，也盡是斥責其另嫁的內容。

蔣淑真有過兩段婚姻，第一段背叛李二郎，使其發現外遇後氣急敗壞而亡；張二官則是撞見了蔣淑真與朱秉中幽會，之後張二官砍下兩人的頭，故事也就嘎然而止，未曾描述張二官除了怒火之外的情緒；武公業也是如此，在發現步非烟不忠後，對其綑綁鞭打，展現出來的情緒同樣也是憤怒。這三個角色雖然表現了情緒，但人物塑造不像蔣興哥那樣豐富，就連知道妻子偷情後的情緒起伏也並不如蔣興哥那樣複雜有層次。

狄氏的丈夫作為被負心者，則沒有多少篇幅，只有簡單交代他的大官身分、久未歸家，還有歸家後聽到風聲，對狄氏嚴加看守的側面描寫而已，並無法得知狄氏之夫在聽到風聲後，是否有與狄氏試探、發怒。而劉金壇之夫早在劉金壇出場時便已是「逝者」身分，也未有其與劉金壇的感情刻寫，只能片面得知劉金壇為了追薦丈夫而出家，卻又難忍寂寞，還俗後與韓思厚成親，再不追薦他。故事的最後馮六承旨揪住劉金壇雲鬢，擲入水中，似乎對於劉金壇的「不追薦」、「再嫁」是憤怒的。以下以圖 5-3 統整被負心女背叛之人的反應：

圖 5-3　被負心女背叛之人的反應

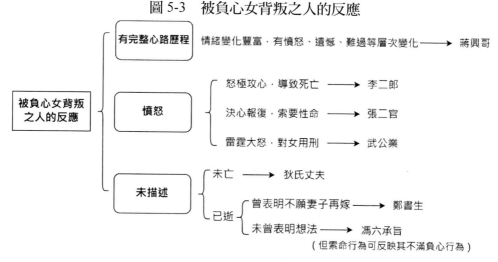

遭受負心女背叛的被負心者們，在故事中多數不是重要角色，他們如何看待負心女的不忠也不是故事闡述的主要方向，因此較少篇幅刻寫他們對負心女的

淫盜的信心，蔣興哥不戳破王三巧與陳商的姦情，而是為奇保留了體面。以上引言內容見於（明）馮夢龍編；許政揚校注：《古今小說》冊上，頁24。

愛恨情仇、看待姦情的思考，整個故事更專注在強調負心女的過錯上。而蔣興哥之所以能夠有較多的描寫，是因為情節著重在珍珠衫的失而復得，以及莫勾引他人妻的勸戒作用，故而王三巧偷情是一個開端，蔣興哥如何在休妻後又輾轉拾回珍珠衫，並驗證善惡報的因果體現，才是故事的核心。

　　相比起負心女，負心男的負心形式更加多元，有的天生風流，有的為了利益功名而捨棄糟糠妻，更有的是受父輩指定婚配，因不敢違抗而與他人另成婚姻。在不同的負心情境下，被負心的癡情女子，她們的心路歷程也更加具體豐富。為了體現負心的不可取、天理難容，癡情女往往陷入悲苦的處境，她們在劣勢中被迫低頭，卻執著著想要做出選擇，而非痴痴等待他人的安排。對比起負心人的惡劣殘酷，癡情女子遭受背叛後的經歷、成長更加勵志，使人動容，往往故事也注重在描寫癡情女子的堅忍不拔。以下以圖 5-4 統整被負心漢背叛之人的反應：

圖 5-4　被負心漢背叛之人的反應

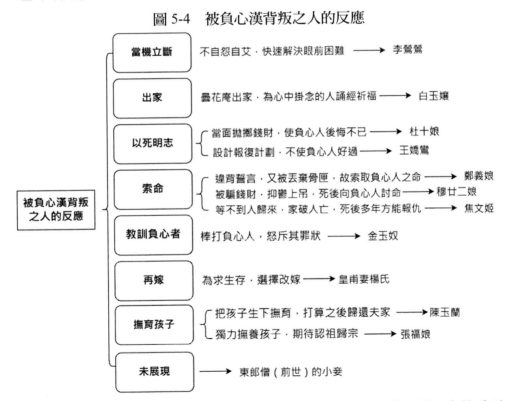

雖然「癡情女子負心漢」形式的文本最後同樣也交代負心人的下場，有的受到懲罰、有的與癡情女大團圓，但故事本身更想要傳遞癡情女子在逆境中屹立不搖的光輝，還有遭受背叛後無助可憐的形象，使讀者對負心人更加深惡痛絕，

達到斥責負心行為的效果。因此對於負心人的刻劃反而沒有癡情女子那麼深刻具體，而是較統一性的「壞」，如不敢抗拒父輩的議親、為了前途功名而捨棄癡情女等，這與負心女總是會與「水性楊花」、「紅杏出牆」產生連結有異曲同工之妙。

綜觀《三言》、《二拍》的負心故事，會發現挺有趣的現象，當女性被負心後往往有所行動，編者也樂於描繪這些女性的悲苦、無奈，或者反擊報仇，引導讀者觀看負心漢的下場，達到警世作用，警惕世人負心之事不可為。但當性別翻轉後，負心之人為女性的情況下，卻常只注重在女性如何出軌不忠的過程，以及與情郎快樂苟且的敘寫，少有被負心者的心情流轉，形成了強烈的情節落差。

或許可以猜測，當負心人為男性或女性時，編者本身就已預設好了想要傳達的諭世意義，而也因為背後想要傳遞的理念不同，因此負心人為男性或女性時，故事所描述的重點也會有所不同。對於更深入詳細的諭世意義、編寫意圖，可參看本論文第六章「癡情女子負心漢範式情節所透顯的意義」。

三、說書人評論

因為《三言》、《二拍》是擬話本形式，因此會有說書人現身說法，打斷說故事的節奏，除了引起讀者的好奇、增加故事篇幅外，也可見說書人在其中對人物行為的評論，如點評人物的作為，指責其負心，或是向讀者呼籲負心之不可為，希望能達到警戒作用。當然，也不否認負心之人遭受報應，是符合期待的情節設計，說書人以這樣的故事示眾，可以達到讀者同情共感、熱烈反應，且迫切想要知道結局的好奇心。同時，說書人的評論往往也帶有作者的主觀價值觀、思考，常能從說書人的干預敘述中推敲出對人物的喜惡。

在〈蔣興哥重會珍珠衫〉中，說書人講述了王三巧對蔣興哥的殷殷企盼，甚至因此聽信瞎先生之言，認定丈夫必定已踏上歸途。在丈夫給出休書後，王三巧甚至萌生自盡的想法，是被母親發現，後父母嚴加看守才打消念頭。王三巧改嫁時更因為蔣興哥贈與的十六個箱籠而心懷內疚、感恩，最後在蔣興哥落難時當個知恩知報的人，弱化了她的不忠形象，加強其可憐又美好的一面。同時說書人評論薛婆能言善道，就是再正經的女子也容易受騙，將之當成莫逆之交。

從說書人的敘述來看，薛婆是有心之人，心懷鬼胎接近王三巧，較需要被批評，而王三巧一年半載看不到丈夫，平常只有幾個丫頭作伴，正悶得慌，

有薛婆這樣能言善道的人在身邊，正好彌補了長時間以來的寂寞。也因此王三巧將薛婆看作知音，天天要她的陪伴，皆在情理之中。到了後來，在薛婆的計謀下，陳商如願與王三巧發生肌膚之親，說書人對此段情節敘述也是較寬容：

> 那婦人一則多了盃酒，醉眼朦朧；二則被婆子挑撥，春心飄蕩，到此不暇致詳，憑他輕薄。一個是閨中懷春的少婦，一個是客邸慕色的才郎。一個打熬許久，如文君初遇相如；一個盼望多時，如必正初諧陳女。分明久旱逢甘雨，勝過他鄉遇故知。〔註105〕

說書人強調了酒精的作用，還有薛婆刻意說些年少輕狂的情事，不斷勾動王三巧的春心。年輕的女子如何能不受撩撥呢？因此在陳商鑽進被窩時，王三巧因酒精作用而有些無力、視線模糊，又以為是薛婆要和自己嘗試女性之間的快樂，因此任由輕薄，等到注意到不對勁時，也已經於事無補。

　　通篇文章對王三巧的敘寫都很「溫柔」，並不指責她或說她當時若如何如何，就不會有如今的處境。畢竟說書人是知道故事走向的，他很明白王三巧在故事後段是個知恩圖報的人，且會重新回到蔣興哥身邊。既然夫妻之間能夠破鏡重圓，前文的決裂就不需要營造出王三巧天理難容的氣氛。故事裡唯一對王三巧較不友善的評論，僅有其與陳商分別時刻，她贈送珍珠衫後，說書人的那句詩詞：「昔年含淚別夫婦，今日悲啼送所歡。堪恨婦人多水性，招來野鳥勝文鸞」〔註106〕較為嚴厲，將王三巧因為孤單寂寞、思念丈夫而轉移情感的行為以「婦人多水性」解釋。再重感情、貞潔的女性似乎都難逃「水性」的苛責，哪怕是王三巧這類在文章中並不被說書人嚴厲批評的人物，也難免成為婦人多水性的又一個例子。

　　與之對比，〈酒下酒趙尼媼迷花　機中機賈秀才報怨〉中的狄氏明顯就與王三巧不同待遇。明明都是受第三人的陷害誘騙，明明都是對珠寶產生興趣，讓有心人趁虛而入，說書人不評論王三巧喚薛婆進來的舉動，但在狄氏這裡，卻有一番說法：

> 原來人心不可有欲，一有欲心，被人窺破，便要落人圈套。假如狄氏不托尼姑尋珠，便無處生端。就是見了珠子，有錢則買，無錢便罷。一則一，二則二，隨你好漢，動他分毫不得。只為歡喜這珠子，

〔註105〕　（明）馮夢龍編；許政揚校注：《古今小說》冊上，頁20。
〔註106〕　（明）馮夢龍編；許政揚校注：《古今小說》冊上，頁22。

又湊不出錢，便落在別人機殼中，把一個冰清玉潔的，弄得沒出豁起來。〔註107〕

狄氏剛出場時，描述她是資性貞淑、言笑不苟的人，但這樣冰清玉潔的女性，卻也有讓人趁虛而入的地方，那便是對上等珠子的欲望。若她沒有這個物欲，就會如同尼姑慧澄所說「這事卻難，此人與我往來，雖是標緻異常，卻毫無半點瑕疵，如何動得手？」〔註108〕若狄氏沒有讓人可以藉著機會靠近的地方，也就不會有後來的事情。而珠子價錢之高，狄氏一時半會也拿不出來，但她偏生又不想放棄，便答應了替人引薦，卻沒想到那正是陷阱。

在落入圈套後，狄氏與滕生發生關係，這時狄氏一反端莊形象，主動稱讚滕生的床上功夫，並說之後想要與滕生夜夜見面。這種玉女變為欲女的轉變，在說書人口裡，便是以「然此還是狄氏自己水性，後來有些動情，沒正經了，故着了手」〔註109〕為原因。雖然對外端莊得體，但本就是水性之人，才會輕易對滕生產生好感，因此一步錯，步步錯，失了原先的端莊大方，成為享受肉欲、偷情刺激的女人，最後迎來令人唏噓的結局。

王三巧與狄氏皆是外貌出色的女性，她們一開始給人的感覺也很是貞節。但最大的不同是，與情郎發生關係後，王三巧處於生米已煮成熟飯的無可奈何狀況，甚至說出了「事已如此，萬一我丈夫知覺，怎麼好？」〔註110〕事已如此，的確再後悔也不可能回到還沒對丈夫不忠的過去。況且王三巧長時間空虛寂寞，若有陳商陪伴，似乎也能讓生活快樂許多。因此王三巧聽了薛婆的建議，既然已經到這局面，何不順水推舟，維持與陳商的關係，既能填補自己獨守空閨的寂寞，也能滿足陳商想要得到美人的欲望；狄氏則與王三巧的順水推舟有些不同，她雖是已婚之婦，卻不曾在與丈夫的歡愛中得到快感，與滕生的結合雖是場錯誤，卻真正讓狄氏嚐到了魚水之歡的過癮，因此主動表達了維持關係的意願，甚至一反正經嚴肅的形象，很是奉承滕生，只怕滕生對自己不喜，產生嫌棄。

兩名女性都曾被說書人評價「水性」，但「婦人多水性」是說書人對王三巧最嚴屬的苛責，且只出現在詩詞裡，未有更多的批評；而狄氏則被說書人言「狄氏自己水性」，又曾點評其正是因為物欲的展現，才使有心人趁虛而入，

〔註107〕（明）凌濛初撰；劉本棟校訂；繆天華校閱：《拍案驚奇》，頁60。
〔註108〕（明）凌濛初撰；劉本棟校訂；繆天華校閱：《拍案驚奇》，頁59。
〔註109〕（明）凌濛初撰；劉本棟校訂；繆天華校閱：《拍案驚奇》，頁62。
〔註110〕（明）馮夢龍編；許政揚校注：《古今小說》冊上，頁20。

再再批判了狄氏的多處不是，呈現出「只要狄氏不那樣，故事就不會這樣」的氛圍感。以下用表 5-4 呈現王三巧與狄氏的異同：

表 5-4　王三巧與狄氏異同一覽表

人物　　異同	王三巧	狄氏
長相	嬌姿艷質，明艷絕世	
性格	乖巧聽話，足不下樓	資性貞淑，言笑不苟
負心之舉	已婚身分對丈夫不忠	
與情郎發生關係後	先問陳商身分，又問薛婆如果丈夫知覺怎麼好	主動表達滿意，想要維持與滕生的關係
與情郎情感維繫	主動提出一起逃走的意願	常常奉承滕生
說書人評論	水性	

除了王三巧與狄氏之外，負心女尚有劉金壇、陸氏、步非烟與蔣淑真。劉金壇的負心事件是在韓思厚與鄭義娘的故事裡，所以說書人並不會花特別多的篇幅去評論劉金壇的負心行為，僅說她和韓思厚成婚後，便不再追薦馮六承旨。故事最後兩人雙雙被拽入江中而死，說書人歎古今負義之人皆如此，將韓思厚與劉金壇綑綁在一起評論，皆被歸類在負心負義之人。

陸氏在看到鄭書生的書信後，三日而死，說書人說那是負了前夫的果報。可見說書人也挺認同陸氏的負心是因為違背了鄭書生的約定，但同時也點出了男女之間的不公平現象。雖然陸氏故事在各版本收錄中總是有「負約」這樣的負心之罪，但她的行為又何嘗不讓人省思——寡婦再嫁當真大逆不道？相比起寡婦的處境，為何社會對男子卻相當寬容，其可以三妻四妾，妻死續絃，也可以招妓玩樂；而女子為了生存、大好青春，選擇另外接受他聘，就該被撻伐呢？

關於陸氏的故事最早可以追溯至《夷堅志》，那時候（宋代）的風氣對婦女貞節的重視似乎遠沒有明清嚴厲，甚至「從先秦到宋代，中國的寡婦通常會再嫁，守節不嫁只是少數的例外」〔註111〕；但到了《二刻拍案驚奇》，也就是凌濛初所處的明代，社會對女子貞節觀相當重視〔註112〕，甚至從教育方面下

〔註111〕張彬村：〈明清時期寡婦守節的風氣——理性選擇（rational choice）的問題〉，《新史學》第 10 卷第 2 期（1999 年 6 月），頁 29。
〔註112〕明代對女性貞節的看重甚至到了政府官方提出獎勵制度以鼓勵婦女守節：

手，如陳俊杰所說：

> 在明清時代，《閨範》、《女兒經》、《閨訓千字文》等淺易的讀本越來
> 越成為大量女子接受教育的普及讀物，而全部女教的精神即在於「道
> 之以德」、「檢束身心」，教誨女子心甘情願「惟務清貞」。各類讀本
> 無不反覆說教、羅列大量守節殉夫的範例供他們去學習效仿。這類
> 教化還與日常的禮法相配合，要女子自幼即進行「尊三從、修四德」
> 的道德實踐，反覆錘鍊，直至積澱內化為堅定的人格操守，造成她
> 們軟弱、依順、自卑、曲從的心理定勢，從內心深處築起一道長堤，
> 將守節看成是自然而然的倫理必然性行為。〔註113〕

然而，越是對貞節意識、行為有嚴格要求，久而久之，也越容易使人民產生
一種反彈或反思：女子為什麼不能再嫁，男子卻可以再娶？以說書人之口道
出的價值觀通常有兩種可能，一是反映社會普遍意識、認知；二是希望大眾
能夠省思的議題。以明代積極獎勵婦女守節的制度而言，陸氏再嫁顯然不是
該時代所樂見的行為，它該被抨擊，該被當作反面教材來教導人民（尤其女
性）貞忠不二的重要性以及絕對性。不能否認陸氏的故事在長久的流傳中，
負心之名已根深蒂固，但說書人以陸氏的故事當作「女負男」的例子，仍刻
意提及男女不同待遇的疑惑，隱隱中透露出希望大眾能好好審視此問題的意
味：

> 無疑的假如我們讓某一集團的人處於卑微的地位，她就會停留在這
> 種狀態：但是自由可以衝破這種限度；假如我們讓黑人去選舉，他
> 們就會變成值得獲得選舉權；給予女人責任感的話，她就知道去承
> 擔⋯⋯事實上人們無法期待壓迫者會無緣無故地變得很慷慨，但是
> 有時因為被壓迫者的反抗，有時甚至是特權集團本身的進展，都可
> 創造新的情況：於是促使男人在他們本身的利益下，給了女人部分

「明朝是獎勵貞節最力的時代，據《明會典》卷一，明太祖朱元璋曾下過一
個詔令：民間寡婦，守節五十年的不僅賜給名號、牌匾，而且可以免除本家
的差役，以此來表彰節婦烈婦。這一詔令使的民間一時守節風盛，空前絕後。
在《明史》中，所記載的節烈婦女竟『不下萬餘人』，擇其中最優勝者，也還
有 308 人。明代貞節觀之倡導，可想而知。」引言內容可見於孫輝、胡永芳：
《閣樓上的妝顰眉黛》（重慶：重慶出版集團圖書發行有限公司，2008）第三
章第一節之二〈歷代貞節觀的發展演變〉，頁61。

〔註113〕 陳俊杰：〈明清士人階層女子守節現象〉，《二十一世紀》第 27 期（1995 年 2
月），頁 102。

的解放：繼而就需靠女人繼續去提高自己的地位，過程中的斬獲將

激勵她們努力不懈……她們將在經濟上和社會上達到和男人完全的

平等，這也將會引起她內在的改變。〔註114〕

而說書人，或者該說藉由說書人之口而盼望大眾反思的作者（凌濛初）雖然人微言輕，但他在這樣的負心故事中所做出的「逆風發言」，或許能促進一部分讀者的思考，無形中在已經僵化偏執的貞節風氣中，產生一絲絲裂痕。

步非烟的故事中，說書人固然知道其背叛丈夫的過錯，但一方面又憐憫其追求情愛的殷切，且趙象遠走他鄉，隱姓埋名，違背了原先情話綿綿時的盟約，更使人遺憾步非烟的遭遇與下場。只是在《警世通言》中，說書人言「且如趙象知機識務，離脫虎口，免遭毒手，可謂善悔過者也」〔註115〕，因前文刪去了趙象「方居喪禮」，在趙象人品無瑕的情況下強調他識時務，果斷離開是非之地，才能免卻本來會面臨的懲罰，而同時也銜接下文，「於今又有個不識竅的小二哥，也與個婦人私通，日日貪懽，朝朝迷戀，後惹出一場禍來，屍橫刀下，命赴陰間」〔註116〕可以看見，說書人不以「女性偷情」的角度批評，而是以「情郎是否當機立斷」為切入點，如能早些預見偷情外遇的下場，不貪戀女色，則能像趙象一樣脫身；而若無法適時抽身，則如小二哥（朱秉中）一樣，最後惹來殺身之禍。此處說書人的角度很是有趣，他讚揚的是像趙象這樣的人，說他是善悔過者；而朱秉中則因為沒有趙象那般快速脫身，才會死在張二官刀下。

只是讀者看了不免狐疑，趙象並非自覺錯誤，而是被武公業抓了現行，若非逃得快，必定在劫難逃。若真要說朱秉中有哪裡與趙象不同，大概是他不如趙象果斷，東窗事發時趕緊逃跑，而是苦苦哀求張二官饒命〔註117〕，張二官怎麼願意放過他？便手起刀落，了結了朱秉中的性命。

在〈蔣淑真刎頸鴛鴦會〉的入話與正話可以看見兩名女性的不同，雖然說書人未多加批判兩人的不貞，但讀者在兩則故事中仍能自行分出好惡。步

〔註114〕顧燕翎、鄭至慧主編：《女性主義經典：十八世紀歐洲啟蒙，二十世紀本土反思》（臺北：女書文化，1999）第二章〈性別角色的反思〉，頁64。

〔註115〕（明）馮夢龍編；嚴敦易校注：《警世通言》冊下，頁573。

〔註116〕（明）馮夢龍編；嚴敦易校注：《警世通言》冊下，頁573。

〔註117〕「秉中赤條條驚下床來，匍匐口稱：『死罪，死罪！情願將家私并女奉報，哀憐小弟母老妻嬌，子幼女弱』。」朱秉中未能像趙象一樣逃跑脫身，而是驚慌中認錯求著張二官饒命，只是為時已晚。引言內容可見於（明）馮夢龍編；嚴敦易校注：《警世通言》冊下，頁580。

非烟雖然與趙象偷情，但她心繫情郎，是真心誠意的；蔣淑真則熱衷性事，對朱秉中的思念、好感皆源於兩人性事上的契合。步非烟懷著對趙象的好感，與之發生關係，甚至到死也不願背叛他，這是情欲相伴而生的狀況；蔣淑真追求情欲，卻更重視肉欲的，情愛上則可有可無，她的追求更偏向動物性，是為了性愛的歡愉而偷情，這與步非烟有很大的不同。以下用圖 5-5 來說明步非烟與蔣淑真在情欲中的定位：

圖 5-5　步非烟與蔣淑真在情欲中的定位

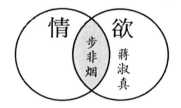

情、欲是可以各自獨立析論的，而步非烟位於情欲的交融，代表她既追求精神上的情愛，也渴望肉體上的觸碰，這兩者是相輔相成的；蔣淑真雖然表現出對朱秉中的執著，但這份情感卻稱不上喜歡、愛，更多是由欲望而展開的好感，同時，蔣淑真在故事裡所呈現的是不停追求性生活，相比起步非烟的愛欲皆有，蔣淑真更偏向在性欲中尋找能滿足自己的人，這是對性愛的渴求，無關精神上的撫慰。而更多關於情欲的討論，可參見本論文第六章「癡情女子負心漢的編寫意圖與諭世意義」。

在女子負心的情節中，說書人的評論往往是以女子「水性」來解釋這場錯誤的開端，又或是將負心與果報聯繫在一起，使讀者產生警惕作用。除了負心女外，說書人對負心漢的評論也是有的，而且能粗略分為三種類型：一是與癡情女子大團圓，再成夫妻者，說書人並不會在負心漢有負心之舉時多加批評，如〈簡帖僧巧騙皇甫妻〉之皇甫松、〈宿香亭張浩遇鶯鶯〉之張浩、〈金玉奴棒打薄情郎〉之莫稽〔註 118〕；二是當整體故事的核心主旨並非強調負心時，對於負心之舉並不會有特別的評論，如〈閑雲庵阮三償冤債〉之阮三郎（前世）、〈白玉孃忍苦成夫〉之程萬里、〈李克讓競達空函　劉元普雙生貴子〉之孫姓兒子、〈東廊僧怠招魔　黑衣盜奸生殺〉之東廊僧（前世）、〈張福娘一心貞守　朱天錫萬里符名〉之朱遜；三是故事焦點便是負心，因此對

〔註 118〕說書人有評價莫稽只想著今日富貴，卻忘了貧賤時節，把金玉奴資助的功勞化為春水，說這是他心術不端處。雖然點出莫稽負心的部分，卻並非是攻擊性強烈的批評，因此仍然列在「未對負心漢多加批評」。

於負心漢的行為予以批評，如〈楊思溫燕山逢故人〉之韓思厚、〈杜十娘怒沉百寶箱〉之李甲、〈王嬌鸞百年長恨〉之楊川與周廷章、〈滿少卿飢附飽颺　焦文姬生仇死報〉之滿少卿。

在第一種類型裡，因為故事會走向大團圓，負心漢與癡情女仍然會相守一世，因此故事較注重在如何破鏡重圓的過程，而較少對負心漢予以嚴厲的斥責。

第二種類型裡，因為故事核心非強調負心，所以對於負心漢，說書人並不會額外花費篇幅批評，如〈閑雲庵阮三償冤債〉強調的是陳玉蘭與阮三郎今世之緣，以及陳玉蘭如何守寡教子，負心之人是阮三郎的前世，並非是此故事的主軸，因此解釋了兩人前世的冤債後，說書人未對阮三郎前世多加評論；〈白玉孃忍苦成夫〉重點在於白玉孃一心向夫，就算遭受困難也無怨無悔，最後與程萬里多年後重逢，說書人只是側面用詩詞評論了程萬里不識好人心的性格〔註119〕；〈李克讓競達空函　劉元普雙生貴子〉入話故事則在強調蕭王賓因拆散夫妻而錯失狀元，孫姓兒子的負心並非重點，因此說書人未用篇幅批評孫姓兒子為求家中和諧而休妻的行為；〈東廊僧怠招魔　黑衣盜奸生殺〉故事主要在描述東廊僧（今世）的牢獄之災，而根源乃於他前世的負心，僅是在解釋因果，故而說書人未斥責東廊僧（前世）對小妾暴力、鎖禁的負心之舉；〈張福娘一心貞守　朱天錫萬里符名〉重點在於張福娘獨力撫養孩子，而孩子的名字竟冥冥之中有所注定，朱景先與孩子的學堂先生都不約而同為其取了「朱天賜」。朱遜的負心只是造成張福娘獨力撫養孩子的原因，不是整個故事的焦點，因此說書人未多苛責朱遜的行為。

第三種類型中，因為故事主旨就是要傳遞負心之舉不可為的理念，因此對於負心之人的行為會予以苛責，如〈楊思溫燕山逢故人〉韓思厚丟棄鄭義娘骨匣，說書人說此行為天理難容；〈杜十娘怒沉百寶箱〉李甲優柔寡斷，背棄了杜十娘的信任與愛意，說書人談及後人評論此事，說杜十娘是千古女俠，但錯認李公子，用「錯認」兩字足可見眾人對李甲在故事中的表現是不滿意的，且認為他配不上杜十娘；〈王嬌鸞百年長恨〉楊川、周廷章部分，說書人都強調了他們的下場皆是負心負義的結果；〈滿少卿飢附飽颺　焦文姬生仇死報〉滿

〔註119〕 在程萬里向張萬戶告密，說妻子白玉孃勸他逃跑後，張萬戶大發雷霆，要懲罰白玉孃，此時說書人說「分明指與平川路，反把忠言當惡言」，引言內容可見於（明）馮夢龍編；顧學頡校注：《醒世恒言》冊上，頁384。

少卿，在故事最後，說書人以朱氏角度說明滿少卿如今有這下場都無可怨恨，再客觀評論朱氏下半氏守寡，也會是滿少卿的遺孽，世人看這樣榜樣，要知道男子不能負女子。

以下用表 5-5 整理說書人對負心漢評論的類型：

表 5-5　說書人對負心漢評論的類型一覽表

說書人對負心漢評論的類型	人　物
大團圓情節，故未對負心漢多加批評	〈簡帖僧巧騙皇甫妻〉皇甫松 〈宿香亭張浩遇鶯鶯〉張浩 〈金玉奴棒打薄情郎〉莫稽
故事核心非強調負心，因此對負心之舉無有特別評論	〈閑雲庵阮三償冤債〉阮三郎（前世） 〈白玉孃忍苦成夫〉程萬里 〈李克讓競達空函　劉元普雙生貴子〉孫姓兒子 〈東廊僧怠招魔　黑衣盜奸生殺〉東廊僧（前世） 〈張福娘一心貞守　朱天錫萬里符名〉朱遜
故事核心在強調負心，因此對負心漢予以批評	〈楊思溫燕山逢故人〉韓思厚 〈杜十娘怒沉百寶箱〉李甲 〈王嬌鸞百年長恨〉楊川、周廷章 〈滿少卿飢附飽颺　焦文姬生仇死報〉滿少卿

在話本中，說書人干預情節的作用除了拉長時間外，也可以引起觀眾的共鳴。到了擬話本的說書人，在與讀者對話時，往往也代表著隱藏在說書人背後的編者，是帶有某種目的，或想要傳達某種訊息的。

細觀《三言》、《二拍》，會發現說書人的評論對負心女較為單一呆版，而對於負心漢的評論，說書人會依照故事的主旨而有不同反應。主旨若不在負心，則對於負心行為往往是高高提起，輕輕落下，並未有過多苛責，若主旨在探討負心之不可為，則會特別強調負心漢的狠絕，說他的行為天理難容、下場是罪有應得。但故事若為大團圓，為了不讓讀者覺得負心漢不配與癡情女在一起，往往會淡化負心漢的過分之處，不多加批鬥。

以下用圖 5-6 收攝前文整理的說書人對負心人物的評論：

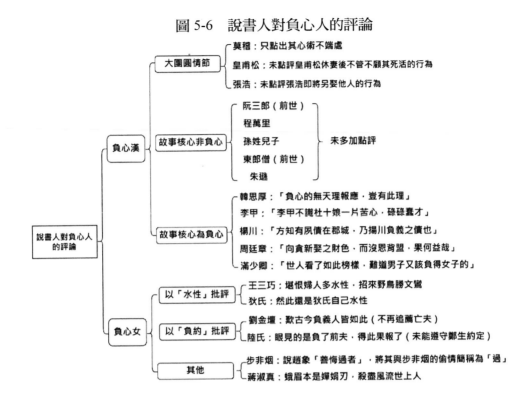

圖 5-6　說書人對負心人的評論

本章小結

　　負心並非男性專權，女性也會有負心的行為。綜觀《三言》、《二拍》，性別翻轉的負心故事有六則，依照女子負心的成因、男女負心之比較來分析，可以發現，女性的負心較少有圓滿情節，在六個故事中，唯有〈蔣興哥重會珍珠衫〉是大團圓，王三巧即便背叛蔣興哥，仍能得到原諒，重回蔣家。其餘負心女如劉金壇、狄氏、陸氏、步非烟、蔣淑真都因為各自的負心行徑而嚐到苦頭，甚至丟去性命。而將這些女性打上「負心」標籤的原因，除了被誘騙後仍與情郎維持聯繫、負約再嫁他人以及已婚身分偷情。

　　同是「負心」，負心漢與負心女的敘述形式仍有所出入，細觀其中劇情，可發現負心漢的負心理由較多樣，但這些理由中都有相似處，那便是「愛情不是首要」。負心漢與癡情女之間的感情也許有過真心真意的時刻，但在更大的誘惑面前，如前途、錢財等，經過權衡，負心漢往往願意承受負心之名，選擇拋棄癡情女。

　　負心女的負心情節則較相似，她們的負心往往與水性楊花、對婚姻不忠有

關，但她們寧可承擔負心之名的背後，卻是對愛情的追求，對情欲的肯定，這與負心漢不將愛情擺第一順位的情形是有明顯對比的。

在故事中也常見說書人現身說法，對人物的行為品評論足，但在負心漢的文本中，若結局為大團圓，則說書人會弱化男子的負心形象，增加其背叛癡情女的難處，強調被迫負心的窘迫；若故事主軸並非負心，則對於負心漢的行為並不多加批評；故事主軸為負心時，則說書人會予以負心漢苛責，呈現出對人物惡劣行為的不齒，或呼籲世人莫要以此為榜樣。

相比起負心漢的三種評論方向，說書人對負心女的評論則多以「水性」、「負約」（再嫁）批評，彷彿女性的負心，多是對貞節的不堅定，才會輕易深陷偷情的刺激與快感中；無法保持忠貞不二，並在丈夫死後動了再婚的念頭。

統攝第五章「負心漢的對照：負心女故事」之論述結構圖如下：

圖 5-7　第五章結構圖

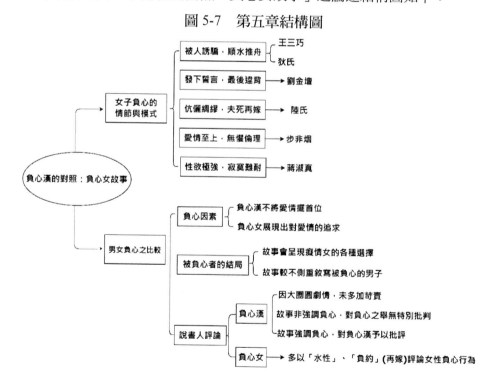

第六章 「癡情女子負心漢」範式情節所透顯的意義

　　本章將分析《三言》、《二拍》中「癡情女子負心漢」範式情節所透顯的意義。筆者另外細分為編寫意圖與諭世意義。第一節為「編寫意圖」，探討編者馮夢龍與凌濛初在搜羅、編輯故事的同時，是基於什麼樣的考量將這些情節收錄進《三言》、《二拍》中；第二節「諭世意義」，試圖了解編者在重新編改故事後，背後所想要傳遞給大眾的訊息為何。

　　擬話本小說用白話文寫成，閱讀起來輕鬆快速，然而《三言》、《二拍》多是蒐羅前朝或更加久遠的故事，將情節加以刪改而成。編者以「說書人」的身分對人物進行點評，傳達了自己如何看待角色的想法。編者蒐集故事、加以改寫、編纂成冊等舉動，不一定純粹是整理古今優秀作品，可以是出於某些感慨、目的而促使書本出版。因此本章的目的在於，從《三言》、《二拍》「癡情女子負心漢」的範式情節中，觀察出馮夢龍、凌濛初埋藏在人物對話、情節設計裡的編寫動機、想要傳遞給讀者的訊息，以及以現代角度而言，這些故事又具有什麼啟示。

　　第一節「編寫意圖」是從編寫者角度出發，探討馮夢龍、凌濛初想要透過文本傳遞的思想、價值觀為何，可謂他們編纂「三言」、「二拍」的動機、目的；第二節「諭世意義」則是從讀者角度出發，探討在了解人物性情、故事內容後，可從中得到什麼樣的啟發？又或是有什麼值得人省思的議題。

第一節　編寫意圖

　　本節旨在探討編者在《三言》、《二拍》「癡情女子負心漢」範式情節中，無論是負心漢的背棄還是癡情女子的選擇，這些情節設計背後所蘊含著的編寫意圖。

　　任何成功的作品應當是透過出色的敘事能力、人物塑造、情節安排，藉由故事人物的一舉一動來傳達理念，而非直接在故事中說些大道理，這反而容易使人在閱讀過程中覺得無趣、不知所云：「小說的主題思想，不應當用說理的方式直接由作者說出，應該通過生動具體的藝術描寫，自然而然的流露出來。」〔註1〕最理想的傳遞思想方式，大抵便是如此，將主題核心思考灌輸在情節的推移之中，作者不需要用太多的篇幅「現身說法」，而是讓人物的行為舉止去影響讀者。不論故事人物好壞，他們的思考、選擇都會成為讀者的「楷模」，體認到如果成為像故事中的角色，又會有什麼樣的結局。

　　本節所要討論的「癡情女子負心漢」範式情節中蘊含的編寫意圖有二，分別為：有著移風易俗目的的「勸善教化」以及肯定男女情感之必要性的「情欲關懷」。

一、勸善教化

　　馮夢龍編纂《情史》時有言：「我欲立情教，教誨諸眾生」〔註2〕，他是相當肯定「情」對人的作用，相信它是有使人向善的力量。而在《情史》中，也能見到《三言》裡「癡情女子負心漢」文本所出現的人物，包含狄氏、滕生、滿少卿、周廷章、陸氏。這些人物的反覆出現，除了證實故事為人津津樂道的知名度，同時也佐證了馮夢龍對「情」的重視，正是因為不能草率、輕忽，故而收錄具有反面意義的人物，使讀者體認違背了「情」，會是什麼樣的下場。

　　「情」與「理」經過晚明激烈的論辯，其實已經上升到一個特別的思想境界，而馮夢龍在這之中深受影響，他的性情得力於泰州諸子與李贄，包含對假道學的批判、強調不加修飾的生命情調、敢作敢為、意氣風發，還有理想浪漫。對於批判、自然的嚮往，許多是後天薰陶而成，而先天氣質，馮夢龍則自稱有「情癡」與「俠義」兩種特質，其曾云：

〔註1〕覃文昭、徐召勛：《中國古典小說藝術欣賞》（臺北：里仁書局出版，1984），頁262。

〔註2〕（明）馮夢龍：《古本小說集成·情史》（上海：上海古籍出版社，出版年不詳），頁8。

> 余少負情癡,遇朋儕必傾赤相與,吉凶同患。聞人有奇窮奇枉,雖
> 不相識,求為之地,或力所不及,則嗟歎累日,中夜展轉不寐。見
> 一有情人,輒欲下拜。或無情者,志言相忤,必委曲以情導之,萬
> 萬不從乃已。〔註3〕

從重情而開展出來的性情,有同情心與正義感,正是因為情深情重,所以才能夠體人之情,也因為對情有所要求,所以情感上希望人人平等。因為有這樣的思想,不論《三言》還是《情史》,都能夠察覺出馮夢龍對「情」的肯定,還有希望透過故事來達到潛移默化效果的意圖。

馮夢龍性格裡對情的肯定,也呈現出了他既浪漫又俠義的一面,他所蒐集、改編的眾多故事中,有的講述了俠義心腸,有的傳遞了法網恢恢疏而不漏的概念,也有的解釋了負心人的因果業報……在這些故事中,其實也傳達出了一定程度的教化理念。因為相信情之美好,也看過社會上不足之處,有感而發之下,仍然希望透過一己之力改變許多事情——例如勸善教化。馮夢龍《三言》既然以喻世、警世、醒世為名,那就強烈表達了他的編寫意圖中是包含著教化作用的,希望藉由故事人物的善、惡,來達到正向的影響。

而故事若要能對人民產生潛移默化作用,首先就要考慮它的流傳度,唯有用淺白好理解的文字,才可能最大限度地打通百姓市場,使故事的流傳能更加廣闊。一旦百姓能夠接受、喜歡這些帶有教育性質的通俗故事,則勸善教化的效果便能彰顯出來:

> 試今說話人當場描寫,可喜可愕,可悲可涕,可歌可舞;再欲捉刀,
> 再欲下拜,再欲決脰,再欲捐金;怯者勇,淫者貞,薄者敦,頑鈍
> 者汗下。雖小誦孝經、論語,其感人未必如是之捷且深也。噫,不
> 通俗而能之乎?茂苑野史氏,家藏古今通俗小說甚富,因賈人之請,
> 抽其可以嘉惠里耳者,凡四十種,畀為一刻。〔註4〕

在《喻世明言》的序裡,馮夢龍說明了說書人說書的效果有多強烈,能夠牽動聽眾的情緒,使之跟隨話本的人物起伏,這種效果說不定《孝經》、《論語》這類聖賢之書都未必能做到。馮夢龍明確表達了對通俗小說的肯定,甚至認為唯有「通俗」才能更快打入市井,使百姓在津津樂道的同時,也被隱藏在

〔註3〕 (明)馮夢龍:《古本小說集成·情史》,頁1~2。
〔註4〕 (明)馮夢龍編;許政揚校注:《古今小說》(臺北:里仁書局,1991)冊上,頁1~2。

故事背後的教育意蘊給影響，端正社會風氣。在這篇序裡也寫出了編纂書籍的目的是教育市井小民向善，它的編寫意圖便在此。

以「癡情女子負心漢」的文本來說，勸善教化的部分自然是告誡世人不要做負心之事，莫要當狼心狗肺之人。而在癡情女與負心漢的糾葛裡，往往也可見利益上的往來，如金玉奴資助莫稽念書、焦大郎供滿少卿吃住等，女子本人及家族對負心漢是有恩的，負心漢的離棄行為，除了感情上的背叛之外，也是個不能知恩圖報的小人。

另外在〈蔣興哥重會珍珠衫〉中，王三巧雖然對婚姻不忠，但在蔣興哥以德報怨後〔註5〕，王三巧滿懷內疚，心中充滿感激。得知蔣興哥出事後，王三巧有機會幫忙，便奮不顧身為其求情，說書人說她是「知恩知報」之人。王三巧這樣知恩圖報的行為是受肯定的，因此在文章中，淡化了王三巧負心的一面，反而更強調她受蔣興哥恩惠後，一心報恩的意志，以及破鏡重圓後夫妻感情依舊濃厚的一面。從文本的呈現來看，負心之人固然有錯，但負心後能夠悔改，並且懷有好心腸，不做歹事，都是值得被重新接納的。

雖然「做惡事得惡報」是最警惕世人的情節設計，但也容易過於僵化，如果有像〈蔣興哥重會珍珠衫〉這類勸人知錯能改、回頭是岸的故事，則是比較溫和的勸善手法。且文本中王三巧能重新得到幸福的情節走向，也能使人心有戚戚，只要及時懸崖勒馬，就算曾經是糟糕的人，也同樣能夠成為好人。更何況「仙人打鼓有時錯，腳步踏差誰人無」，人都有糊塗做錯事的時候，但只要肯改進、肯認錯並試圖補救，旁人感受到了誠意與悔改之意，自然會包容、原諒。

像〈蔣興哥重會珍珠衫〉這類文本所傳達的教化作用相對比較溫和友善，並不極端的將人分為善與惡兩種，而是認同人們會有「誤入歧途」的時候，只要他們能夠認錯改過，那麼他們仍然可以重新開始新的生活。這種柔和的情節安排與傳達壞人終究惡有惡報的故事揉雜在《三言》中，不失為一種剛柔並濟的教化作用。

另一邊，《二拍》故事大多是凌濛初獨立創作完成，但並非所有故事都是

〔註5〕如維護王三巧的體面，並不對外直言休妻的真正原因，而是以「珍珠衫在否」暗示王三巧自己已知道姦情；在王三巧再嫁時，獲知消息的蔣興哥也並不反對，甚至贈與十六個箱籠給王三巧作為她的陪嫁。蔣興哥對待王三巧的方式屬實是仁盡義盡，甚至蔣興哥在憤怒過後會反過來檢討自己長時間在外，才會使王三巧獨守空閨日久，最後跨越倫理道德界線。

原創，許多文本採自《太平廣記》、《夷堅志》、《情史》等作品。在這之中，凌濛初會加入自己的見解，或刪改情節、對話，進行二次創作。《二拍》所描述的故事層面非常廣泛，從取材書籍之繁雜可見，這些故事有的講述背棄信義的人、有的是呈現官場上迂腐的現象，也有的傳遞做善事得善果的正向意義。相比起文言小說較言簡意賅的陳述手法，凌濛初在《二拍》中還會刻劃人物的內心描寫，使得整體內容更加豐富生動；在敘事上，凌濛初也會善用說書人的視角，以「干預敘述者」身分現身說法，傳達訊息給讀者。在本論文第二章有提及敘述視角的轉換會關係到故事的呈現效果，而以小說來說，常以第一人稱或第三人稱形式呈現：

> 小說中最常用的人稱是第一人稱與第三人稱，概括來看，採用第一人稱「我」進行敘述的最大好處，首先在於真實感強。……小說有一種彷彿是某人真實的生活經歷的如實寫照而不是一篇虛構故事。〔註6〕

在擬話本中，編者通常不會用「我」來自稱，而是透過說書人視角來引領讀者了解故事。這期間，說書人的任何評論，都多少夾雜編者個人主觀的思考，可以說，編者是透過說書人之口來抒發己見，如張福娘的故事最後，除了肯定她的守貞教子，也覺得得到封章褒揚是她的獎勵、福報，是寡婦最理想的成就：

> 〈張福娘一心守貞　朱天賜萬里符名〉故事末作者就點出張福娘能得到封章褒揚，是「他守貞教子之報」，凌濛初在此就直接點出他個人認為這是張福娘應得到的獎勵。作者他心目中理想的結果，加諸在讀者身上。〔註7〕

從說書人對人物行為的評論可見作者本人對於人物的思考、喜惡。而這樣的主觀思考也會引導著讀者一個意識：勿以善小而不為，勿以惡小而為之。例如引文中的張福娘，她作為癡情女子固然有其堅毅處，獨力拉拔孩子令人佩服，但看到一個女子被負心後仍然癡癡苦守孩子，不也讓人反思，這是別無選擇，還是真心為朱家血脈著想？當然凌濛初的評論也呈現了晚明政府鼓勵女子守貞的風氣，體現了當時的社會風貌。

〔註6〕徐岱：《小說敘事學》（北京：中國社會科學出版，1992）第五章第二節之一〈第一人稱〉，頁275。

〔註7〕黃郁茜：《二拍果報故事研究》（臺中：國立中興大學中文系碩士論文，2007）第五章第二節之三〈敘述角度〉，頁130。

　　只是在癡情女子悲苦的渲染下，相信也會有不少人更加對負心之舉深惡痛絕，藉此達到了勸善教化的作用。做人應該誠實坦然，雖然愛情無法果腹，但若像負心漢那樣連山盟海誓都能輕易割捨，似乎作為人的誠信就已丟失大半了。

　　在創作目的上，凌濛初在《拍案驚奇》序中有言：

> 獨龍子猶氏所輯喻世等諸言，頗存雅道，時著良規，一破今時陋習。
> 而宋元舊種，亦被搜括殆盡。肆中人見其行世頗捷，意余當別有秘
> 本，圖出而衡之。不知一二遺者，皆其溝中之斷蕪，略不足陳已。
> 因取古今來雜碎事可新聽睹、佐詼諧者，演而暢之，得若干卷。其
> 事之真與飾，名之實與贗，各參半。文不足征，意殊有屬。凡耳目
> 前怪怪奇奇，當亦無所不有，總以言之者無罪，聞之者足以為戒，
> 則可謂云爾已矣。若謂此非今小史家所奇，則是舍吐絲蠶而問糞金
> 牛，吾惡乎從周象索之？〔註8〕

書商見馮夢龍《三言》「行世頗捷」，便要求凌濛初也書寫。雖是應要求而寫，但凌濛初仍有明確的創作宗旨：希望能新聽睹、佐詼諧，寫生活日常中之詭譎幻怪。以這層意義來說，《二拍》所取材的社會內容比《三言》更加貼近百姓生活，可反映當時市井階層的思想情感、社會風貌。而《拍案驚奇》的寫成，雖是商人見《三言》大受歡迎而想「跟風」，但馮夢龍之作也給了凌濛初一定程度的啟發。在《二刻拍案驚奇小引》中，凌濛初言：

> 丁卯之秋，事附膚落毛，失諸正鵠，遲迴白門，偶戲取古今所聞一二
> 奇局可紀者，演而成說，聊舒胸中磊塊。非曰「行之可遠」，姑以游
> 戲為快意耳。同儕過從者索閱一篇竟，必拍案曰：「奇哉所聞乎！」
> 為書賈所偵，因以梓傳請。遂為鈔撮成編，得四十種。支言俚說不足
> 供醬瓿，而翼飛脛走，較撚髭嘔血筆塚研穿者，售不售反天壤隔也。
> 嗟乎！文詎有定價乎？賈人一試之而效，謀再試之。餘謂一之已甚，
> 顧逸事新語可佐談資者，乃先是所羅而未及付之於墨，其為栝樓餘
> 材、武昌剩竹，頗亦不少。意不能愗，聊復緝為四十則。其間說鬼說
> 夢，亦真亦誕。然意存勸戒，不為風雅罪人，後先一指也。竺乾氏以
> 此等亦為綺語障，作如是觀，雖現稗官身為說法，恐維摩居士知貢舉

〔註8〕　（明）凌濛初撰；劉本棟校訂；繆天華校閱：《拍案驚奇》（臺北：三民書局，1981），頁6～10。

又不免駁放耳。〔註9〕

因為《拍案驚奇》的大受好評，凌濛初被書商慫恿了《二刻拍案驚奇》的創作。在明代中後期，社會上以描寫男女淫亂為主題的艷情小說層出不窮，《拍案驚奇》序中凌濛初便有感於那些「廣摭誣造」、「褻穢不忍聞」〔註10〕的作品，因此力求救時匡弊、挽救頹風，希望能夠勸善懲惡，有益風化。在教育教化目的上，凌濛初與馮夢龍是同樣的，希望能夠藉由作品的大受歡迎，勸戒讀者，改善社會中迂腐的風氣以及逐漸偏差的人性、價值觀。

雖然讀者從《三言》、《二拍》各種詼諧有趣，寫盡人生百態的通俗故事中得到歡樂，但不可否認他們在創作宗旨上是明確帶有勸善教化目的的，因此故事中人物必定有善惡報，就算人世間的律法無法制裁惡人，則鬼神必定也不會放過他，呈現出天理昭彰的意味，希冀人們莫要糊塗僥倖，認為一點小壞小惡無關緊要，事實上，都會被算進果報裡，不得不重視。

二、情欲關懷

《三言》的創作宗旨是教化人民，帶有教育作用，但教化的方式為何呢？是剛柔並濟，一方面告誡世人壞人終究會得到報應，一方面又凸顯出對悔改者的包容？還是在文本中加入果報觀念、勸善理念，希冀讀者能夠自己明白？從《警世通言》序中可以瞧見，馮夢龍雖然注重文本的勸善教化意義，但在過程中，更注重「以情動人」，而非以冷僻、艱澀的文字大談道理：

> 里中兒代庖而創其指，不呼痛，或怪之，曰：「吾頃從玄妙觀聽說《三國志》來，關雲長刮骨療毒，且談笑自若，我何痛為？」夫能使裡中兒頓有刮骨療毒之勇，推此說孝而孝，說忠而忠，說節義而節義，觸性性通，導情情出。視彼切磋之彥，貌而不情；博雅之儒，文而喪質。所得竟未知孰贗而孰真也。〔註11〕

此段文字既說明了通俗小說的影響力有多麼強烈，也帶出了馮夢龍在編寫《三言》時的期望，期許「說孝而孝，說忠而忠，說節義而節義」，人們可以被書中人物的精神所感動，進而學習。而更重要的是「觸性性通，導情情出」，

〔註9〕 （明）凌濛初撰；劉本棟校訂；繆天華校閱：《二刻拍案驚奇》（臺北：三民書局，1991），頁35～40。

〔註10〕 （明）凌濛初撰；劉本棟校訂；繆天華校閱：《拍案驚奇》，頁5。

〔註11〕 （明）馮夢龍編；嚴敦易校注：《警世通言》（臺北：里仁書局，1991）冊上〈明金陵兼善堂本無礙居士序〉，頁敘三b～敘四b。

正因為明白通俗小說的簡單好懂，在閱讀上更容易激起共鳴，因此這些記錄著情感、良善的內容將會使讀者在不知不覺中也變得有豐富的感情。在這段文字中也可以感受到馮夢龍對讀書人博覽雅書表示嗤之以鼻，「視彼切磋之彥，貌而不情；博雅之儒，文而喪質」，講究文采往往容易失去了文章的真誠、靈氣。文人雖然可以用華麗、高深的詞藻堆疊，描繪出磅礴的景象、說明大道理，但卻難「以情動人」。唯有像通俗小說這樣，淺白好懂才能有強烈的感染力，且故事中充斥著娛樂性，並不讓人覺得教育、教化目的太強烈而不想閱讀。這樣的故事反而更能讓人投入情感，被人物的一顰一笑牽動情緒，不知不覺中，竟也成了性情中人。

　　雖然是希望勸善教化，但馮夢龍明顯更希望不用威脅、冷硬的文字去勸導百姓，而是透過許多跟情有關的故事，施行「情教」，在小說中灌輸真情，在文本流傳間感化讀者，淨化他們的心靈，並且逐漸影響他們，最後改變社會風氣。馮夢龍在《情史》序中有言：

> 又嘗欲擇取古今情事之美者，各著小傳，使人知情之可久，於是乎無情化有，私情化公，庶鄉國天下，藹然以情相與，於澆俗冀有更焉。而落魄奔走，硯田盡燕，乃為詹詹外史氏所先，亦快事也。是編分類著斷，恢詭非常，雖事專男女，未盡雅馴，而曲終之奏，要歸於正。善讀者可以廣情，不善讀者亦不至於導欲。〔註12〕

《情史》中能感受到馮夢龍對「情」的重視，他認為「情」的感染力比枯燥乏味的說教大得多，因此在《情史》中收錄許多男女情愛故事，將「情」分成二十四類，總共收錄八百七十餘篇故事。這之間，馮夢龍並不只收錄純真愛情，也有一些經不起考驗、較為不堪的愛情故事在其中，希冀透過不同類型的愛情比較，從而使讀者明白，值得受人讚賞、學習的愛情應為何，而該受人鄙視、撻伐的愛情又是什麼樣子，使讀者在認識古今男女愛情故事的同時，也在無形中受到了情教的感染，憧憬起真情的美好。

　　而馮夢龍的這些思考，不禁要探究起影響他極深的泰州學派。晚明社會講求以「情」代「理」的呼聲漸興，尤以李贄、湯顯祖與馮夢龍等人為代表〔註13〕。李贄最出名的「童心說」中，以「童心」取代「道德心」，掙脫束

〔註12〕　（明）馮夢龍：《古本小說集成・情史》，頁4～6。
〔註13〕　詳見鄭培凱：〈晚明士大夫對婦女意識的注意〉，《九州學刊》第六卷第二期（1994年7月），頁27～43。

縛人心的道德枷鎖。在李贄的角度，原屬於個體範疇的「私欲」被視為自然情性，不該被僵化的道德條例給束縛：

> 蓋聲色之來，發於情性，由乎自然，是可以牽合矯強而致乎？故自然發乎情性，則自然止乎禮義，非情性之外復有禮義可止也，故以自然之為美耳，又非於情性之外復有所謂自然而然也。〔註14〕

事實上，李贄也並非對「禮義」全盤否定，而是反對形式化、教條化、僵固且背離人性的禮法規範：

> 蓋由中而出者為之禮，從外而入者謂之非禮；從天降者謂之禮，從人得者謂之非禮；由不學、不慮、不思、不勉、不識、不知而至者謂之禮，由耳目聞見，心思測度，前言往行，彷彿比擬而至者謂之非禮。〔註15〕

李贄諸人的思想觀念平易近人，在社會上有著極強的浸透力，此時，官方意識形態的禮法規範也受到挑戰。例如在「夫私者人之心也，人必有私而後其心乃見，若無私則無心矣」〔註16〕的命題上，李贄重新詮釋《孟子·寡人有疾》，認為孟子本意是讓齊宣王「真知吾之好色」、「真知吾之好貨」、「真知吾之好勇」，而「勿以好色為疾」、「勿以好貨為疾」、「勿以好勇為疾」〔註17〕。這些「好色」、「好貨」、「好勇」之類的「疾」，都是「自濁知而來，皆是自真心真意所發而來，不肯一毫瞞人者，非意誠而何？」〔註18〕種種欲望都是真知，若將這類欲望看作「疾」，不承認自我欲望的合理性、正當性，硬是要克制、去除，則也不能接受、理解他人的欲望要求，最後「自己之疾又不能去，終不免瞞昧以過日」〔註19〕到頭來不過是自欺欺人罷了。可看出李贄批評一些衛道人士只是架構虛無的臆說，都是一些空泛理論，僅是「說得好聽」。另外，李贄也認同身體方面的欲望與需求：

> 穿衣吃飯，即是人倫物理。除卻穿衣吃飯，無倫物矣。世間種種，

〔註14〕（明）李贄：《焚書》（臺北：漢京文化事業有限公司，1984）卷三〈讀律膚說〉，頁 500。

〔註15〕（明）李贄：《焚書》卷三〈四勿說〉，頁 357。

〔註16〕（明）李贄：《藏書》（臺北：學生書局，1974）卷三二〈德業儒臣後論〉，頁 544。

〔註17〕（明）李贄：《藏書》卷三二〈德業儒臣後論〉，頁 544。

〔註18〕（明）李贄：《藏書》卷三二〈德業儒臣後論〉，頁 544。

〔註19〕李贄、劉東興撰：《明燈道古錄》（臺北：中國子學名著集成編印基金會，未註出版年）卷上，頁 466～468。

> 皆衣與飯之類耳。故舉衣與飯,而世間種種自然在其中,非衣食之
> 外,更有所謂種種絕與百姓不相同者也。〔註20〕

「穿衣吃飯」即為人間種種,稀鬆平常,世間之事包含情欲都和穿衣吃飯一
樣,子都是自然而然的,不應以輕賤態度加之。袁中道曾為李贄作傳,說他
是「視情欲如糞土人也」,就算是寡情寡欲的人,但也能「愛憐光景,於花月
兒女之情狀亦極其賞玩,若借以文其寂寞」〔註21〕。可見對於情色,李贄是
持守一種唯美主義的理念,欲展現情愛之美,以及紅塵俗世中的無常。又既
然穿衣吃飯是人之常情,那麼「人欲」也該受肯定:

> 如好貨、如好色,如勤學,如進取,如多積金寶,如多買田宅為子孫
> 謀,⋯⋯凡世間一切治生產業等等,皆其所共好而共習、共知而共言
> 者,是真邇言也。⋯⋯。舜之所好察者,百姓日用之邇言也。〔註22〕

道學家嗤之以鼻的各種追求,如對財貨的汲汲營營、對女色的渴望嚮往,在李
贄看來都是正常的欲望,都是人欲的正當追求,而平凡百姓為滿足這種人欲而
做的各種努力一點也不可恥,因為這正是「自然之性,乃是自然真道學也。那
些講學者往往鑽牛角尖,被教條禁約限制靈魂個性,早已失去真性情。反觀不
被僵化的教條禮法泯滅人性人欲的市井百姓,率性自然,反而更加討喜。

在文學創作上,李贄的文學主張集中在〈童心說〉,以童心為真心,認為
優秀的文學作品是作者真實情感的表露,而通俗文學、戲曲小說正是具有「童
心」的理想文類。馮夢龍的思想很大程度來自於李贄〔註23〕,李贄對通俗文學
的高度肯定,影響馮夢龍在通俗文學領域的鑽研。

在思想上,馮夢龍很大程度得益於泰州諸子與李贄。人格的形成是極其複
雜的,通常受先天氣質與後天薰陶而成,馮夢龍之所以接受泰州諸子與李贄之
說,想必先天氣質也是傾向於此,故能較輕易接受新思潮,學習並內化成人格
的一部分。而馮夢龍的先天氣質,他自言有情癡與俠義兩部分〔註24〕,青少年

〔註20〕 (明)李贄:《焚書》(臺北:漢京文化事業有限公司,1984)卷一〈答鄧石陽
　　　　書〉,頁4。
〔註21〕 袁中道:〈李溫陵傳〉,收於《焚書》卷首,頁1。
〔註22〕 (明)李贄:《焚書》卷一〈答鄧明府〉,頁40。
〔註23〕 許自昌記載:「頃閱有李卓吾名贄者,從事竺乾之教⋯⋯。李有門人攜至吾中
　　　　吾士人袁無涯、馮游龍等,酷嗜李氏之學,奉為蓍蔡」其中馮游龍即為馮夢
　　　　龍。引言內容出自(明)許自昌:《樗齋漫錄》,收入《續修四庫全書・子部・
　　　　雜家類》(上海:上海古籍出版社,2002),頁8。
〔註24〕 「余少負情癡,遇朋儕必傾赤相與,吉凶同患。聞人有奇窮奇枉,雖不相識,

時期的性格傾向，由後天習染的思想和閱歷交織而成，此時期較單純能夠反映
先天氣質：

> 而夢龍對少年時期最讓他津津樂道的回憶，竟是「情癡」的性格自此
> 萌芽茁壯，相信他是為之自豪的。由重情取向開出的另一性格特質，
> 是同情心與正義感。情深情重故能體人之情，所以深具同情心；又因
> 對情之要求，故情感上希望人人平等，都得到情感的滿足，具有其情
> 受曲折者，自然為之抱憾不平，故又特具正義感。但凡浪漫人物，性
> 格中多有知其不可為而為知的堅持，和一份美好理想的憧憬；而任俠
> 行徑的特質中，往往亦因堅持一份浪漫的理想主義，所以一往無前，
> 因而浪漫與俠義特質常常共生並存，兼具於一人身上。〔註25〕

因為氣質中對「情」的傾向，所以價值觀也建立在「情」的基礎上。馮夢龍
的著作中，無不是關懷人世，對於有情之人，其視為知己；對無情之人，則
進行宣導教化的工作，希望能夠使無情之人迷途知返，意識到「情」的可貴
與重要。

　　在《三言》中，能看見馮夢龍對「情」字的重視，行善、有情之人必有
福報，而無情之人必會受到命運的折騰。如「癡情女子負心漢」文本裡，負
心人的背叛、不忠，便是糟蹋了「情」的表現，因此他們往往在故事最後受
到懲罰，付出代價，這是輕視「情」的結果；而癡情女子雖然重情，命運因
負心漢而逐漸悲苦，但她們的「情真」往往也暗示著日後的苦盡甘來，如孩
子必定人中龍鳳，或自身有奇遇，改善了困苦生活等。當然，馮夢龍也會希
望無情之人能夠有改過自新的機會，因此〈金玉奴棒打薄情郎〉中莫稽再冷
血薄倖，也能悔改，與金玉奴言歸於好，從此夫妻同心，成就圓滿大結局。
莫稽這樣的人都能有「回頭是岸」的行為，一般人又怎麼不能從無情之人變
作有情之人呢？

　　而除了正向意義上的教化，也自然有負面意義上警惕世人的勸戒故事，如
〈杜十娘怒沉百寶箱〉，李甲答應了孫富的千金交易，等於是在賤踏杜十娘的
真心，這種行為使得杜十娘帶著百寶箱沉於江心，用生命傳遞寧可死亡也不願

　　求為之地，或力所不及，則嗟嘆累日，中夜展轉不寐。見一有情人，輒欲下拜。
　　或無情者，志言相忤，必委曲以情導之，萬萬不從乃已。」引言內容出自於
　　（明）馮夢龍：《古本小說集成・情史》，頁1～2。
〔註25〕林玉珊：《馮夢龍「情教說」之研究》（臺中：國立中興大學中國文學系碩士論
　　文，2000）第四章第三節之二〈絕假存真與以笑療腐〉，頁103。

　　使真情受到玷汙的意志。因為輕視「情」而選擇背叛的李甲也要為此付出代價，在杜十娘死後，日夜抑鬱，終生無法解脫，而這正是無情人的果報。無情之人有回頭是岸的選擇，但若執迷不悟，就會像李甲一樣，追悔莫及。從而警惕世人，莫要當無情無義之人，使自己最終「徒傷悲」。

　　在「情」面前，馮夢龍是抱持平等觀念的，他不以階級、才識、權勢、財富等世俗之見作為衡量標準，而是以「情真與否」為判斷標準，因此他不歧視妓女，就算那是被世俗眼光所認為最底層最低賤的生命，只要她們的「情」天地可鑑，真誠無瑕，那麼馮夢龍就會給予敬重與肯定。如杜十娘、穆廿二娘、陳玉蘭（前世），她們都是妓女身分，卻懷揣著最真摯的情感，只是因為身分的尷尬，而被心上人辜負、背叛，最終走向悲劇。馮夢龍不曾認為她們的身分不配得到純粹的愛情，而是批評負心漢的無情、不忠，並評論這些負心漢的下場是順應因果，並非無辜。

　　在強調「情」的情況下，如何與社會規範、情欲需求所產生的衝突磨合，更是考驗編者如何安排故事情節的時刻。〈宿香亭張浩遇鶯鶯〉中，張浩與李鶯鶯先有私情，而後張浩面對父輩給予的合乎禮法的婚姻，鶯鶯自書狀紙，訴諸官府，官府認為張浩與鶯鶯有終身之約、偕老之心，讓張浩與李鶯鶯成婚。張浩與鶯鶯的私情並非正規媒妁之言而來，但他們情真情誠且已有夫妻之實，反而使他們得到官府的肯定，順利結為夫妻，而在其中，馮夢龍也肯定了情欲之優先性的立場〔註26〕。

　　父母之命、媒妁之言是婚姻的構成基礎，然而若因此違背了對情的忠誠，也會遭受批判。凌濛初在〈滿少卿飢附飽颺　焦文姬生仇死報〉中也展現了對「情」的認可，滿少卿受恩於焦大郎，在寄人籬下期間與焦文姬產生私情，因而結為夫妻，但在其取得功名返回家族後，在長輩安排下另外擁有門當戶對的婚姻，滿少卿猶豫掙扎後，將與焦文姬的感情歸類在「外遇」，接受了父輩安排的婚事。最後焦文姬鬼魂索命，將滿少卿魂魄抓去冥府對證，這樣的故事走向明顯是對滿少卿在功成名就後，為了遷就父母之命那符合社會格局的婚姻

〔註26〕王鴻泰曾提及：「張浩和李鶯鶯的情緣在《青瑣高議》集和《綠窗新話》都有類似的記載，但在這兩個記載中卻都沒有夢境這個情節，且在《青瑣高議》中廖山甫是鼓勵張浩去挑逗鶯鶯的人，而非以禮法代言人的角色出現，可見作者是很有自覺意識地在處理禮法和情慾的衝突問題。這也就是說在早期的小說中已出現了情慾與禮法對抗的命題，而且在此命題下，已有肯定情慾之優先性的立場出現。」以上引言可見於王鴻泰：《三言二拍的精神史研究》（臺北：國立臺灣大學出版委員會，1994）第二章第一節〈情慾與生命〉，頁124。

而背叛愛情的行為給予深刻譴責。

在馮夢龍與凌濛初的「癡情女子負心漢」文本中，可以感覺出對「情」的推崇，接受男女之間以私情為開端的愛，如真誠、不受汙染，則這樣的真情是值得被鼓勵的。另外，以肉欲而展開的情也並非不可，不能否認文本中男女首先是互相欣賞長相，而後讚嘆才學，在私會過程中，又往往貪圖春宵一刻，因此有了婚前性行為，這是情與欲相伴而生的效果，不能隨意剔除，也不用刻意壓抑。

男女可以因為欲望而生情，並產生相守的念頭；但若只是為了滿足欲望而不生情，那便不是馮夢龍與凌濛初所追求的理想狀態，而是被歸類為「淫」。情與欲是相輔相成的，因為互相喜歡，就容易會有性衝動，這應該被理解、肯定，只是在滿足性欲之後，能否從中生情，並忠誠、真摯，那便是欲與淫的關鍵。

從《三言》、《二拍》「癡情女子負心漢」中不難看出，在編者所處的社會中，情欲的優先性已有凌於禮法之上的勢頭，禮法與情欲的關係已轉變成情欲在前而禮法在後的局面，在情欲之中若能超越官能性的色欲，則這份愛情雖然違背禮法卻仍能受到祝福。這種情欲關懷同時也試圖改變人們對於婚戀的態度，更詳細將在本章第二節之二「衝破禮教，追求真情」中討論。

第二節　諭世意義

本章第一節已討論了馮夢龍、凌濛初在撰寫《三言》、《二拍》「癡情女子負心漢」時有著勸善教化、情欲關懷的編寫意圖，希望能夠透過通俗的小說內容帶給人們思考、反省。而在本節中，希冀能擴大論述，從細節處著眼，從讀者的角度出發，分析文本所欲指涉的諭世意義，以及讀者閱讀後所可能產生的省思。

本節所要討論的「癡情女子負心漢」文本中蘊含的諭世意義有五項，分別為：「因果報應，懲惡揚善」、「衝破禮教，追求真情」、「欲望無窮，導正偏失」、「三姑六婆，勿狼狽為奸」、「奸官汙吏，應端正謹慎」。

一、因果報應，懲惡揚善

《三言》、《二拍》中不乏有因果報應的元素，「癡情女子負心漢」文本的因果報應也有與「前世今生」題材綜合在一塊，如〈閑雲庵阮三償冤債〉，阮

三郎的死正是要償還前世負了陳玉蘭的命債;〈東廊僧怠招魔　黑衣盜奸生殺〉,東廊僧的牢獄之災肇因於前世對小妾囚禁施以暴力的過錯。前世的債,今生縱使沒記憶,也一樣要償還,展現「善惡終有報,不是不報,時候未到」的概念。

而除了前世糾葛之外,也有鬼魂現形為自己報仇的,如〈滿少卿飢附飽颺　焦文姬生仇死報〉,滿少卿以為自己一生將享受榮華富貴,遂逐漸忘記對焦文姬的愧疚時,十年未見的焦文姬卻出現了,正是為了索命而來。滿少卿過了十年的好日子,也仍然要為拋棄焦文姬之事付出代價。在〈王嬌鸞百年長恨〉頭回故事中,穆廿二娘也是死後以鬼魂形式向負心人楊川索命,報了負心之仇。

焦文姬、穆廿二娘都是鬼魂索命的例子,而與鬼魂現形相關的還有〈楊思溫燕山逢故人〉,僕人周義在鄭義娘墓前泣訴韓思厚的負心,鄭義娘便附身在劉金壇身上,向韓思厚索命。韓思厚無計可施,只能尋求法師的協助,甚至丟棄鄭義娘的骨匣。韓思厚行為大逆不道,因此鄭義娘鬼魂現身,拽著韓思厚入江心,使之為自己的行為付出代價。

這類鬼魂現形索命的行為能有一定的警世作用,〈明鬼〉:「鬼神之罰不可為富貴、眾強、勇力、強武、堅甲、立兵(所阻),鬼神之罰必勝之。」〔註27〕錢能買通人心、謊言能欺瞞他人,也許負心之人可以逃過陽間的罪責,但他們絕對逃不了鬼魂的追捕。正因為社會存在不公不義之事,使鬼魂的冤氣無處可伸,只能靠自己的力量出面報仇。鬼魂已經不屬於人世間,除了報仇也沒有其他可留戀之事物,因此他們往往堅定、力量強大,任憑有再大的權勢、財富,都難以抵擋鬼魂復仇的決心。

筆者認為,佛教觀點中,人死後會按照因果報應的規律轉世,眾生則在這不間斷的轉世中嚐盡輪迴之苦。在此因果報應的觀念裡,行善之人會得善果,有善報,來世可能投胎在不錯的人家,父母慈愛,手足友悌,一生幸福無憂;行惡之人則會自食惡果,可能來世不得轉世為人,反而要成為畜牲任人宰割;又或是雖然轉世為人,但必須向前世辜負的人償還業債。而在這類因果循環的故事中,人們往往要懂得避惡向善,才能擺脫生死輪迴的痛苦。

因此像《三言》、《二拍》中出現的這類因果報應的故事,也同樣警告著世

〔註27〕周‧墨翟撰:《墨子‧明鬼》(臺北:臺灣商務印書館,景印文淵閣四庫全書,1986)卷八,頁82。

人莫要作惡多端，或許一時僥倖躲過了官府的追查、逮捕，但鬼魂可能在你鬆懈的時候出現，索討命債。與其日夜害怕哆嗦，不如行事端正，「白天不做虧心事，半夜不怕鬼敲門」。

除卻前世今生、鬼魂索命外，還有一類因果報應象徵著善惡自有定數，如〈杜十娘怒沉百寶箱〉，李甲鬱成狂疾，終生不痊；孫富臥病在床，終日見到杜十娘在旁詬罵，他們這樣的下場，「人以為江中之報也」〔註28〕，李甲與孫富後半輩子的難堪、痛苦，全都是他們自食惡果，怨不了誰。〈王嬌鸞百年長恨〉中，因為孫九不肯替王嬌鸞送信，故而王嬌鸞將《絕命詩》、《長恨歌》與婚書盡數放入公文匣內。輾轉中，公文內的東西被吳江闕大尹看到，因為此事曠古未聞，便說與趙推官知情，趙推官也認為這是一件奇聞，於是說給察院樊公聽。樊公反覆詳味詩歌及婚書，決定替王嬌鸞討公道。若非一件件巧合事，使詩歌、婚書被送到樊公手中，只怕王嬌鸞的冤屈便會隨著她的死亡被埋藏在時間縫隙中。而周廷章雖然過上一段快活愜意的日子，終究要為拋棄王嬌鸞一事付出代價，這也呈現了冥冥之中，自會有一股力量牽引著人們「種瓜得瓜，種豆得豆」。

前面所提的故事，雖然在情節最後，說書人並未正面呼籲眾人要行善避惡，但情節裡充滿因果報應的元素：負心之人終會得到懲罰，而潔身自愛之人也會有福報……這類情節設計屢見不鮮，自然而然感染大家，將「懲惡揚善」的觀念灌輸其中，達到了教化的作用。

二、衝破禮教，追求真情

從「癡情女子負心漢」文本中常可見男女對於自由戀愛的嚮往，如〈閑雲庵阮三償冤債〉，陳玉蘭聽見阮三郎的吹唱之聲，心生愛意，認為若能嫁給這樣風流子弟，也不枉一生夫婦，因此要求侍女去找阮三郎，表明想要見面的意願。〈宿香亭張浩遇鶯鶯〉李鶯鶯主動表示想要與張浩婚配，這舉動也違反了男女婚姻必先透過父母、媒人的正規流程；〈王嬌鸞百年長恨〉王嬌鸞與周廷章以詩唱和，漸生愛意，兩人私定終生雖有曹姨見證，但沒有告知父母，仍然是無有效力的婚姻；〈滿少卿飢附飽楊　焦文姬生仇死報〉焦文姬與滿少卿同住屋簷下，男喜愛女之貌美，女欣賞男之才學，日久生情，背著焦大郎互通心意。

〔註28〕（明）馮夢龍編；嚴敦易校注：《警世通言》（臺北：里仁書局，1991）冊下，頁499。

於傳統倫理規範而言,「父母之命,媒妁之言」是當時代最流行的婚姻流程,講究門當戶對,也夾雜著利益上的考量。一旦男女雙方私嘗禁果,往往是受人議論、撻伐的,但在《三言》、《二拍》中,男女不循著正規方式談論婚配,反而外遇、偷情、放縱情慾的情節層出不窮,這之間所想要傳達的諭世意義又是什麼呢?而夫死再嫁的行為本身是不是真的大逆不道?女性守貞值得鼓勵延續嗎?男女私情最終能否走向圓滿的結局?這都是在《三言》、《二拍》中常見的情節與反思。

在「癡情女子負心漢」文本裡,男女之間的「愛情」似乎本身就很耐人尋味,他們並不純粹是為了「情愛」而結合,更多是對於好看皮囊的追求,如〈宿香亭張浩遇鶯鶯〉,張浩對李鶯鶯的長相驚為天人,瘋狂迷戀,因此在看到李鶯鶯的第一眼後便強烈渴望能得到她;又如〈杜十娘怒沉百寶箱〉,李甲喜杜十娘之雅豔,很是沉迷,這也是從貪戀女色而起的關係;〈王嬌鸞百年長恨〉周廷章本就因為王嬌鸞貌美而主動出擊,以「不歸還手帕」為威脅要求與王嬌鸞詩詞倡和,後來在寫下婚書前更展現了急色的一面。對比起王嬌鸞對婚姻的看重,周廷章明顯更在乎與美人共度春宵。後來被父親決定了婚配對象,雖然不滿,但見到魏氏美色無雙,家裡又有雄厚財富,周廷章便果斷割捨了對王嬌鸞的喜歡。

負心漢似乎都更喜歡癡情女子的美貌,一旦有更好看的對象,又能帶給自己利益上的支持,便會毫不猶豫拋棄癡情女。另一方面,除了男女私情,還有女性守貞的議題被點了出來。在陸氏與鄭生的故事中,凌濛初曾以說書人角度為女子抱不平:為何男子可以娶妾續絃,女子在夫死後卻必須從一而終?但實際上在其他文本裡,仍能見說書人表達了對於女子守貞節上的肯定:

> 《二拍》中,凌濛初敢於打破傳統禮教束縛、追求自主愛情、婚姻
> 的女子,凌濛初給予程度上的認同,顛覆自宋代延續下來嚴格男尊
> 女卑的觀念。但是事實上,身為文人的凌濛初其實底子裡仍然無法
> 完全擺脫對女性地位的格局。〔註29〕

如〈張福娘一心守貞　朱天賜萬里符名〉,故事末張福娘得到封章褒揚,說書人說這是她守貞教子之報。透過說書人,凌濛初表達了對守貞的肯定,也稱讚了張福娘能獨立自主,隻身撫養孩子的毅力。黃郁茜則在文本中看出了張

〔註29〕黃郁茜:《二拍果報故事研究》(臺中:國立中興大學中文系碩士論文,2007)
　　　　第六章第一節之一〈守節〉,頁140。

福娘的犧牲奉獻精神，雖然其忍苦教子的毅力教人欽佩，但她仍然照著傳統禮教的陋習而活，是尤其可惜的：

> 這則故事雖然凌濛初一方面稱讚張福娘不需依賴男子，獨立養活孩子與自己，讓我們看見他希望婦女擁有獨立自主的表現，可是當她嫁給朱遜時，名義上是一名妾，為成全丈夫和原配范氏不得不遵守禮法，犧牲自己的幸福，卻忽略了張福娘其實對於幸福家庭與婚姻的渴望，仍然被束縛在女子應該從一而終的陋習，受限於傳統禮教無法逃脫。〔註30〕

黃郁茜認為，凌濛初的確展現了對女子各種遭遇的同情，不論是張福娘的委屈，還是對女子再嫁便被說負心一事抱不平，但在文本中又常見其肯定、稱讚夫死婦隨的婦女，認為這是節烈的表現。這反而使凌濛初的想法出現矛盾，一方面展現了對女子的維護，另一方面又表現了對傳統禮教的支持。

　　或許，凌濛初的確是能夠體諒婦人之不易的，對夫死再嫁的陸氏也能表以同情，但《二拍》面向大眾，希冀引導讀者向善，而非粉碎讀者原有的傳統、價值觀，因此一味批評舊有禮教制度，也會引來部分讀者的排斥不滿。

　　從《二拍》來看，似乎凌濛初一邊順應社會風氣肯定守貞的正向意義，一方面則委婉提出男女在社會間的不公平（男性可再娶或多妻妾，女性再嫁卻常受議論），既不得罪廣大的讀者群，使作品能夠讓更多人閱讀，進而提升它的影響力，又能在文章中表達自己的看法，如「人生莫作婦人身，百年苦樂繫他人」〔註31〕雖然只是文章中說書人的詩詞展現，但也以說書人的立場暗藏了感慨。在時代風貌之下，男女之間的模式是根深蒂固的，一時之間難以改變，但「人生莫作婦人身」則埋藏了對女性的同情，身為女性，要能夠相夫教子、能夠賢慧持家、能夠貞忠不二，社會對她們的要求太多太苛刻了，與其戰戰兢兢，似乎不要生而為女性還比較輕鬆快樂。

　　也許凌濛初有心想突破社會中男女不平權、不對等的狀況，但依然無法擺脫社會制度下男性高於女性的地位與自由，因此即便同情婦女在體制下的不公平，卻也無法完全不受傳統禮教對婦女的設限、影響。

　　而在馮夢龍的《三言》中，其透過說書人這個故事敘事者表達出男女私

〔註30〕黃郁茜：《二拍果報故事研究》（臺中：國立中興大學中文系碩士論文，2007）第六章第一節之一〈守節〉，頁141。

〔註31〕（明）凌濛初撰；劉本棟校訂；繆天華校閱：《二刻拍案驚奇》，頁543。

情是常見的，是可以被接受的，不應該極力排斥。細觀「癡情女子負心漢」文本，多的是由私情開始發展的情節。雖然男女在「父母之命，媒妁之言」前夕，往往已私下會面，但當他們情濃蜜意時，仍然強調的是對婚姻的看重，也描繪了女性從一而終的故事情節。如〈閑雲庵阮三償冤債〉陳玉蘭言「婦人從一而終，雖是一時苟合，亦是一日夫妻，我斷然再不嫁人。」〔註32〕；又〈宿香亭張浩遇鶯鶯〉，雖然李鶯鶯與張浩有婚前性行為，但不難看出兩人是抱持著日後必定會成親的心態才結合，李鶯鶯在舉家隨父親遠行後，要張浩「莫忘舊好，候回日，當議秦晉之禮」〔註33〕，證明李鶯鶯對婚姻很是看重；〈王嬌鸞百年長恨〉王嬌鸞堅持要與周廷章共同「必矢明神，誓同白首，若還苟合，有死不從」〔註34〕甚至在得知周廷章負心後，王嬌鸞也依然堅持不負當初誓言，從一而終，展現了對婚姻、誓言的遵守與重視。

　　不難看出，在「癡情女子負心漢」文本中是不反對男女私情的，甚至鼓勵在非「父母之命，媒妁之言」的情況下，透過書信往來，或私下會面來聯絡感情，追求純粹的真情，但在兩情相悅後，最終的目標應該是婚姻。男女雙方情到深處，結為夫妻，恩愛兩不疑。若男女私情只是一味的情欲放縱，而未有「負責」、「忠誠」的表現，那並非馮夢龍所樂見的。也因此負心之人會得到報應、懲罰，是因為他們不忠於婚姻，也未對被負之人負責。

　　雖然馮夢龍透過說書人敘述文本，在故事中倡導婚戀自由的思想，是希望男女可以在更真實、自由的交流中去認識意中人，在純粹的情愛中走向婚姻的殿堂。只是雖然鼓勵了男女在婚前的私下接觸，但他們滋生感情的起點仍然是較傳統的以長相、身分為吸引人的媒介，如女子必定長相傾國傾城，男子必定是英俊風流，身分也多是文人書生。真正以性格、體貼等特質打動人心的例子，要屬收錄在《醒世恒言》裡的〈賣油郎獨占花魁〉。賣油郎的身分不是傳統故事中常見的士族弟子，而僅僅是穿梭在社會中低階層的商人，展現了普通市民也有對於情愛的渴求，而賣油郎對莘瑤琴的愛雖然始於美貌、情欲，但他的癡迷與尊重顯得忠厚老實，且不趁人之危，體貼有禮更是他的魅力之處；莘瑤琴在多次與賣油郎的接觸下，逐漸被其老實誠心打動，最後決定嫁給他。不難否認在《三言》中愛與欲往往是相輔相成的，只是比起膚淺的因為好看皮囊的吸

〔註32〕（明）馮夢龍編；許政揚校注：《古今小說》冊上，頁92。
〔註33〕（明）馮夢龍編；嚴敦易校注：《警世通言》冊下，頁455。
〔註34〕（明）馮夢龍編；嚴敦易校注：《警世通言》冊下，頁524。

引而產生的情欲衝動，〈賣油郎獨占花魁〉中所展現的愛情觀更是教人拍手叫好。

也許「癡情女子負心漢」文本裡的確鼓勵男女私情的發展，但在對忠貞、從一而終的觀念上來說，仍難擺脫傳統社會的期待，依然認為女性的貞節是極其重要且受肯定的。如此一來，「婚戀自由」的倡導反而有些變調，更像是男子正大光明與女性偷情的理由，而女性一旦婚前失了身，若被男子拋棄，她的一生也就變得黯淡無光，甚至尋求死亡來了結痛苦。這種對男女雙重標準的貞節觀，如同呂坤所說：「禮嚴於婦人之守貞，而疏於男子之縱慾，亦聖人之偏也」〔註35〕。又或是，正是因為不希望婚戀走向自由開放的過程中產生拋棄、不忠的行為，而大力譴責負心之人，使其負心之報警惕世人。婚戀自由是希望男女私情往來中能產生更強烈的羈絆，最終目標是能夠偕手走向婚姻，以深情共白頭，而非全然顛覆禮教，倡導男女私情可以為所欲為。

從對私情的態度上來看，《三言》鼓勵私情發展，以婚姻為最終目標，《二拍》則同情女性處境，點出社會對男女期待是有所失衡的，如男子可以三妻四妾，女性卻要貞節貞烈。以「癡情女子負心漢」文本來說，癡情女通常都是主動談及婚姻的一方，她們不排斥在婚前與負心漢親密，但仍會希望成為對方妻子，讓「婚姻」作為愛情的保證。同時，文本中也呈現了許多傑出的女性，如有才學詩賦的王嬌鸞、色藝雙絕的杜十娘、心懷大志有遠見的白玉孃、為夫前程瞻前顧後的金玉奴，她們都是不輸男子的優秀女性，只是在愛情的考驗中，仍然敗給了負心漢的多情與多重誘惑。又因為受限於傳統禮教的思想影響，這些優秀女子往往在痛苦中堅守著貞節觀，「寧可枝頭抱香死，不肯吹落北風中」，將守著貞節作為本分、責任，寧可死去，也不願毀壞傳統社會對女性的期待，雖然使人敬佩意志，卻也同樣令人唏噓不已。

在人物塑造上，《三言》、《二拍》寫出了不少厲害、優秀的女性，能顯見想要跳脫男尊女卑、男強女弱的既定印象，但文章到最後，又擺脫不了傳統倫理的規範，因此那些有才學、有遠見的女性，往往被負心後，難以逃離悲劇的結局。

「癡情女子負心漢」所傳達出來的「衝破禮教，追求真情」內涵，雖然是值得人稱讚的嘗試，但在故事情節裡，仍然夾雜著老舊觀念，這是比較可惜的

〔註35〕　（明）呂坤：《萬曆本呻吟語》（臺北：漢京文化事業有限公司，1981）卷五·書道／外篇〈治道〉，頁743。

地方。只是文本的展現也呈現了當時社會的思考逐漸開放自由，對婚姻的堅持不再只是呆板、受父母長輩指定，而是可以自行追尋真愛，其中也包含了欲望上的解放，認為「情愛」與「欲望」是正常而該被接納的，只是任何事物都不能過度，有情有欲，人之常情，但過度宣淫，則與本意背道而馳了。

三、欲望無窮，導正偏失

在「癡情女子負心漢」文本中，透過人物的細節刻寫、行為選擇，可以體現出社會、百姓的各種狀況，其中，也包含著欲望無窮之下所產生的人性偏失。

負心漢對癡情女的著迷，很大程度是來自於「色」，是對於美貌的追求；同樣的，女性在看待男性時，也高機率是先看外貌。唯有樣貌符合了審美，才會進一步產生追求的渴望。這種對長相的在意是雙向的，不論男女在更深入認識前，必定是先從長相來判斷喜惡。在癡情女子負心漢文本裡，負心漢雖然滿意女子的美、溫柔，但得到的總會不知珍惜，負心漢往往開始容易被「錢」、「權」給吸引，進而拋棄癡情女子，追求更高的利益。

如〈金玉奴棒打薄情郎〉，莫稽首先出於錢財上的考量，接受了入贅金家的提議，在成婚日見到金玉奴才貌，更是喜出望外。後來莫稽作了官，自認身分地位已不可同日而語，因此對金玉奴心生嫌棄，甚至產生了謀害其性命的惡毒想法。推金玉奴墮江後，也未見莫稽有「良心不安」的表現，而是欣然接受許德厚的招贅，妄想著攀高，從此平步青雲。對金玉奴的才貌喜出望外，是「色」上的滿意；接受招贅的行為，是對「錢」的需求；嫌棄金玉奴出身，想要門當戶對的妻子，是對「權」的貪婪。莫稽是個自私的負心漢，在對色、對錢、對權的渴求上，是偏頗執著的，也因為沒有良心道德上的顧忌，他才會輕易痛下毒手，推金玉奴墮水。

又如〈滿少卿飢附飽颺　焦文姬生仇死報〉，滿少卿見焦文姬之美貌，心生愛意，這是「色」上的衝動；發現父輩為自己找的婚配對象是個宦室之女，且不費己財便能迎娶過來，這是「錢」上的滿意；思量自己作了官，妻子須是名門大族，因此嫌棄了焦文姬的市井身分，這是在「權」上的迷失。多年後焦文姬出現在滿少卿面前，一開始滿少卿因為心虛而不肯入焦文姬房，後來在微醺的狀態下，想起過去美好，「色」的欲望又萌芽，激起滿少卿想與焦文姬重燃舊情的渴望，因此當晚入了焦文姬的房間，而他的性命也就止步於此。

在負心女中，〈酒下酒趙尼媼迷花　機中機賈秀才報怨〉的狄氏想要上等珠子，是對於珠寶首飾這類物品的物欲；見滕生俊俏，自軟三分，事後又主動維持與滕生的肉體關係，這是對「色」上的動心與貪戀。而丈夫作為大官常不在家，狄氏獨自守在家裡，無論是精神上還是肉體上都是「寂寞」的。

在〈蔣興哥重會珍珠衫〉中，王三巧也展現了對首飾的物欲，才因此讓薛婆趁虛而入；王三巧妥協與陳大郎的偷情，除了長時間的「寂寞」外，也有對「色」的需求，後期更是對陳大郎產生了好感，才在陳大郎返鄉之際，贈送珍珠衫。

在〈蔣淑真刎頸鴛鴦會〉裡，蔣淑真對「色」的需求特別大，因此在丈夫無法滿足自己時，容易主動與他人偷情，只為了撫慰肉體上的饑渴。張二官雖然比李二郎還讓蔣淑真滿意，但新婚不久張二官便外出做生意，不管不顧蔣淑真的「寂寞」，也因此蔣淑真在猶豫過後，勾搭上了朱秉中，奉行「及時行樂」，沉溺於肉體的快樂。頭回故事中的步非烟對趙象是滿意的，比起丈夫的粗悍，趙象的書生氣質、俊秀外貌反而更符合步非烟在「色」上的審美；而丈夫的粗鄙、俗不可耐，使步非烟難以與之溝通交流，因此形成精神上的「寂寞」，故而趙象的出現、積極追求，都再再使步非烟動心。

細觀負心女的故事軌跡，會發現除了對珠寶的迷戀、對情欲的需求，還有一個關鍵是「寂寞」，寂寞使得負心女更容易陷入情欲的漩渦中無法自拔。也因為長久的寂寞，使負心女在丈夫不在身邊的情況下容易被挑撥春心；或在夫死後動了再嫁的念頭。寂寞除了「獨守空閨」的意思外，更多是「精神」上的空虛，也因此王三巧更容易與薛婆交心，將之視為知心，填補其平日來的孤獨感。

馮夢龍與凌濛初所塑造的負心漢，常常為了「錢」、「財」、「色」產生動搖；負心女則多是為了「色」、「物欲」、「寂寞」而產生動搖，除了主角的人性偏失，故事中關鍵的配角也常為了「錢」而做出傷天害理之事，如三姑六婆，詳細將在本節之四「三姑六婆，害人不淺」論述。

負心人之所以為人詬病，是因為他們放大了自己的「欲望」，無論是對錢財、權勢、肉欲、寂寞，這些其實都可以是人之常情。人活在世上，本就會有七情六欲，也會有物欲，只要是在正常的範圍內，都是健康且正常的人性表現。只是負心人往往在這些「欲望」中失去了把持，他們開始產生無窮的渴望，貪婪無度，越漸偏執，甚至為了達到目標而不擇手段，傷害他人。

　　人性上的偏失是一個常見的現象，無論是古代還是現代，都可見這類人。他們有著相當程度的野心，並為了這個目標努力。事實上，有上進心是值得鼓勵的行為，但若為了利益、前途而捨棄曾經同甘苦、共患難的伴侶，或因為對色的衝動而背叛婚姻，那是有違道德倫理的。

　　也因此在「負心」的文本中，常可見這些對於情欲、權勢、錢財、空虛寂寞把持失去控制的人，他們瘋狂執著，迷失在欲望之中，最後做出壞事，受到懲罰，得不償失。同時這樣的人物形象塑造也提醒著讀者，人活在世上需要坦坦蕩蕩，有企圖心是好的，但過猶不及，需要再三斟酌，時時自省。而在情欲上的渴望並不丟人，是人都會有想與他人產生肌膚之親的衝動、憧憬，面對正常生理需求是健康的、正常的，但若荒淫無度，以至於婚姻不忠，那便本末倒置了。以下用圖 6-1 統攝負心男、負心女的人性偏失因素：

圖 6-1　負心人之人性偏失圖

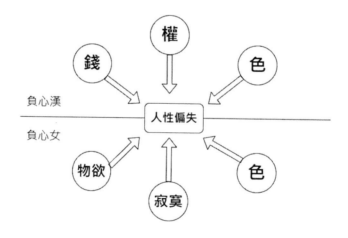

四、三姑六婆，勿狼狽為奸

> 三姑者，尼姑、道姑、卦姑也；六婆者牙婆、媒婆、師婆、虔婆、藥
> 婆、穩婆也。蓋與三刑六害同也，人家有一于此而不致姦盜者，幾
> 希矣；若能謹而遠之，如避蛇蠍，庶乎淨宅之法。〔註36〕

陶宗儀在《輟耕錄》中指出三姑是尼姑、道姑、卦姑；六婆則是牙婆、媒婆、師婆、虔婆、藥婆、穩婆。元初《為政九要》裡也提到：「三姑者，卦姑、尼

〔註36〕　（元）陶宗儀：《輟耕錄》〈三姑六婆〉（北京：中華書局，1985）冊二卷十，頁157。

姑、道姑也；六婆者，媒婆、牙婆、鉗婆、藥婆、師婆、穩婆。」〔註37〕這與《輟耕錄》的順序有些不同，但內容是一樣的，因此陶宗儀之說約是承襲於此。

三姑六婆原先說的是這些女性的職業，後世多將「三姑六婆」解釋為一些喜歡搬弄是非、道人長短，十分不討喜的婦人。在《三言》、《二拍》中常可見三姑六婆的存在，她們在故事中通常是狼狽為奸的共犯，在「負心」文本裡更是起到關鍵性的作用。如〈蔣興哥重會珍珠衫〉薛婆順利進入蔣家，獲取王三巧的信任後，多次刻意撩撥王三巧春心，最後成功讓陳大郎與王三巧發生關係；〈閑雲庵阮三償冤債〉王守長尼姑替阮三郎與陳玉蘭牽線，讓兩人可以在庵內私會；〈簡帖僧巧騙皇甫妻〉在皇甫妻楊氏打算投河自盡時，一婆子出現，哄著楊氏打消念頭，將之帶回家裡，並勸說楊氏改嫁給簡帖僧；〈宿香亭張浩遇鶯鶯〉老尼惠寂替張浩與李鶯鶯傳遞音信，使兩人在無法見面的情況下依然能透過書信聯絡感情；〈杜十娘怒沉百寶箱〉老鴇杜媽媽不喜李甲阮囊羞澀卻占住杜十娘，使十娘無法替自己賺錢，於是提出給三百兩就能讓杜十娘贖身的條件；〈王嬌鸞百年長恨〉頭回中，穆廿二娘被楊川騙財後，因為被鴇兒拘管，無法脫身，最後自縊而死；〈酒下酒趙尼嫗迷花　機中機賈秀才報怨〉尼姑慧澄幫助滕生，計騙狄氏，使之與滕生在靜樂院發生關係；〈李克讓竟達空函　劉元普雙生貴子〉孫老頭的繼妻出軌被媳婦撞見後心虛，刻意說媳婦的壞話，讓媳婦最後被孫姓兒子休離；〈東廊僧怠招魔　黑衣盜奸生殺〉馬員外之女的奶娘為拐騙女子的首飾珠寶，哄誘其與杜生私奔，卻讓自己兒子牛黑子冒名頂替，使女子最後香消玉殞；〈滿少卿飢附飽颺　焦文姬生仇死報〉頭回中，牙婆見陸氏年輕貌美，認為其無法長久守寡，便與之往來，最後順利讓陸氏選擇再嫁，接受曾工曹之聘。

以上故事中，唯薛婆、勸說楊氏嫁給簡帖僧的婆子、孫老頭的繼妻、馬員外之女的奶娘並非「三姑六婆」最初所指涉的職業，但她們的行事作為也符合三姑六婆後來「搬弄是非、道人長短」的定義以及「禍害他人」的負面形象，故列舉討論之。

從三姑六婆在故事中的角色定位，可以發現她們大多是推動情節的關鍵，若沒有她們，故事很難發展到下一個階段。但她們往往巧為詞說、舌燦蓮花，

〔註37〕（元）趙素：《為政九要》，收於《居家必用事類》（京都：中文出版社，1984）辛集卷十六〈正內第三〉，頁71。

滿肚子詭計,因此在文學作品裡,形象顯得單一薄弱,有著深刻的刻板印象:

> 文學作品中,「三姑六婆」由於角色特質的約束,往往以「模式化」
> 的形象出現,並帶有相當濃厚的貶抑與歧視意味。假設我們說堅守
> 婦道之節烈婦女是教化的正面典型,禍水型的嬌女豔婦是反面典型,
> 那麼像「三姑六婆」這類婦人,則無以歸類,她們在戲曲小說裡總
> 是作陪襯,連表達想法的機會都罕有,因為作者和觀眾對於這些「惡
> 婦人」似乎並不感興趣。〔註38〕

在《三言》、《二拍》中,三姑六婆的所思所想的確不受重視,通常以她們的視
角敘寫只有在與人交談時出現,如向滕生表達「狄氏資性貞淑,難讓人趁虛而
入」的慧澄,她的思考刻寫僅僅在對話之中展現,沒有多餘的心路歷程描述;
幫助陳大郎誘騙王三巧的薛婆也是,唯有與陳大郎商議能不能誘騙到王三巧
時,會以薛婆的視角表達王三巧性格貞烈,恐怕需要從長計議。而在之後薛婆
多次入蔣家的過程中,常是以他人的角度觀看薛婆,而少有薛婆如何看待事情
的視角。

　　對馮夢龍、凌濛初而言,似乎想要展現的便是這樣的惡婦人形象,她們貪
財、利口,可以為了錢財而為男女私情搭橋牽線,或煽惑良家婦女,使她們不
再貞潔。詩曰:「老嫗專能道短長,致令蓄禍起蕭牆;閨中若聽三姑語,貞烈
能較變不良。〔註39〕」說的便是這樣的情況,三姑六婆的道短長,很可能會起
蕭薔之禍,危害良家婦女的貞操,是需要警惕小心的,萬萬不可掉以輕心。

　　衣若蘭在《三姑六婆——明代婦女與社會的探索》中曾探討何以文人作
品中對三姑六婆有著負面性質的刻板印象〔註40〕,認為三姑六婆的職業性
質會模糊男主外、女主內的生活空間。明中葉後,商業發展逐漸發達,為一
些迫於生計的婦人提供了謀生的場所,她們奔走於市井巷陌之中,常為大戶
人家女眷供應日常所需的女性用品。這些婦女的生活空間從家內延伸到家
外,與傳統社會將女性限定在家庭裡是有所矛盾的。大陸學者許周鶼亦提出,
明清時代江南地區的婦女因參與生產,因此在社會、家庭、經濟的地位上都

〔註38〕 衣若蘭:《三姑六婆:明代婦女與社會的探索》(臺北:稻鄉出版社,2002)第
　　　　 二章第二節〈刻板印象〉,頁18～19。

〔註39〕 (明)方汝浩編次;黃珅校注:《禪真逸史》(臺北:三民書局股份有限公司,
　　　　 2017)第六回〈說風情趙尼畫策・赴佛會賽玉中機〉,頁89、90。

〔註40〕 詳細的分析內容可以見衣若蘭:《三姑六婆:明代婦女與社會的探索》第四章
　　　　 〈三姑六婆與明代的兩性關係〉,頁89～137。

有一定的提高〔註41〕。江南的繁華，帶動了女性「拋頭露面」的機會，挑戰
著傳統倫理「婦主中饋」〔註42〕的風氣，因此雖然三姑六婆的職業、存在是
必不可少的〔註43〕，但在傳統社會上並不能取得崇高的社會地位。

「禮」是中國傳統的社會規範，理想人們能各安其位，達到社會和諧，而
在傳統禮教中，男人追求功名，或外出經商；女人相夫教子〔註44〕，在家做些
針黹家務。男外女內的空間似乎是一分為二，沒有模糊地帶的，但三姑六婆的
奔走，卻改變了男主外、女主內的空間規劃，士人對這種逐漸模糊的社會分際
感到焦躁不安，因此難以接受，且呈現出嗤之以鼻的態度：

> 明代士人對這些遊走四方的女性職業之惡評，反映了知識階層對於
> 禮教之防的危機意識，也暗示了一股悖離規範的勢力正在滋長，並
> 一步步衝撞著理想的倫常秩序。「三姑六婆」在禮教日漸鬆弛的社會
> 下，無疑是一種情慾解放的催化劑；衛道之士的撻伐，呈現出兩性
> 關係的不平等和趨於緊張之情勢。〔註45〕

顯然在這樣的緊張局勢中，三姑六婆對文人、士人來說是相當「害人不淺」
的存在，她們利口、表裡不一，在「媒妁之言」的傳統中，男女無法私自見
面，常需要透過媒婆來了解彼此，因而媒婆可以說是將來婚姻是否幸福的關
鍵。若媒婆誇大不實，欺瞞哄騙，久了就會有「媒人口，無量斗」〔註46〕的
不信任批判，並對媒婆的職業存在鄙視、不滿。馮夢龍強調「情教」、「情真」，

〔註41〕 許周鵑：〈明清吳地婦女的經濟地位〉，《蘇州大學學報（哲社版）》（1993 年 4
月），頁 98～103。

〔註42〕 「婦主中饋，烹治飲食之名。」出自（明）程登吉原編；（清）鄒聖脉增補；
胡遐之點校：《幼學瓊林》（湖南：岳麓書社出版，1989）卷二・婦女，頁 73。

〔註43〕 雖然文人作品對三姑六婆多是嫌棄、負面評論，但在《為政九要》中提及：「司
縣到任，體察奸細盜賊、陰私謀害不明公事，密問三姑六婆。」因為三姑六婆
穿梭在社會各角落，對於市井陰暗的一面是瞭若指掌的，官員初來乍到，往往
需要三姑六婆的協助，辦起事來也比較方便。引言內容可見於元・趙素：《為
政九要・為政第八》，收於《居家必用事類》辛集卷十六，頁 78。

〔註44〕 周林根在《中國古代禮教史》談及婦女教育：「婦女教育，自古以禮教為先。
惟有知書達禮之婦女，而後能做一賢妻良母，相夫教子，尤齊家進而治國平天
下。」對女性最重視的在於如何成為賢妻良母，要能知書達禮，能相夫教子，
才是傳統禮教中所嚮往的婦女形象。引言內容可見於周林根：《中國古代禮教
史》（臺北：臺灣商務印書館，1966）第六章第六節〈婦女教育〉，頁 125。

〔註45〕 衣若蘭：《三姑六婆：明代婦女與社會的探索》第四章〈小結〉，頁 137。

〔註46〕 （明）西湖漁隱主人編：《歡喜冤家》（北京：北京師範大學出版社，1993）第
一回〈花二娘巧計認情郎〉，頁 2。

「癡情女子負心漢」文本中也不乏有男、女主人公憑藉真情衝破禮法與名分的藩籬，不經媒妁，自己私訂終生的，如〈宿香亭張浩遇鶯鶯〉，顯然便是想擺脫由「媒婆」主導安排的婚姻。

而對三姑六婆貪財的刻版印象，「癡情女子負心漢」文本也有刻寫，如薛婆、慧澄、王守長、馬員外之女的奶娘等，她們見錢眼開，能被利益給驅使，做出喪盡天良的事情，使好好的良家婦女沒個正經，走向「負心」、「不忠」、「不守禮教」的局面。

只是在「癡情女子負心漢」形式裡，也並不盡然三姑六婆都是負面的人物，如〈宿香亭張浩遇鶯鶯〉，老尼惠寂替李鶯鶯與張浩傳遞書信，是他們培養感情的橋樑，更是張浩在即將另娶他人時傳達逼不得已心情的關鍵；〈杜十娘怒沉百寶箱〉老鴇杜媽媽貪財，卻並沒有起到強烈的阻礙作用，反而可以說若非杜媽媽的三百金要求，恐怕杜十娘的贖身計畫需要在漫長的未來方得執行，且到時所需要的錢財一定遠遠不止三百金。

細觀「癡情女子負心漢」文本，可以發現三姑六婆的塑造雖然充斥著貪財、利口的形象特質，但在情節中所產生的效果似乎大多都是「推波助瀾」或「阻礙破壞」〔註47〕。筆者認為，在「負心」情節裡，三姑六婆的存在不能以「推波助瀾」、「阻礙破壞」極端性的去討論，而該是視情節走向、人物立場而有所變化。如〈杜十娘怒沉百寶箱〉杜媽媽要求三百金便讓杜十娘贖身，從整體故事而言她是「推波助瀾」的作用，促使故事往下一個階段發展；但以李甲的角度來說，這三百金的要求是他與杜十娘之間的「阻礙破壞」。又或是慫恿陸氏再嫁的牙婆，雖然對已逝鄭生而言，她的存在是對陸氏與鄭生婚姻誓言的「阻礙破壞」，但在負心情節發展、女子再嫁追求第二春的故事環節裡，牙婆的存在是有「推波助瀾」效果的。

當然，三姑六婆總是伴隨「害人不淺」、「狼狽為奸」的既定印象深深刻寫在文本中，使讀者在閱讀時，察覺到文人對這類女性的不齒、厭惡。她們貪婪、欺上瞞下、甚至姦淫卑鄙，一點也不符合傳統倫理規範中理想的女性。但也不否認，以故事性而言，三姑六婆才是最能粉碎傳統枷鎖的關鍵。如無三姑六婆在故事情節的穿梭奔走，恐怕「癡情女子負心漢」的文本將難以成

〔註47〕萇瑞松認為：「《三言》裡『三姑六婆』這類的配角人物對故事裡主人公的影響可說是極為深遠，不論在單元情節或是故事內容上，均有『推波助瀾』或『破壞阻撓』的敘事效果。」引言內容可見萇瑞松：〈縫隙中的騷動《三言》中三姑六婆的喜劇角色與話語研究〉《興大人文學報》第48期（2012年），頁29。

立，情節發展也會處處受限。

以文本角度而言，三姑六婆是使故事情節更加多元、精彩的存在，她們本身的形象雖然薄弱單一，但推波助瀾、破壞阻撓的多重作用卻能使故事更加出色、引人入勝。但以諭世意義而言，卻展現了三姑六婆在社會中普遍低下不受尊重的社會地位，也傳達了仕紳對三姑六婆避之唯恐不及的態度，害怕她們與自己家中女眷有所往來，呼籲著正經的良家婦女不應該與三姑六婆頻繁接觸，以免被她們設計陷害。只是若將三姑六婆負面的「利口」、「貪財」忽略，她們本身職業的必要性是不容小覷的，社會不能沒有她們。而那些負面性質套用在任何人物上，想必都是不討喜的存在，並不侷限於三姑六婆的身分。

筆者認為，雖然「癡情女子負心漢」中以「三姑六婆」來警惕世人「害人之心不可有」、千萬不要因為利益而傷及無辜、狼狽為奸。但回歸本質，撇除三姑六婆的女性形象、職業分類，真正要呼籲警告的，應當是勸戒人們不要說話誇大不實、貪婪無度，也莫要做姦淫勾當之事，如此一來，方能維持社會安定，家中和諧。

五、奸官汙吏，應端正謹慎

在許多產生「爭執」的故事中，常需要一個置身事外，能判斷對錯的人物，而這種重責大任，通常落在「官吏」的身上。官吏也代表著法治、典律、人性，理想中的官吏應當是剛正不阿、清廉勤政，但同時，也有的官吏墮落腐敗，貪圖錢財美色，對上阿諛奉承，對下苛刻刁難，反而使百姓在其管轄下苦不堪言。官吏也是人，是人總有各種性情，無論是好官、壞官，這都大有人在，但在《三言》、《二拍》「癡情女子負心漢」文本中，似乎好的官吏形象是偏多的。

故事中常出現官吏主持公道的情節，這些官吏有的剛強正直，在證據不足的情況下不會用主觀想法判案，如〈簡帖僧巧騙皇甫妻〉中，用了些篇幅特別介紹開封錢大尹〔註48〕，說他因為證據不足所以不判皇甫妻與他人通姦，而是尊重皇甫松意願，讓兩人和離。當皇甫松抓到簡帖僧，知曉來龍去脈後，錢大

〔註48〕當皇甫松將簡帖僧解到開封府前大尹廳下，故事特別介紹了錢大尹：「這錢大尹是誰？出則壯士攜鞭，入則佳人捧臂。世世靴蹤不斷，子孫出入金門。他是兩浙錢王子，吳越國王孫。」引言內容出自（明）馮夢龍編；許政揚校注：《古今小說》（臺北：里仁書局，1991）冊下，頁523。

尹也能公正判案，還給受害者公道，也讓簡帖僧得到應有的懲罰。

也有的官吏替癡情女子發聲，使之與負心漢有情人終成眷屬，如〈宿香亭張浩遇鶯鶯〉中，龍圖閣待制陳公見李鶯鶯執狀前來，在有物證證明兩人已私約婚事情況下，阻止張浩與他人另行婚配，並判張浩與李鶯鶯結為夫婦，使兩人迎來大團圓的結局。

除了官吏促成好事之外，有的則替天行道，懲罰了背叛癡情女的負心漢，如〈王嬌鶯百年長恨〉中，吳江闞大尹看到王嬌鶯藏在官文書裡面的〈絕命詩〉、〈長恨歌〉，將此事分享給趙推官，趙推官再將這件事情轉告給樊公。樊公看了詩歌及婚書，憐憫王嬌鶯遭遇，可惜其才學，又痛恨周廷章的薄倖，因此在監中調取周廷章到察院堂上，喝令將周廷章亂棒打死，使之為自己的負心行為付出代價。

以上都是官吏大快人心的情節，他們往往正直磊落，不草率辦案，在必要時刻變成關鍵人物，懲罰負心漢，或成為癡情女子的助力，使「癡情女子負心漢」的文本讓人感到痛快、洩憤。同時也警示世人，負心人有其可惡可恨之處，雖然看似過上逍遙快活、飛黃騰達的日子，但也終究逃離不了罪罰，因此莫要做一個惡人，辜負他人，也自毀前程。

除了好的官吏讓故事情節導向「惡人終會得到懲罰」的局面，也有的官吏用刑逼供，因為得不到想要的答案，惱火至極，更加嚴刑拷打：如〈東廊僧怠招魔　黑衣盜奸生殺〉中，縣令用刑想讓東廊僧認罪，但東廊僧說這些經歷都是宿債所致，他無情可招，這樣的回答使縣令惱怒，對其「百般拷掠，楚毒備施」[註49]。在縣令心中，與屍體相伴一整晚的東廊僧脫不了兇手的嫌疑，他認為東廊僧在說謊，但又苦無證據，無法給東廊僧定罪。在判案上，有先入為主的想法是不太好的，而且因為嫌疑人不肯招供而一味拷打折磨，卻不想著蒐集有利的證據證明其罪行，這是本末倒置的行為。所幸最後縣令在嫌疑人各說各話的情況下，抽絲剝繭，認為牛黑子與杜生之間定有頂冒假脫之事，又想起東廊僧曾說看到黑衣人與死者同去，必定看到過對方長相，故讓東廊僧去指認當晚殺害死者的黑衣人究竟是牛黑子還是杜生，才終於讓所有事情水落石出，也讓真兇伏法。

〈東廊僧怠招魔　黑衣盜奸生殺〉中的縣令有典型官吏的影子，如對嫌疑人施以酷刑，希望他忍受不了痛楚而招供，或因為嫌疑人的不肯認罪而情緒不

[註49] （明）凌濛初撰；劉本棟校訂；繆天華校閱：《拍案驚奇》，頁 423。

悅，故意加重對嫌疑人的折磨。這些行為大多對追查案件沒有實質幫助，若嫌疑人真是清白的，因為忍受不了嚴刑拷打而認罪，那就會變成冤獄，而真正的凶手逍遙法外，甚至可能因此藐視典律。

　　在《三言》、《二拍》中，官吏的形象有好有壞，也有的展現好壞參半的人性〔註50〕。在「癡情女子負心漢」文本裡，官吏更是起了正向的作用，這同時也呈現了編者心中對於理想官吏的刻寫──他們必定清明、正直，在審理案件的過程中會懷疑不合理的地方，會公平公正的將犯錯的人依照法律而有不同的處置，也替受害者、無端被牽連的人討回公道：

> 　　《二拍》小說中，碰上紛爭、難以處理的事件，多是以官府出面處理為多，屬於公案小說的性質。當然不是每個故事都寫到官府的官員都是清明、正直，也有少數提及官員的迷糊，害無辜的人被佔了便宜；但大多都表現辦案官員在處理案件中，對事件發生原因、過程產生懷疑，在經過細心調查審理後，替無辜的人討回公理，或是按犯錯的輕重給予處置。〔註51〕

〈東廊僧怠招魔　黑衣盜奸生殺〉裡的縣令就挺符合這種帶有複雜色彩的人格特質，雖然會對嫌疑人用刑拷打，甚至因為嫌疑人的態度而惱火，但在審理案件時不被主觀影響，必定是看證據定罪，因此哪怕認為東廊僧就是兇手，也不會輕易下判斷。但又不免讓人思考，若在承受拷打後，東廊僧不說「不必加刑，認是我殺罷了」〔註52〕這類消極的話語，而是聲淚俱下，說出「我招，是我殺了女子」等語，是否縣令便會不顧其他疑點，直接將東廊僧給定罪了呢？

　　直到現當代，人們對官員還是會有相同的期待、理想，會希望官員能夠為百姓著想、謀福，對於案件也可以盡心盡力，抽絲剝繭，追查真兇，不冤枉無辜之人。這樣的標準在古代也是有的，尤其在無法用科技手法追緝凶手的舊時代，冤獄可說是層出不窮，更有甚者，官吏之間官官相護，或有錢人出錢賄賂，希望找個「替死鬼」來承擔罪責……也因此才讓人有感而發：

> 　　對於官吏審案的批判，一如二刻介紹文中所提到的，他是反對問官

〔註50〕如《喻世明言‧滕大尹鬼斷家私》中塑造出了表面公正，實則內心深處埋藏貪欲的「清官」滕大尹，肯定他斷案的精明公允，卻又描繪出他不動聲色將部分銀兩占為己有的腐敗行為，將世情人心、封建官場刻寫得入木三分。

〔註51〕黃郁茜：《二拍果報故事研究》（臺中：國立中興大學中文系碩士論文，2007）第四章第二節之二〈官府制裁〉頁110。

〔註52〕（明）凌濛初撰；劉本棟校訂；繆天華校閱：《拍案驚奇》，頁423。

主觀主義的斷案的。他在本書卷十一中回尾，就提到：「所以為官做
吏的人，千萬不要草菅人命，視同兒戲。」他還在最後的四句詩中，
儘管帶著因果報應的口吻，還直率的警告貪官酷吏。他說：「囹圄刑
挫號仁君，法網要鉗最枉人。寄語昏污諸酷吏，遠在兒孫近在身。」
可是在這方面，只可以說有類似的思想萌芽，還沒有像二刻那樣多
方面的具體地刻畫，進一步對於不法官吏地批判。〔註53〕

在《二拍》裡，凌濛初表達了對官吏的看法、期許，而在他的刻寫中，也道
盡了當時社會普遍存有的官吏形象。《三言》、《二拍》裡，能從故事的發展發
現馮夢龍與凌濛初的果報思想相似，兩人又同時代，對於社會的環境、風氣、
文化都是有目共睹的，他們也在編輯書籍中，夾雜了好官、壞官的形象敘寫，
間接透露了理想的官吏該是什麼模樣，也以因果報應的角度，告誡貪官酷吏，
要行事端正，為人正派，不做虧心事。

而這種呼籲官吏判案斷事不要敷衍隨便，不可視同兒戲、草菅人命的思
想，流傳至今也仍然受用。《三言》、《二拍》是通俗而廣泛流通的，當民眾閱
讀時，面對故事情節裡面的好官予以稱讚，對壞官予以譴責，也能夠引起社會
討論，官員們也許會更潔身自好，當一個清廉認真、公正冷靜的好官。

後世的人閱讀，也能夠從中領略對官員的期許，更加監督現行社會下的官
員是否有不法之舉；成為官員的人，也可以愛惜羽毛，當一個謹慎追查案件，
為百姓著想的好官，而不是受利益牽扯，再三妥協的壞官。

本章小結

在編寫意圖上，「癡情女子負心漢」呈現了對懲惡揚善的期待，對情欲處
理的進一步解放，希冀文本能產生教化作用，對讀者潛移默化，改善社會風
氣；在論世意義上，則在編寫意圖的基礎中更進一步闡述，展現了對因果報
應的認同，對衝破禮教的盼望，其中還能發現社會上的人性偏失，還有對三
姑六婆行為的不齒，以及對官員的期待。

晚明社會思想大動盪，泰州諸子與李贄、湯顯祖等人為首展開對「情」的
高度認同與接受，挑戰舊時代社會對嚴格遵守教條的禮教態度。加之印刷業的

〔註53〕（明）凌濛初：《初刻拍案驚奇》（新北：智揚出版社，1994）王古魯執筆〈本
書介紹〉，頁11。

大流行，使通俗文學對百姓的影響力極廣，馮夢龍以「情教」為主，以六經教化為輔，在通俗作品中灌輸思想，使《三言》成為非常良好的教化工具。凌濛初則認同馮夢龍的價值觀，並因為《三言》的大受好評，而在書商的建議之下撰寫《二刻》，並有因循《三言》之教化、勸善的跡象。

而在「癡情女子負心漢」文本中，馮夢龍與凌濛初在編寫上藉由說書人之口，展現了「教育」的理念，他們用故事鋪敘，強調了因果報應──好人哪怕被占便宜、受委屈，真相也終究會水落石出；而惡人就算再如何為非作歹，也終究難逃冥冥注定的報應，或是死於非命，或受司法制裁。

除了懲惡揚善方面，也有對情欲的思想顯現。在《三言》、《二拍》角度，「私情」、「肉欲」而展開的感情雖然違背傳統禮教，但並不違反「情」，只要從中生出純粹的愛情，並表以忠誠，則「因欲而起的情」、「私約終生的情」也都能夠被認同，因為它們最後都成為了「真情」。

而在這些故事中，蘊含著不少論世意義，筆者認為在勸善教化而言，倡導了「因果報應，懲惡揚善」的理念，結合前世今生、因果輪迴報應，將懲惡揚善的價值觀灌輸其中，達到教化教育目的；在情欲關懷部分，則有「衝破禮教，追求真情」，男女婚姻並非一定要是「父母之命，媒妁之言」，而在對情欲、知識的處理上，社會逐漸反思男女之間的不對等、市井之中的封閉、傳統，雖然時代性仍然做不到婚戀自由、男女平等，但已逐漸有衝破禮教的趨勢。不過文本中雖然呈現了對「私情」的包容，也能點出男女處境不平等的意見，卻未能完全擺脫舊社會僵化的傳統觀念，仍有些矛盾的想法。

讀者從「癡情女子負心漢」文本中除了能觀察到教化意義、情感關懷，還能隱隱覺察其中所包含的人性偏失。人做任何事情都應該有個平衡，不能過度。愛財應取之有道，其它的欲望也是同樣道理，有生理需求可以發洩、承認，卻不能「淫」；對物欲、權勢的追求是可以的，人活在世上，難以避免欲望的生成，不必過於壓抑、克制、驚慌，甚至人們為了達到目標、為了得到想要的事物而汲汲營營，這本身是值得肯定鼓勵的。只是若偏執、走火入魔，則這種追求會變成唯利是圖、自私自利的貪婪，如孫富對杜十娘的色心是一種慣入紅塵的執著，他對杜十娘並沒有情感，僅僅只是貪圖美色，甚至不惜為了這國色天香，而去阻礙杜十娘從良後與李甲的幸福之路。

而以負心女角度而言，獨守空閨的寂寞自然是一種外遇的理由，但如果因為寂寞而背叛婚姻，對丈夫不忠，那並非是《三言》、《二拍》所支持的「情」，

情不一定要遵守傳統的禮教流程而生，但若已經有婚姻，而以追求「情」為理由放縱情感，那便是本末倒置。

　　就著人性偏失的議題，可以繼續探討，除了對色、權、財等失衡過度的追求，在為人處事上，也提點了人們「三姑六婆，勿狼狽為奸」，講述那些朋比為奸的人物，或者誘騙善良婦女的婆子是多麼歹毒心腸，而她們幫助壞人的原因，大多是對於「錢財」的誘惑，這也是種價值觀偏移；另外還有「奸官汙吏，應端正謹慎」，在「癡情女子負心漢」文本中，判案的官員往往講求證據才敢斷案，不為了快點了結案件而冤枉好人。這種對官員的理想期待，放在現當代也同樣適用，期許為官為吏之人可以愛惜羽毛，行事上端正謹慎，不讓壞人逍遙法外，也不冤枉無辜之人，使社會更加和諧安定。

　　馮夢龍與凌濛初透過說書人之口在《三言》、《二拍》中灌輸自身思想，希望百姓在閱讀後，可以受到影響，或有感於社會的不公不義之處，一起致力於改變。使僵化的禮教可以鬆動消失，取而代之的則是更加可貴的真情，使男女之間擺脫迂腐的男尊女卑，迎向更和諧平等的相處模式。而對感情不忠不義之人也終究難逃懲罰，警惕世人為善真誠的重要性。

　　下面以圖 6-2 統攝第六章「癡情女子負心漢」的編寫意圖與諭世意義之論述結構：

圖 6-2　第六章結構圖

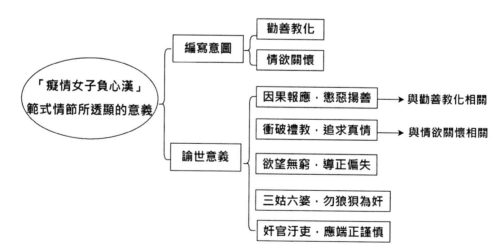

第七章　結　論

　　一個故事通常是由情節、人物與主題三者所構成，人物透過對話、動作來推演故事情節，而故事情節則用以表現主題。三者間互為因果，因而創作出的故事有了生命，不僅人物生動，性格不單一，故事內容富含內涵、技巧，並且自然帶出主題而不僵硬唐突，方能成就好的作品。而創作出故事的作者，其任務、使命，在於透過自己敏銳的觀察、對社會、環境深刻的體驗，在情節、人物、主題中以獨特技巧予以呈現，並傳遞給讀者群。

　　在前人《三言》、《二拍》研究中，「負心」、「婚變」、「貞節觀」等議題再再被提起，但大多是在其他更為核心的主題下所產生的論述。筆者發現「癡情女子負心漢」故事中不僅包含了負心行為的探討、譴責，還有對婚戀、男女平等、性愛、守貞等意識的探索與突破。且《三言》、《二拍》中也有些女性負心的故事可以作為對照，若結合並析探，可以注意到馮夢龍、凌濛初在其中所想要呼籲大眾的觀念，如對「情」的提倡，對女性守貞意識的肯定與矛盾，以淫止淫的書寫目的等。而筆者想藉由「癡情女子負心漢」的形式來探討《三言》、《二拍》中以「負心」為開展，透過人物、情節、主題結合後，所呈現出來的新風貌。

　　首先是探究「癡情女子負心漢」擬話本敘事範型，從擬話本體例認識《三言》、《二拍》的敘事手段、情節鋪陳方式，並從視角變化的設計了解作者如何引導讀者領略人物內心獨白、思考。而說書人的點評、干涉更是一大特色，打斷情節，現身說法，為讀者「上了一課」或「提供暗示」，這種增加娛樂性、教化性的行為，也使得「癡情女子負心漢」以「負心」為開展的故事有了勸人向善、莫要辜負他人的正向意義。同時也介紹了「癡情女子負心漢」故事中常

見的聚散結構，以「聚合」、「離散」兩種類型看出癡情女與負心漢如何通過考驗成功在一起，以及就算在一起了，又會因為什麼樣的阻礙被拆散，或選擇分開。從聚散變化可以發現，哪怕故事走向僅僅分為「聚」、「散」兩種，在迎向結局之前，那些曲折的情節本身所蘊藏的主題是多元豐富的，呈現給讀者的閱讀體驗也相對精彩，為人津津樂道。

接著探討癡情女子面臨負心的處境與應對，她們不能一味處在痛苦、悲傷、絕望中，必須對自身處境做決定。這些癡情女子各自有著不一樣的出身、性格、學識，但又會走向相似的結局，如「憑己之力，扭轉劣勢」、「大勢已定，無力回天」、「生既無歡，死又何懼」三種類型。心路歷程上，癡情女子的心思有千百種，有的為了追求幸福而奮不顧身，有的堅守傳統觀念而赴死，也有的沒有獨立生存的本事，只能接受他人安排，忍苦過日。

細觀文本，影響癡情女子做抉擇的關鍵有人格特質的展現、家世背景的影響、明代社會的複雜。家世越好的，在行為決斷上較有想法，也會主動積極，只是仍然逃脫不了父權之下的固有思想，受限其中，因此遭逢負心後，所能做的選擇也相對狹隘；家世背景較普通的女子，則是常見的傳統女性，她們講究社會大眾所看重的倫理規範，包含女性應「從一而終」的想法，加上沒有錢財、才學的助力，無力改變自身劣勢，始終處於被動狀態，甚至可能因為負心漢的拋棄而無法生存。從文本中不難看出女子對男子功名利祿的重視、期許，但女子自身的價值卻少有體現，常以相夫教子，成為賢內助為最終理想，但這真的是女性的價值所在嗎？在癡情女刻寫中，有想法才學的閨秀並不在少數，她們渴望被看見，也希望能夠嶄露能力，因此遇到文人書生時，往往也展現了相當程度的傾慕。而文本中對有學識女性的敘寫是稱讚、肯定、憐憫的，既讚嘆她們不輸男子的造詣，也憐憫她們遇人不淑的遭遇。

若將《三言》、《二拍》中的負心漢分類，能夠以「被迫負心，大有不捨」、「初時不願，後忘前約」、「不識真情，猜疑枕邊人」、「自私薄倖，罔顧癡情女」四大類型來區分。有的負心漢是受外在因素、壓力而迫於無奈負心，但心中還有癡情女，因此在文本中表現了不捨、痛苦的情緒；有的負心漢雖然一開始不願意負心，但最後仍然妥協，甚至隨著時間流逝而忘卻對癡情女的愧疚；猜疑心重的負心漢則無法信任癡情女，甚至對癡情女施以暴力或使女子陷入更糟的處境；天生薄倖的負心漢則挑戰著「道德倫理」界線，在背叛癡情女後，除了不會深受煎熬外，更可能為了利益而對癡情女產生殺意。相

比起癡情女子在相似流轉中因為性格、學識、環境等差異而做出不一樣的決定，負心漢的「壞」則比較統一，如「雖然愛癡情女，但堅定性不足」、「比起愛情婚姻，更在乎自身利益」兩類，再再顯示了對負心漢而言，婚姻、情感不是人生的第一目標，如果利益、前途被癡情女子給阻擋，他們最終也會將女子割捨以換取更好的前程。但這種負心行為並不該被合理化，因此馮夢龍、凌濛初的撰寫中，負心漢的下場往往罪有應得，為了自身欲望而損害他人生命、生存之事，從來都不是該被支持的行為。

除了癡情女子、負心漢外，也有女子負心的情節。同是「負心」，負心漢與負心女仍有所出入，負心漢的負心理由較多元，但都有相似處——對負心漢而言，愛情不是最重要的。負心女的負心情節較單一，往往與水性楊花、對婚姻不忠有關，但她們寧可揹負負心之名的背後，卻是對愛情的追求，對肉體欲望的肯定，這與負心漢不將愛情擺第一順位的情形是有明顯對比的。故事中也常見說書人現身說法，對人物的行為品評論足，但在負心漢的文本中，若為大團圓結局，則說書人會弱化男子的負心形象，強調其被迫負心的窘迫；若故事主軸並非負心，則對於負心漢的行為並不多加批評；當故事主軸為負心時，則說書人會予以苛責、批鬥，表現出對人物行為的不齒。相比起負心漢的三種評論方向，說書人對負心女的評論則多傾向以「水性」批評，好似女性的負心，多是對貞節的不堅定、不在乎，才會輕易淪陷於偷情的刺激與快感中。

編寫意圖上，可以發現「癡情女子負心漢」呈現了對懲惡揚善的理想期待，也有對情欲的進一步闡述、發想，透過文本的流傳，期許在讀者間達到針貶、勸戒、教化的作用；而在論世意義上，則展現了對果報的認同，盼望人們行事前能先想想因果輪迴，若不想得惡果，就不要做惡行；也有對男女平等、婚戀自由的盼望，希望在「情」的提倡下，男女間可以因情而結合，而非「父母之命，媒妁之言」；文本中也能見到埋藏在故事中的人性偏失，注意到社會中有些人價值觀產生扭曲，甚至欲望無窮，導致劍走偏鋒，遠離正道；另外也有對三姑六婆狼狽為奸的不齒，事實上，這不僅僅是針對三姑六婆，而是提醒世人，凡是作奸犯科、為了錢財而做出違反善良風俗之事，都是不被認同的；在文本中官員的篇幅也不少，其中也蘊藏了對為官為吏者的期待，希望他們廉潔自持，端正風氣，能謹慎判案，使社會更加和諧美好。

而未來的研究方向，筆者認為可以探討「癡情女子負心漢」故事形式的流變，《三言》、《二拍》的題材多取自前朝古代，在一定架構下進行改編刪修，

而這類「負心」故事的展現從古至今是否有什麼變化？文本數量是穩定性增加？還是某個時代突然出現許多負心故事？不同編者的敘述紀錄、切入角度，對負心的解構是否也會有不同的思考見解？筆者認為可以進一步整理探究，使「癡情女子負心漢」不僅僅是一種負心議題的探討，還能窺見不同時代下對男女關係轉變的詮釋。

徵引書目暨參考文獻

一、文本（依出版時間排序）

1. （明）馮夢龍編；許政揚校注：《古今小說》，臺北：里仁書局，1991。
2. （明）馮夢龍編；嚴敦易校注：《警世通言》，臺北：里仁書局，1991。
3. （明）馮夢龍編；顧學頡校注：《醒世恒言》，臺北：里仁書局，1991。
4. （明）凌濛初撰；劉本棟校訂；繆天華校閱：《拍案驚奇》，臺北：三民書局股份有限公司，1991。
5. （明）凌濛初撰；劉本棟校訂；繆天華校閱：《二刻拍案驚奇》，臺北：三民書局股份有限公司，1991。
6. （明）馮夢龍編：《古今小說》明天許齋刻本電子書，安徽：黃山書社，2009。
7. （明）馮夢龍編：《警世通言》明天啟四年刻本電子書，安徽：黃山書社，2009。
8. （明）馮夢龍編：《醒世恒言》明天啟葉敬池刊本電子書，安徽：黃山書社，2009。
9. （明）凌濛初編：《拍案驚奇》明崇禎刻本電子書，安徽：黃山書社，2009。
10. （明）凌濛初編：《二刻拍案驚奇》明崇禎刻本電子書，安徽：黃山書社，2009。

二、古籍（依朝代排序）

1. （先秦）墨翟撰：《墨子》，臺北：臺灣商務印書館，景印文淵閣四庫全

書，1986。

2. （先秦）孔子著；司馬志編：《論語全書》，新北：華志文化，2013。

3. （先秦）老子著；司馬志編：《道德經全書》，新北：華志文化事業有限公司，2013。

4. （先秦）佚名著；（漢）鄭元注；（唐）孔穎達等正義：《禮記》，收錄於《十三經注疏本》冊 5，印嘉慶二十年江西南昌府學開雕本，臺北：藝文印書館，1989。

5. （南朝・宋）范曄著；許嘉璐主編：《二十四史全譯：後漢書》，上海：世紀出版集團・漢語大詞典出版社，2004。

6. （唐）皇甫枚：〈非烟傳〉，收錄於（清）馬駿良輯錄：《龍威秘書》，臺北：藝文印書館，1968。

7. （唐）元稹著；周相錄校注：《元稹集校注》，上海：上海古籍出版社，2011。

8. （宋）司馬光：《家範》，收於《欽定四庫全書・文淵閣》，臺北：臺灣商務印書館，1983。

9. （宋）洪邁：《夷堅志・夷堅甲志》，江蘇：江蘇古籍出版社，1988。

10. （元）王實甫：《西廂記》，臺北：華正書局，1980。

11. （元）趙素：《為政九要》，收錄於《居家必用事類》，京都：中文出版社，1984。

12. （明）馮夢龍：《古本小說集成・情史》，上海：上海古籍出版社，出版年不詳。

13. （明）李贄：《藏書》，臺北：學生書局，1974。

14. （明）李贄：《初潭集》，臺北：河洛圖書出版社，1976。

15. （明）呂坤：《萬曆本呻吟語》，臺北：漢京文化事業有限公司，1981。

16. （明）李贄：《焚書》，臺北：漢京文化事業有限公司，1984。

17. （明）陶宗儀：《輟耕錄》，北京：中華書局，1985。冊 2。

18. （明）陶宗儀等編：《說郛三種》，上海：上海古籍出版社，1988。

19. （明）程登吉原編；（清）鄒聖脉增補；胡遐之點校：《幼學瓊林》，湖南：岳麓書社出版，1989。

20. （明）西湖漁隱主人編：《歡喜冤家》，北京：北京師範大學出版社，1993。

21. （明）馮夢龍：《掛枝兒・私部一卷・耐心》，收於魏同賢主編：《馮夢龍全集》，上海：上海古籍出版社，1993。

22. （明）許自昌：《樗齋漫錄》，收錄於《續修四庫全書・子部・雜家類》，上海：上海古籍出版社，2002。

23. （明）方汝浩編次；黃珅校注：《禪真逸史》，臺北：三民書局股份有限公司，2017。

24. （清）煙水散人：《合浦珠》，收錄於劉世德、陳慶浩、石昌渝主編：《古本小說叢刊》第十六輯第三冊，河北：中華書局，1991。

三、中文專書（依作者姓氏筆畫排序）

1. 小百花：《西廂記創作評論集・西廂記改編雜談》，天津：百花文藝出版社，1994。

2. 尤雅姿：《中國敘事理論與實際批評》，臺北：臺灣學生書局有限公司，2017。

3. 王鴻泰：《三言二拍的精神史研究》，臺北：國立臺灣大學出版委員會，1994。

4. 朱道俊：《人格心理學》，臺北：臺灣商務印書館，1987。

5. 江江明、何淑貞、李玲珠、李惠綿、林淑貞、祁立峰、張麗珠、陳惠齡、曾昭旭、黃雅莉、黃儀冠、楊宗翰、解昆樺撰述：《理想的讀本》，臺北：一爐香文化事業有限公司，2022。

6. 衣若蘭：《三姑六婆：明代婦女與社會的探索》，臺北：稻鄉出版社，2002。

7. 何滿子、李時人主編：《明清小說鑒賞辭典》，杭州：浙江古籍出版社，1992。

8. 余英時：《中國近世宗教倫理與商人精神》，臺北，聯經出版事業公司，1987。

9. 吳禮權：《中國言情小說史》，臺北：臺灣商務印書館股份有限公司，2000。

10. 宋若云：《逡巡於雅俗之間：明末清初擬話本研究》，北京：中國社會科學出版社，2006。

11. 李志宏：《明末清初才子佳人小說敘事研究》，臺北：五南圖書出版股份有限公司，2019。

12. 李李：《清平山堂話本研究：以日本內閣文庫藏本為主》，臺北：里仁書局，2014。

13. 周先慎：《古典小說鑑賞》，北京：北京大學出版社，1992。

14. 周林根:《中國古代禮教史》,臺北:臺灣商務印書館,1966。

15. 林麗菁:〈情欲與社會——《白雪遺音》的時代背景及情欲文化研究〉,曾永義主編:《古典文學研究輯刊》四編第三十二冊,新北:花木蘭文化出版社,2012。

16. 牧惠:《西廂六論》,桂林:廣西師範大學出版社,1996。

17. 胡亞敏:《敘事學》,武漢:華中師範大學出版社,2004。

18. 胡萬川:《話本與才子佳人小說之研究》,臺灣:大安出版社,1994。

19. 夏志清:《愛情‧社會‧小說》,臺北:純文學出版社,1970。

20. 夏志清著;何欣、莊信正、林耀福譯:《中國古典小說》,臺北:聯合文學,2016。

21. 孫輝、胡永芳:《閣樓上的妝顰眉黛》,重慶:重慶出版集團圖書發行有限公司,2008。

22. 徐岱:《小說敘事學》,北京:中國社會科學出版,1992。

23. 高桂惠:《追蹤躡跡——中國小說的文化闡釋》,臺北:大安出版社,2006。

24. 康正果:《重審風月鑑:性與中國古典文學》,臺北:麥田出版,1996。

25. 郭為藩編著:《人格心理學理論大綱》,臺北:正中書局出版,1984。

26. 郭英德:《癡情與幻夢——明清文學隨想錄》,臺北:錦繡出版,1992。

27. 郭興文:《中國傳統婚姻風俗觀念》,西安:陝西人民出版社,2002。

28. 陳大康:《明代小說史》,北京:人民文學出版社,2007。

29. 陳永正:《市井風情——三言二拍的世界》,香港:中華書局香港分局,1988。

30. 覃文昭、徐召勛:《中國古典小說藝術欣賞》,臺北:里仁書局出版,1984。

31. 黃大宏:《唐代小說重寫研究》,重慶:重慶出版社,2004。

32. 黃仕忠:《婚變、道德與文學》,北京:人民文學出版社,2000。

33. 黃仕忠:《落絮望天‧負心婚變與古典文學》,西安:陝西人教育出版社,1991。

34. 黃彰健編著:《明代律例彙編》,臺北:中研院史語所,1979。

35. 楊永漢:《虛構與史實——從話本「三言」看明代社會》,臺北:萬卷樓圖書股份有限公司,2021。

36. 楊義主編;劉倩選注、譯評:《中國文史經典講堂‧三言選評》,香港:三聯書店有限公司,2006。

37. 葉慶炳：《中國文學史》，臺北：臺灣學生書局有限公司，1997。

38. 董家遵：〈歷代節烈婦女的統計〉，《中國婦女史論文集》，臺北：稻香出版社，1992。

39. 熊秉真、張壽安合編：《情欲明清——達情篇》，臺北：麥田出版，2004。

40. 趙伯陶：《市井文化與市民心態》，武漢：湖北教育出版社，1996。

41. 趙洪濤：《明末清初江南士人日常生活美學》，成都：四川大學出版社，2018。

42. 劉詠聰：《德·才·色·權——論中國古代女性》，臺北：麥田出版股份有限公司，1998。

43. 劉達臨：《中國古代性文化》，臺北：新雨出版社，1995。

44. 樂蘅軍：《古典小說散論》，臺北：大安出版社，2004。

45. 蔡尚恩：《中國禮教思想史》，上海：上海古籍出版社，2006。

46. 魯迅：《魯迅小說史論文集：中國小說史略及其他》，臺北：里仁書局，2000。

47. 蕭國良編：《中國娼妓史》，臺北：文津出版社，1996。

48. 駱以軍：《遣悲懷》，臺北：麥田出版，2001。

49. 龍冠海：《社會學》，臺北：三民書局，1997。

50. 戴偉：《中國婚姻性愛史稿》，北京：東方出版社，1992。

51. 謝高橋：《社會學》，臺北：巨流圖書公司，1991。

52. 羅小東：《「三言」、「二拍」敘事藝術研究》，北京：中國社會科學出版社，2010。

53. 譚正璧編：《三言兩拍資料》，上海：上海古籍出版社，1981。

54. 顧燕翎、鄭至慧主編：《女性主義經典：十八世紀歐洲啟蒙，二十世紀本土反思》，臺北：女書文化，1999。

四、譯著（依出版時間排序）

1. （德）卡爾·馬克思（Karl Marx）、（德）弗里德里希·恩格斯（Friedrich Engels）著；中共中央馬克思恩格斯列寧斯大林著作編譯局編譯：《馬克思恩格斯全集》，北京：人民出版社，1965。第21冊。

2. （美）韓南（Patrick Hanan）著；尹慧珉譯：《中國白話小說史》，浙江：浙江古籍出版社，1989。

3. （日）尾崎秀樹著；徐萍飛、朱芳洲譯：《大眾文學》，北京：中國社會科學出版社，1994。

4. （奧地利）西格蒙德・弗洛伊德（Sigmund Freud）著；滕守堯譯：《弗洛伊德文集・性愛與文明》，安徽：安徽文藝出版社，1996。

5. （荷）米克・巴爾（Mieke Bal）著；譚君強譯：《敘述學：敘事理論導論》，北京：中國社會科學出版社，2003。

6. （德）格奧爾格・W・F・黑格爾（Georg Wilhelm Friedrich Hegel）著；朱光潛譯：《美學》，臺北：商務印書館，2007。第 2 卷。

7. （美）西摩・查特曼（Seymour Chatman））著；徐強譯：《故事與話語：小說和電影的敘事結構》，北京：中國人民出版社，2013。

8. （法）西蒙・德・波娃（Simone de Beauvoir）著；邱瑞鑾譯：《第二性》，臺北：貓頭鷹出版，2015 年。第 2 卷上。

五、期刊論文（依出版時間排序）

1. 伊藤漱平著；謝碧霞譯：〈「嬌紅記」成書經緯：其變遷及流傳過程〉，《中外文學》第 13 卷第 12 期，1985 年 5 月，頁 90～111。

2. 董挽華：〈「清明靈秀」與「殘忍乖邪」——由傳奇與話本中兩名女性探抉人性〉，收於《臺北評論》第三期，1988 年 1 月，頁 186～204。

3. 許周鶼：〈明清吳地婦女的經濟地位〉，《蘇州大學學報》（哲社版），1993 年 4 月，頁 98～103。

4. 王鴻泰：〈《三言二拍》中的情感世界——一種「心態史」趣味的嘗試〉，《史原》第 19 期，1993 年 10 月，頁 85～129。

5. 康韻梅：〈《三言》中婦女的情欲世界及其意蘊〉，《臺大中文學報》第八期，1994 年 4 月，頁 151～194。

6. 鄭培凱：〈晚明士大夫對婦女意識的注意〉，《九州學刊》第 6 卷第 2 期，1994 年 7 月，頁 27～43。

7. 陳俊杰：〈明清士人階層女子守節現象〉，《二十一世紀》第 27 期，1995 年 2 月，頁 98～107。

8. 賴芳伶：〈回首兩情蕭索，離魂何處飄泊？——試論唐傳奇〈步飛烟〉〉，《興大中文學報》第 11 期，1998 年 6 月，頁 1～14。

9. 王力：〈略說古代文學中的「相思病」〉，《古典文學知識》第 2 期，1999

年，頁 44～50。

10. 張彬村：〈明清時期寡婦守節的風氣——理性選擇（rational choice）的問題〉，《新史學》第 10 卷第 2 期，1999 年 6 月，頁 29～76。

11. 孟祥榮：〈在心裡描寫中見出的人物性格——說小說《金玉奴棒打薄情郎》〉，《名作欣賞》第 3 期，2000 年 5 月，頁 98～100。

12. 黃蕙心：〈從《鶯鶯傳》、《董西廂》、《王西廂》、《曾西廂》看張生形象的轉變〉，《輔大中研所學刊》，2000 年 10 月，頁 237～263。

13. 陳美朱：〈論三言、二拍中的負心漢〉，《中國文化月刊》第 250 期，2001 年 1 月，頁 63～89。

14. 周建渝：〈重讀〈杜十娘怒沉百寶箱〉〉，《中國文哲研究集刊》第 18 期，2001 年 3 月，頁 117～138。

15. 蔡娉婷：〈殉身門第的悲劇——讀「杜十娘怒沉百寶箱」〉，《親民學報》第 5 期，2001 年 11 月，頁 193～206。

16. 侯銀梅：〈論李甲的「負心薄倖」——從李甲看《杜十娘怒沉百寶箱》的主題〉，《新鄉教育學院學報》第 16 卷第 1 期，2003 年 3 月，頁 26～27。

17. 全賢淑：〈古代小說中誠信觀念與復仇主題的內在聯繫策略——以明代白話短篇小說「三言」「二拍」為中心〉，《福建師範大學學報》（哲學社會科學版）第 5 期，2005 年，頁 59～63。

18. 蔣宜芳：〈夫妻喪偶再婚遭鬼報故事探析〉，《蘭陽學報》第 6 期，2007 年 6 月，頁 77～87。

19. 王捧生：〈從悲到喜的變奏——漫談小說《金玉奴棒打薄情郎》〉，《忻州師範學院學報》第 24 卷第 4 期，2008 年 8 月，頁 12～13。

20. 佐野大介：〈孝構成要素優先次序的探討——以「養親」、「後嗣」、「服從」為中心〉，《東華漢學》第 8 期，2008 年 12 月，頁 175～192。

21. 徐梅：〈「背棄模式」中行為主體差異性分析〉，《現代語文：上旬·文學研究》第 12 期，2008 年 12 月，頁 150～152。

22. 徐武敏、鄒金桃：〈李甲：兩種思想沖突的犧牲品——李甲人物形象的解讀〉，《語文月刊》（學術綜合版）第 2 期，2010 年 2 月，頁 58～59。

23. 許暉林：〈歷史、屍體、與鬼魂——讀話本小說〈楊思溫燕山逢故人〉〉，《漢學研究》第 28 卷第 3 期，2010 年 9 月，頁 35～62。

24. 李筱涵：〈《三言》妓女主體意識探析——以杜十娘、王美娘、玉堂春為例〉，《語文瞭望》第 1 期，2011 年 5 月，頁 119～140。

25. 黃如焄：〈論〈杜十娘怒沉百寶箱〉中的金錢魅影〉，《人文社會學報》第 12 期，2011 年 7 月，頁 71～95。

26. 萇瑞松：〈縫隙中的騷動——《三言》中三姑六婆的喜劇角色與話語研究〉，《興大人文學報》2012 年第 48 期，頁 27～59。

27. 顏湘君：〈意蘊豐富的民俗傳播符號——鞋〉，《神州民俗》第 196 期，2012 年，頁 27～29。

28. 李停停：〈論明清擬話本小說中的傳統型節婦形象〉，《青島農業大學學報》（社會科學版）第 24 卷第 3 期，2012 年 8 月，頁 83～88。

29. 姜乃菡：〈步非烟故事的文本演變及其文化內涵〉，《天中學刊》第 28 卷，2013 年 8 月，頁 21～24。

30. 王鴻泰：〈情竇初開——明清士人的異性情緣與情色意識的發展〉，《新史學》第 26 卷第 3 期，2015 年 9 月，頁 1～76。

31. 李麗霞：〈《王嬌鸞百年長恨》中王嬌鸞個性特徵淺析〉，《劍南文學》第 8 期，2015 年 11 月，頁 75～77。

32. 童曉云：〈《杜十娘怒沉百寶箱》悲劇價值及女性主義評析〉，《語文建設》第 5 期，2016 年，頁 65～66。

33. 姚曼琳：〈「三言」中預兆夢的描寫特點與敘事作用——以《吳衙內鄰舟赴約》和《宿香亭張浩遇鶯鶯》為例〉，《閩西職業技術學院學報》第 18 卷 1 期，2016 年 3 月，頁 58～63。

34. 齊婷婷：〈論「三言」中「負心漢」形象的悲劇建構〉，《貴陽學院學報》（社會科學版）第 11 卷第 4 期，2016 年 8 月，頁 57～60。

35. 韓雅慧：〈論《喻世明言》女性藝術形象分析——以金玉奴、鄭義娘、王三巧為中心〉，《名作欣賞》第 33 期，2017 年，頁 103～105。

36. 陳若儀：〈淺論馮夢龍「情教」觀——以《蔣興哥重會珍珠衫》為例〉，《文教資料》第 15 期，2019 年 5 月，頁 7～8。

37. 麻飄飄：〈單單情字費人參——亞里士多德、黑格爾視閾下的杜十娘悲劇〉，《廣東水利電力職業技術學院學報》第 19 卷 4 期，2021 年，頁 81～83。

38. 林保淳：〈《非烟傳》新讀〉，《太原學院學報》（社會科學版）第 22 卷第

4 期，2021 年 8 月，頁 105～106。

39. 李文：〈淺析馮夢龍《警世通言》的女性獨立形象〉，《作家天地》第 35 期，2021 年 12 月，頁 31～32。

40. 宋金洋：〈從《金玉奴棒打薄情郎》看馮夢龍小說的思想矛盾性〉，《青年文學家》第 14 期，2020 年 6 月，頁 80。

六、專書論文（依時間排序）

1. 賴芳伶：〈從「蔣興哥重會珍珠衫」看覆水重收的愛情〉，收於葉慶炳主編《中國古典小說中的愛情》，臺北：時報文化出版企業股份有限公司，1981。

2. 鄭培凱：〈天地正義僅見於婦女——明清的情色意識與貞淫問題〉，收錄於鮑家麟編：《中國婦女史論集》第三集，臺北：稻鄉出版社，1993。

3. 柳立言：〈淺談宋代婦女的守節與再嫁〉，收錄於鄧小南、王政、游鑑明主編：《中國婦女史讀本》，北京：北京大學書版社，2011。

4. 謝佳瀅：〈論馮夢龍〈簡帖僧巧騙皇甫妻〉與《情史·金山僧惠明》的局騙敘事之比較〉，收錄於《道南論衡：全國研究生學術研討會論文集 2013 年》，臺北：國立政治大學出版，2014。

七、學位論文（依時間排序）

1. 蔡淑娜：〈科舉時代癡情女子負心漢故事研究〉，臺中：逢甲大學中國文學系碩士論文，1994。

2. 徐定寶：〈凌濛初研究〉，江蘇：南京師範大學「中國古代美學」博士論文，1998。

3. 吳佳真：〈晚明清初擬話本之娼妓研究〉，新北：淡江大學中國文學系碩士論文，2000。

4. 林玉珊：〈馮夢龍「情教說」之研究〉，臺中：國立中興大學中國文學系碩士論文，2000。

5. 黃郁茜：〈《二拍》果報故事研究〉，臺中：國立中興大學中國文學系碩士論文，2007。

6. 張依詩：〈《三言》明代作品中男性的婚戀表現研究〉，嘉義：國立嘉義大學人文藝術學院中國文學系研究所碩士論文，2017。

7. 李麗萍：〈唐傳奇霍小玉與步飛煙人物研究〉，桃園：元智大學中語所碩士論文，2017。

8. 蔣慧想：〈擬話本「一見鍾情」模式研究，以「三言」、「二拍」為中心〉，遼寧：遼寧大學中國古代文學碩士學位論文，2019。